지혜의 재발견

고대 · 중세 · 근세 · 근대 4세대로 구분된

서양 고사성어로의 여행

역사의 흐름 속에 숨겨진비밀스런 국민들을
한 눈에 꿰뚫어 볼 수 있도록
흥미진진한 서양고사를 시대순으로 정리 · 수록한

권순우 편역

KB057348

📖 법문 북스

지혜의 재발견

고대 · 중세 · 근세 · 근대 4세대로 구분된

서양 고사성어로의 여행

역사의 흐름 속에 숨겨진비밀스런 국민들을
한 눈에 꿰뚫어 볼 수 있도록
흥미진진한 서양고사를 시대순으로 정리 · 수록한

권순우 편역

법문 북스

차례

Ⅰ. 고대

차례

차 례

Ⅲ. 근 세

차례

Ⅳ. 근 대

차 례

차례

일러두기

중요한 고사를 시대 순으로 훑어 나간다는 것은 역사의 마디마디를 짚어 가고, 재미있게 간추린 역사의 단면을 들여다 볼 수 있는 흥미로운 여행이다.

이 책에서는 서양고사성어를 편의상 '고대', '중세', '근세', '근대' 네 시대로 구분하였고, 마지막으로 '성경'의 고사를 삽입했다. 이것은 기독교 사상이 서양 문화에 끼친 커다란 영향력을 배제할 수 없었기 때문이다. 고사의 출처에 대해서는 비교적 자세히 기록하도록 노력했다. 또한 동양의 고사와 비교해 놓았다.

I
고 대

그리스의 여명인 호메로스의 무렵에서 서로마(기원전476년)까지의 약 1,000년간의 기간을 고대라고 부른다. 현대에 이르는 서양문화의 기반이 이때 세워진 것이다.

그리스의 신화, 전설이 서양의 문학과 예술, 그리고 일상생활 속에 얼마나 깊이 숨결을 남기고 있는가는 이제 새삼스럽게 말할 것도 없는 일이다. 또 그리스의 철학과 과학이 있었기에 비로소 서양문화는 가능했던 것이다.

고대의 사람들은 현세와 현재에 대한 애착에 기틀을 둔 인간주의의 정신에 가득차 있었고, 또 명확한 지성을 척도로 하여 자연과 인생을 인식하였고, 거기에 의거하여 행동하려고 했다. 또 한편으로는 풍부한 상상력이 꽃을 피우고 있었다.

로마시대에 들어서면서 사람들은 한층 현실적인 면이 엿보였으며, 그리스·로마시대를 통해 그들이 남긴 언행은 그 후의 서양에 있어서 '인간학', '인간적 교양'이 되었다. 이것은 마치 중국의 고전이 우리 한국의 생활 도덕과 정치, 사회에 오랫동안 영향을 미쳐 온 것과 같다고 할 수 있을 것이다.

트로이의 목마(木馬)

괴테의 〈파우스트〉 제2부에는 '영원한 여성'의 한 타입으로 '헬렌'이 등장하는데, 미국의 자랑스런 유일한 서정시인인 에드가 앨런 포의 '그리스의 광영과 로마의 위대(偉大)'를 칭송하는 시에도 헬렌이 자취를 나타낸다. 이와 같이 헬렌(그리스식으로는 헬레네, 로마식으로는 헬레나)은 서양에 있어서 미녀의 대명사이며, 호메로스 시대부터 그 아름다움이 찬양되었다. 트로이는 그 때문에 아카이아족(기원전 1300년에서 1400년 무렵의 그리스 민족의 칭호)으로부터 10년간의 공격을 받아 결국 멸망했다.

이 트로이 전쟁은 트로이의 왕자 파리스가 사랑과 미의 여신 아프로디테(로마에서는 비너스)의 말을 듣고 스파르타의 왕비인 헬레나를 유혹하여, 고향으로 데리고 돌아온 것이 싸움의 발단이었다.

헬레네는 스파르타의 왕 메넬라우스의 아내로서 지조있는 여인이었지만, 사랑의 여신인 아프로디테의 힘이 작용하여 흔들리지 않을 수 없었다. 왕비를 도둑 맞은 그리스는 천만의 원정군을 편성하여 트로이를 10년간 포위 공격했다. 호머가 헬레네에 초점을 맞춰 이때의 전쟁을 서사시로 엮은 〈일리아드〉 속에도 헬레나가 음탕하고 호색한 여자로서의 면은 그려져 있지 않다. 자신의 힘으로는 어쩔 수 없는 사랑에 이끌려 그러한 운명에 밀려온, 오히려 동정과 경애를 받을 만한, 그리고 최고의 여성미를 갖췄으며, 그 심정이 또한 우아하고 훌륭한 여성으로 묘사되고 있다.

헬레네는 게으르고 놀기 좋아하는 남편 파리스를 책망하고 격려하여 결전을 꾀하도록 했지만, 한편으로 높은 곳에서 옛 남편과 형부의 모습을 바라보고는 눈물을 짓는다. 또 자기를 위해 전사한 용사 핵토르의 시체 옆에서 통곡한다.

용장 헥토르를 잃었으나 트로이의 성은 꿈쩍도 안했다. 이때 스파르타군은 한 가지 계책을 생각해 냈다. 적에게 방심하는 틈을 주고, 기습을 꾀한 것이다. 그들은 거대한 목마(木馬)를 만들어 성 앞에 세워 놓고 후퇴를 가장했다. 목마는 무사히 후퇴할 수 있게 해 달라고 비는 제물로 쓰인 것인데, 사실은 그 목마 속에는 오디세우스를 비롯해 용감한 영웅들이 숨어 있었다. 나머지 군사들은 배를 타고 가까운 앞바다 쪽에 있는 섬에 상륙하여 대기하고 있었다.

트로이군은 그 목마를 끌어들이고자 성문을 열었다. 트로이의 운명은 이 순간 결정되었다. 목마를 성 안에 끌어들인 그날 밤 그리스군은 앞바다 섬에서 다시 건너와 성 안팎에서 호응하여 트로이성을 쳤다. 성은 불길에 싸이고 살육과 약탈이 자행되었다.

헬레네에 관해서는 두 가지 설이 있다. 하나는 고국에 돌아가서 왕비로 지내다가 얼마 후에는 오디세우스왕의 아들 텔레마코스의 아내가 되었다는 것이다. 또 다른 설은 트로이에 간 것은 헬레네의 환영이며, 실제로는 트로이에 가는 도중에 폭풍우를 만나 이집트에 도착했는데 그 곳에서 종전(終戰)을 맞이했다는 것이다. 어느 쪽이든 간에 이 이야기 자체가 이미 문학적인 픽션에 속하고 있다.

원래 헬레네란 스파르타에서 나무의 여신을 가리켰다. 트로이의 전쟁이 사실이건 아니건 호머의 붓 끝에 예술화된 〈일리어드〉의 이야기는 여성과 사랑, 절정과 유혹, 그 밖에 인생 문제에 대해서 시사하는 점이 크다.

황금 사과

트로이 전쟁 전, 미와 사랑의 여신인 아프로디테가 파리스의 편을 든 데는 이유가 있었다. 그것은 황금의 사과에서 출발한다.

영웅 아킬레우스의 아버지 펠레우스가 바다의 여신 테티스와 결혼했을 때, 그 축하연 자리에 중매역할을 했던 제우스신이 여러 신들을 거느리고 참석했다. 그런데 이 자리에 불화의 신 에리스만이 초대를 받지 못했다. 즐거운 잔치 자리에 불화의 신을 부를 수는 없는 일이기 때문에 어쩌면 당연한 일이었는지도 모른다. 화가 난 에리스는 잔치 자리의 즐거운 분위기를 망치기 위해 '황금의 사과'를 연회석상에다 던졌다. 사과에는 '가장 아름다운 여신에게'라고 붉고 조그마한 글씨가 씌여 있었다. 그 자리에 모였던 여신들은 모두 자기 자신이 가장 아름답다고 생각하고 있던 터라, 그 황금 사과의 임자는 자기라고 하여 싸움이 벌어졌다. 그 중에는 제우스신의 왕비인 헤라(로마식으로 주노)와 아테네(미네르바)와 아프로디테 이 세 여신간의 마지막 싸움이 가장 격렬했다.

제우스는 그 심판을 이다의 언덕에서 양을 기르는 목동 파리스에게 위임했다. 파리스는 원래 태어났을 때 한 예언자가 나라에 큰 재앙을 끼칠 아이라고 말했기 때문에 산에 버려졌던 몸인데, 드디어 그가 짊어진 운명을 실험할 날이 온 것이었다.

그는 여신들 중에서도 가장 권세가 등등했던 헤라가 권세와 지위를 주겠다고 약속했으나 이를 물리쳤고, 다음으로 총명한 아테네가 지혜와 기술을 주겠다고 유혹했으나 이도 물리쳤다. 그리고 마지막으로 아프로디테의 미와 사랑에 쏠려 그녀에게 황금의 사과를 주었다.

이때, 아프로디테는 파리스에게,

"그 사과를 나에게 주면 세상에서 제일 가는 미녀를 너에게 주마."
라고 약속했다.

목동 파리스는 아프로디테의 약속 대로 그 후 트로이의 왕자로 변신했고, 세계에서 가장 아름다운 여성인 그리스의 왕비 헬레네의 마음을 사로잡았던 것이다. 그러나 미나 행복은 원래 짧은 것이어서 파리스의 행복은 길지 못했다. 파리스는 주책없고 귀찮은 남편이 되었고, 트로이의 국운은 그 때문에 망쳤고, 그 자신도 죽었다. 쉽게 사라져 버리는 청춘과 함께 최고의 미, 최고의 향락이 또한 그 앞에 검은 구렁텅이를 파고 있음을 황금 사과는 상징하고 있다.

판도라의 상자

아주 옛날에는 사람은 한 번 생겨나면 죽지 않고 오래오래 살았으며, 점점 번식하였다고 한다. 그러나 어떠한 방법으로 사람이 퍼졌는지는 말하지 않고 있다. 어쨌든 사람이 늘어감에 따라 나쁜 짓을 하는 자가 생겨 제우스 신은 크게 노했다. 그리하여 제우스는 세상에서 불을 감춰 버렸다. 그러나 항상 인간에게 동정을 품고 있었던 프로메테우스는 등심초(燈心草)를 들고 하늘로 올라갔다. 그리고는 태양신의 불수레에서 불을 빼앗아 등심초에 붙여 가지고 인간 세상으로 돌아와 다시 인간이 불을 가질 수 있게 해 주었다. 그 후 인간은 어둠 속에서도 맹수를 무서워하지 않고, 먹을 것을 끓이고 구어 먹게 되었으며 그 전보다 오히려 편안한 생활을 하게 되었다.

이에 격노한 제우스 신은 프로메테우스를 잡아 카프카스 산의 큰 바위에 묶여 독수리에게 간장을 쪼이는 벌을 내렸다. 제우스 신은 이에 그치지 않고 인간들에게 재앙과 고생을 주기 위해 천상의 대장장이 신 헤파이스토스를 시켜 진흙과 물로 아름다운 여신을 모방하여 판도라를 만들게 했다. 아테네 여신이 생명과 옷을 주었고, 미의 여신 아프로디테는 인간이 이 새로운 존재를 사랑하도록 그녀에게 아름다움을 주었고, 헤르메스 신은 교활하고 배신하는 성질을 부여했다. 이렇게 만들어진 새로운 인간의 이름을 '판도라' 라고 하였고, 프로메테우스의 집으로 데려갔다.

프로메테우스는 형의 충고를 물리치고 판도라를 아내로 삼았다. 판도라는 천상에서 올 때 조그마한 상자를 가지고 있었는데, 그 상자는 여러 신들이 저마다 자기의 재주와 능력 같은 선악의 여러 가지 선물을 집어 넣고 단단히 봉하고는 결코 열어 보지 말라고 한 것이었다. 그러나 열어 보지 말라는 것은 열어 보라는 말 이상의 힘이 있는 것이다.

판도라는 남편이 외출하고 무료한 시간을 집에서 혼자 보내다 문득 그 상자를 열어 보고 싶은 유혹에 빠졌다. 결국 호기심에 못 이긴 판도라는 그 뚜껑을 열고야 말았다. 그런데 뚜껑을 열자마자 무엇인가 괴상한 연기가 풀썩 올라오더니, 야릇한 흔적을 보이며 사라졌다. 판도라는 놀라며 은근히 겁이 나서 잠시 멈칫하다가 얼핏 뚜껑을 다시 닫았다. 그러나 이미 때는 늦었다. 상자 속에 들어 있던 모든 악덕(惡德)의 요소들은 밖으로 빠져 나가고 남은 것이라고는 희망뿐이었다. 원래 희망이란 것은 꾸물거리고 제자리걸음을 하는 것이라 혼자 뒤처져 있었던 것이다.

　이 이야기는 이브의 '금단의 과실' 과 비슷한 우의(寓意)를 품고 있다. 이 일로 여자의 손에 간직된 물건이 재앙의 근원이 되었을 때 '판도라의 상자' 라는 말을 하게 된 것이다.

나르시시즘

나르키소스는 그리스의 신화에 나오는 미소년이다. 에코라는 요정이 그를 사랑했지만, 그는 그것을 무시했다. 그리하여 복수의 신 네메시스는 그 벌로 나르키소스가 자기 자신의 아름다움에 도취되어 맹렬한 애착을 갖도록 했다.

어느 날 나르키소스는 목이 말라 물을 마시려고 헬리콘 산의 샘 앞에 엎드렸다가 수면에 비친 아름다운 자신의 모습에 황홀해진다. 그리고는 발이 떨어지지 않아 물가의 수선화가 되어 버렸다.

여기서 수선화는 죽음을 연상시키는 꽃으로, 곡물의 여신 데메테르의 딸 페르세포네도 풀밭에서 놀다가 그 꽃에 끌려 요단강 건너 저승세계의 지배자인 하데스에 의하여 유계(幽界)로 끌려가 버렸다.

그리스의 신화에는 대체로 우화적인 것이 많은데, 여기 나르키소스의 이야기도 그러하다. 자기 자신을 죽음으로까지 몰아 넣는 자애심(自愛心)이란 현대적인 테마일 것이다. 근대의 정신분석 학자들은 여기에서 정신의 한 유형을 파악해 냈다.

정신분석학의 창시자 프로이드는 인간의 리비도의 발전 단계를 다음의 넷으로 나누었다.

1. 기관애(旗官愛)
2. 자기애(自己愛)
3. 동성애(同姓愛)
4. 이성애(異性愛)

애욕이 이성애까지도 달하지 못하거나 또는 한 번 그 곳에 도달했더라도 다시 저차(低次)의 단계로 퇴보하는 경우가 있음을 프로이드는 지적한다.

그리고 리비도가 자기애(自己愛)에서 그치거나 그 쪽으로 퇴보하는 것을 나르시시즘이라고 이름지었던 것이다. 나르시시즘은 보편적인 에고이즘과 인연이 없는 것은 아니지만, 전자의 경우는 심미적(審美的)인 요소가 있다는 점에서 단순한 에고이즘과는 구별된다. 나르시시즘이 예술적인 창조면에서 이룩하고 있는 역할은 적지 않다고 보아야 한다.

오이디푸스 콤플렉스

오이디푸스 콤플렉스란 말은 꽤 자주 사용된다. 아버지에게 반감을 갖고 어머니에게 애정을 품는 사내아이의 심정, 넓은 의미로 동성의 부모에겐 반발하고 이성의 부모에겐 애정을 갖는 것을 가리킨다. 그것은 성적인 잠재적 요소도 들어 있는 걷잡을 수 없는 심리이며, 의식하(意識下)의 충동이라는 것이다.

이러한 현대적인 과제가 그리스의 신화 전설 속의 테베 왕과 오이디푸스 이야기에 보인다.

오이디푸스는 테베의 라이오스 왕과 이오카스테 사이에서 태어났다. 그런데 오이디푸스의 출생에 대해서 불길한 예언이 따라 다녔다. 그것은 태어난 그 자식이 아버지를 죽이고, 어머니와 결혼하리라는 것이었다. 아버지는 당장이라도 그 불길한 자식을 어둠의 세계에 묻어 버리고 싶었으나, 어머니의 눈물 어린 탄원에 못 이겨 굵은 못을 아이의 발뒤꿈치에 박아 키타이론 산에 버리게 했다. 그러나 아기를 버리라는 왕의 명령을 차마 따르지 못한 테베의 양치기는 왕명을 어기고 그 아기를 코린토스의 양치기에게 넘겼다. 그리고 코린토스의 양치기들은 아기를 코린토스의 왕인 폴리보스에게 데려갔다. 마침 아들이 없었던 왕은 이 아기를 양자로 삼고 오이디푸스라는 이름을 지어 주었다. '오이디푸스'는 '부어 오른 다리'라는 뜻을 가지고 있었다.

오이디푸스가 어른이 되어 어느 연회에 참석했을 때 그는 자기가 폴리보스의 친아들이 아니라 사생아라는 말을 듣게 되었다. 그리하여 그는 진실을 알기 위해 델포이의 신탁을 물으러 갔다. 거기서 오이디푸스는 아버지를 죽이고 어머니와 결혼할 운명이라는 대답을 듣게 되었다. 신관들은 그를 두려워 하여 델포이에서 추방했다. 그때까지도 폴리보스 왕과 메로페 왕비를 친

부모로 믿고 있는 오이디푸스는 코린토스에는 절대로 돌아가지 않겠다는 결심을 하고 보이오티아로 통하는 길을 택했다. 그리고 근방 산 속을 헤매는 도중 지나가던 마차를 타고 있는 낯선 사내 일행과 싸움이 벌어져 그는 도망친 하인 한 사람을 제외하고 그 일행을 모두 죽였다. 마차를 타고 있던 그 낯선 사내는 바로 테베의 왕이며, 그의 친아버지였다. 그러나 오이디푸스는 그 사실을 알지 못했다.

여행을 계속하여 테베까지 왔을 때 오이디푸스는 라이오스 왕이 테베에 전염병을 퍼뜨린 스핑크스라는 괴물 때문에 신탁을 묻기 위해 델포이로 가는 길에 살해당했다는 소식을 들었다. 그리고 스핑크스라는 괴물이 테베의 시민들에게 낸 수수께끼를 풀지 못하면 그 자리에서 그의 먹이가 되어 버리는데, 만약 테베의 전염병을 몰아내는 사람에게는 왕위는 물론 죽은 라이오스 왕의 왕비 이오카스테까지 준다는 얘기를 들었다. 스핑크스가 낸 수수께끼는 '아침에는 네 발, 낮에는 두 발, 저녁에는 세 발로 걷는데, 네 발로 걸을 때가 가장 약한 것이 무엇인가' 하는 것이었다. 이에 오이디푸스가 나서서 수수께끼를 푸는데 그 답을 '인간'이라고 했다. 왜냐하면 인간은 아기일 때는 기어다니고 젊어서는 두 발로 걸어다니고 늙어서는 지팡이를 짚기 때문이라는 것이었다. 이리하여 수수께끼를 푼 그는 어머니인 이오카스테를 아내로 맞이하면서 자신도 모르는 사이에 예언대로 되어 버린 것이다.

얼마 후 또 다시 전염병이 유행하여 신탁을 얻었더니, 전왕의 살해자가 궁 안에 있기 때문이라 하여 준열한 조사와 추궁이 행해졌다. 드디어 오이디푸스의 신원이 밝혀지고, 그는 부끄러움을 이기지 못해 자기의 두 눈을 찔러 장님이 되어 왕위를 버리고 방랑길을 떠났다.

그런데 이 전설의 결말에 대해서는 여러 갈래로 이설이 있다. 왕비, 즉 그의 어머니는 목매어 죽고, 그는 그대로 왕위에 있다가 그 후 알고스와의 전쟁에서 죽었다고도 한다.

피라미드

이집트는 동서가 사막이고, 북방은 바다에 둘러쌓여 있는 나일강 유역의 좁고 길다란 지역이며, 나일강이 여름 장마철에 넘칠 때 상류에서 쓸려 내려온 비옥한 진흙들이 비료 없이도 풍요한 농사를 거두게 했다.

이러한 혜택받은 자연적인 여건 덕분에 기원전 3000년경에 이미 통일 국가를 이룩했으며, 왕권이 확립되어 있었다. 고대 이집트는 대략 삼천의 왕조가 교대하였는데, 고왕국(古王國), 중왕국(中王國), 신왕국(新王國) 이렇게 셋으로 시대를 구분하는 것이 보통이다.

고대 이집트의 유적으로 가장 상징적인 것은 다시 말할 것도 없이 피라미드일 것이다. 이것은 주로 나일 데르타 지대에 있던 고대 국왕의 능묘인데, 그 방대한 규모는 왕권의 강대함을 시사하고 있다. 모양은 저변(底邊)이 네모 반듯하며, 위로 올라갈수록 좁아지며 사면을 이룬다. 중앙에 왕의 미이라를 안치하는 방이 있고, 그 방의 가까운 사면 벽을 뚫고 깊은 창문이 하나 있는데, 보름달이 뜨는 밤에 달빛이 일직선으로 들어와서 미이라의 얼굴을 비추게 되어 있다. 이집트의 측량술은 그처럼 정확했던 것이다.

현재 남아있는 피라미드는 대략 4,000여 개이다. 그 중 최대의 것은 기제에 있는 3기인데, 높이가 146미터, 저변길이가 244미터나 된다. 이 피라미드에 있는 미이라의 주인공은 이집트의 제4왕조 쿠푸왕과 그 아들 카프레, 손자 멘카우레라고 하는데, 그리스의 사가(史家) 헤로도토스는 그 피라미드에 관해서 다음과 같은 흥미있는 일화를 소개하고 있다.

쿠푸왕은 모든 신전의 문을 닫고 이집트 사람들의 예배를 금했고, 사람들을 모두 피라미드 건설에 강제 동원했다. 아라비아 산중에 있는 채석장에서 돌을 캐다 나일강까지 운반하는 사람, 강을 건너온 돌을 받아서 류비이 산까지 운반하는 사람 등 이 노역에는 십만 명의 장정이 석달 걸러 교대로 투입되었다. 돌을 운반하여 도로를 만드는 데만도 10년이란 세월을 소비했다. 피라미드 건설 자체는 20년이 걸렸다고 한다. 즉, 십만 명의 이집트 사람들이 30년간 계속 강제 노동에 종사했다는 셈이 된다. 이렇게 해서 만들어진 것이 쿠푸왕의 피라미드였다.

왕도 나중에는 자금이 딸려 그의 딸을 창녀로 팔았다고 하는데, 사실 여부는 확실하지 않다. 이집트 사람들은 이 피라미드 때문에 고생한 것은 틀림없는 일이며, 쿠푸왕과 그 아들 카프레가 치세한 150년 간은 모든 신전이 폐쇄되었으니, 이들 두 왕이 인심을 잃은 것은 확실한 일이다. 그리고 피라미드의 어원에 대해서는 이집트어의 '피레므스(높이)'에서 왔다는 것이 유력한 설이다.

악어의 눈물

이 말은 셰익스피어가 그의 여러 작품 가운데에 쓰고 있는데, 이것은 당시의 문헌 〈바스렛트〉에,

"만약 악어가 물가에서 사람을 발견한다면 될 수 있는 한 이것을 물어 죽이고, 그런 뒤에 그 사람을 위해서 울면서 시체를 먹으리라."

라고 쓰여 있는 것을 차용한 것으로 보인다고 한다. 즉, 악어의 눈물이란 위선적인 눈물의 의미이며, 위선의 상징이다.

이와 관련하여 악어의 논법(論法)이란 말이 있다. 고대 이집트 전설에서 유래하는 것이다. 나일강에서 악어에게 어린아이를 빼앗긴 아버지(혹은 어머니라고도 한다)가 어린아이를 돌려 달라고 호소한다. 악어는 자기가 묻는 말에 대답을 할 수 있다면 돌려 보내 주겠다고 말했다.

그 물음이란, 악어인 자기가 어린아이를 돌려보낼 것인지, 돌려보내지 않을 것인지 알아맞춰 보라는 것이었다. 악어의 속을 어떻게 안단 말인가. 악어는 기껏 손에 넣은 그의 밥을 놔 줄 까닭이 없다. 그러한 물음은 희롱삼아 낸 것이고, 만약 어린아이의 부모가,

"돌려 보내지 않으려 했을 것이다."

라고 대답한다면,

"아니, 나는 돌려 보내려고 했으니, 너의 대답은 틀렸어."

하면 그만이다. 반대로 돌려 보낼 것이다라고 대답해 봤자 결과는 똑같다.

"나는 돌려 보내지 않으려고 했다."

라고 악어는 고개를 저으면 그만이다.

이리하여 '악어의 논법'이란 어느 쪽에나 갖다 붙일 수 있는 궤변(詭辯)을 의미한다.

누구나 악어의 교활함을 미워하겠지만 조금 반성해 본다면, 우리들 자신이 일상생활에서 사용하고 있는 논법이란 대개 이와 같이 자기에게 편리하도록 자기 중심적으로 갖다 붙이는 궤변이 적지 않다.

시지프스의 바위

시지프스란 그리스의 전설 속에 고도(古都) 코린토스 시를 창립한 인물이라한다. 그는 프로메테우스 신의 현손인 아이올로스와 에나레테의 아들이다. 그는 눈에서 코로 빠질듯이 날쌔고 교활하며, 못된 지혜가 많기로 유명한 사나이였다. 이 때문에 종종 유명한 도둑인 아우톨리코스와 결부되고 있다. 아우톨리코스는 도둑과 상인의 수호신인 헤르메스의 아들로 파르낫소스산 기슭에 살면서 근방의 소를 훔쳐다가 자기 것으로 만들고 있었다. 그는 아버지인 헤르메스에게서 소의 털빛과 뿔의 모양을 바꾸는 술법을 배워 두었으므로, 도둑질한 소들의 모양을 바꿔 감쪽같이 사람들의 눈을 속이고 있었던 것이다. 시지프스도 소를 도둑 맞았는데, 소 말굽에다 낙인을 찍어 두었기 때문에 아우톨리코스는 더 피할 여지 없이 사죄하였고, 시지프스는 도둑맞은 소를 다시 찾아올 수 있었다.

또 다른 이야기다. 시지프스가 병으로 죽게 되었을 때, 그는 아내에게 일러서 자신이 죽은 뒤에도 시체를 매장하지 말고 관습화 되어 있던 제물도 유해에 바치지 않도록 했다. 죽은 시지프스의 영(靈)이 저승에 도착하자, 저승신 하데스는 그가 공양도 안 드리고 장례의 절차를 밟지 않은 것을 보고 화가 나서 시지프스에게 직접 장례를 지내라고 하면서 그를 다시 지상으로 돌려보냈다.

다시 지상에 나와 코린토스로 돌아온 시지프스는 하데스의 명령 같은 건집어 던지고, 그를 데리러 온 사신(死神)을 쇠줄로 묶어서 가두고는 태연하게 자기 집에 주저앉아 살 만큼 실컷 장수했다고 한다. 그러나 드디어 다시 저승에 가게 되었을 때, 그를 마중한 저승의 신들은 그 벌로 그를 지옥의 맨 밑바닥인 타르타로스에 몰아 넣었다. 그리고 타르타로스 안의 언덕에서 큰 돌을 들어 올리는 일을 시켰다. 그 바윗돌은 겨우 꼭대기까지 끌어올려 놓으면 곧 다시 아래로 굴러 떨어지는지라, 그는 중노동에 종사하지 않으면 안 되게 되었다.

탄탈로스의 갈증

저승 세계의 무한지옥(無限地獄)인 타르타로스에서 영겁의 벌을 받은 것으로 유명한 탄탈로스는 제우스 신과 티탄 신족의 플루토 사이에서 난 아들이라고 한다. 탄탈로스는 신의 은총을 깊이 받아 신들의 식탁에서 같이 식사하고 신들의 대화에 귀를 기울임으로써 불사신이 되어 있었다. 그 때문에 그는 겸손한 마음씨를 잃고 성정이 매우 거칠어졌다.

하루는 신들을 식사에 초대해 놓고는 자기 자식인 펠롭스를 죽여, 그 살로 요리를 해서 대접함으로써 오만하게도 신들의 전능을 시험하려 했다. 신들은 물론 대번에 그것을 알았고, 탄탈로스를 나무라는 한편, 조각난 펠롭스의 살덩이를 주워 맞춰 다시 소생시켰다. 그런데 향연 석상에서 곡식을 다스리는 여신 데메테르만은 딸인 페르세포네를 잃은 슬픔에 빠져 있었기 때문에 멍하니 앉았다가 펠롭스의 어깨 살점을 먹고 말았다. 그 때문에 펠롭스는 어깨죽지가 푹 꺼졌다고 하여, 금으로 땜질을 했다고 한다. 이것이 아가멤돈을 비롯한 뮤케나이 왕가(王家)의 시조라고 한다.

탄탈로스는 그 후에도 신들의 식탁에서 신의 술인 넥타르와 신의 음식인 암브로시아를 훔쳐 친구에게 주었으며, 신들에게 들은 비밀을 인간에게 누설하기도 했다. 이렇게 하여 신들의 미움을 받게 된 그는 벌로 무한지옥인 타르타로스에 떨어져 목까지 물에 잠기고 머리 위에는 과일 나무가 있는데도 그것을 먹고 마실 수가 없어 항상 목이 마르고 굶주려 있어야만 했다. 그리고 큰 돌이 그의 머리 위에 실로 매달려 있기 때문에 두려움에 떨어야만 했다. 호메로스의 〈오딧세이〉에 적혀있는 오디세우스의 저승 방문의 한 구절을 인용해 보자.

"그리고, 나는 탄탈로스를 보았다. 모진 고생을 겪고 있는 그를. 물 속에 몸이 잠긴 채 서서, 그 물은 턱에 닿을락 말락했다. 그러나 그는 몹시 목이 말라 물을 마시려고 하였으나, 마실 수 없었다. 그 까닭은 늙은 그가 물을 마시려고 고개를 굽히는 순간, 물은 아래로 빨려 줄어들고 발 밑에는 검은 흙이 드러났다. 또 늘어진 나뭇가지에 달린 과실을 따 먹으려고 하면, 그 나뭇가지는 갑자기 바람에 흔들려 높은 곳으로 달아나 버렸다."

다모클레스의 검(劍)

그리스의 전설에 의하면 시칠리아 섬의 도시국가 시라쿠사 왕의 디오니시우스의 신하 중에 다모클레스라는 인물이 있었다. 그는 왕의 비위를 맞추기 위해 왕의 행복을 찬양했다. 그러자 어느 날 왕은 다모클레스에게 말했다.

"그대가 일찍이 부러워하여 마지 않던 임금의 자리에 하루 동안만 앉아 보게."

다모클레스는 왕의 후대에 감격하면서 왕좌에 올랐다. 눈 앞에는 산해진미가 가득차 있었다. 문득 천장을 쳐다보니, 머리카락 하나로 매달아 놓은 예리한 칼이 보였다. 다모클레스의 감격은 대번에 공포로 변하고, 왕좌에 올라 앉아있는 동안 살아있는 기분이 아니었다.

이 이야기는 말할 것도 없이 권력의 자리라는 것이 결코 밖에서 보는 만큼 편안한 것이 아니며, 항상 위기에 직면하고 있다는 것을 나타내고 있다.

스코틀랜드의 민속학자 프레이저의 명저 〈황금 가지〉속에 나오는 '죽음의 늪의 사제(司祭)'도 이와 비슷한 주제를 다룬 것이라 할 수 있다. '죽음의 숲'이란 터부, 즉 금지구역으로서, 그 곳으로 도망친 노예는 노예의 신분을 벗어날 수가 있었다. 그런데 그 숲속에는 전날 역시 노예였던 '죽음의 늪의 사제'가 있었다. 나중에 온 노예는 그 사제를 죽이고 사제직을 빼앗기 전에는 숲에 머무를 자격이 없다. 이것은 권력의 자리를 둘러싸고 피비린내나는 투쟁을 상징하는 것이다.

케네디 대통령은 일찍이 그 연설에서 핵무기를 '인류에게 있어서 다모클레스의 검(劍)'이라고 말했는데, 이것은 인류 전체의 운명이 단추 하나에 달려 있음을 말한 것이다.

아리아드네의 실

'아리아드네의 실'은 그리스의 전설에서 유래하는 말이다.

아테네 최고의 화가이며 조각가인 다이달로스가 조카를 살해한 죄로 아테네에서 추방당하여 크레타 섬으로 건너왔다. 크레타 섬의 왕인 미노스는 그를 크게 환영하였으며, 이에 다이달로스는 자신의 훌륭한 공예 솜씨를 발휘하여 인공의 암소를 만들어 바쳤다. 그런데 바다의 신 포세이돈이 미노스 왕에게 선물한 황소에게 심한 욕정을 느끼고 있던 파시파에 왕비는 자신의 욕정을 채우기 위해 다이달로스가 만든 인공 암소 속으로 들어갔다. 포세이돈의 황소는 그 암소가 진짜인 줄 알고 파시파에와 교미를 했는데, 그 결과 몸은 사람에 머리는 소인 미노타우로스라는 괴물이 태어나게 되었다.

미노스 왕은 이 괴물을 부끄럽게 여겨 다이달로스에게 라비린토스라는 지하 미로를 만들게 하여 안에 들어간 사람은 두 번 다시 밖으로 나올 수 없도록 만들어 버렸다. 미노타우로스는 그 안에 갇혀 사람고기를 먹고 살았다. 미노스와의 전쟁에서 패배한 아테네인들은 해마다 일곱 명의 소년과 일곱 명의 소녀를 공물로 미노스 왕에게 바치도록 되었고, 이들 소년 소녀들은 미노타우로스의 먹이가 되기 위해 한 사람씩 라비린토스에 보내졌다.

아테네의 왕 아이게우스의 아들 테세우스는 화근을 뽑기 위해서 제물의 한 소년이 되어 크레타 섬으로 건너왔다. 테세우스가 크레타 섬에 도착했을 때 그에게 사랑을 느낀 미노스 왕의 딸 아리아드네는 테세우스가 라비린토스에 들어갈 즈음 실꾸리를 한 개 주었다.

테세우스는 그를 잡아 먹으려는 괴물을 죽이고 실 끈을 따라 미궁을 무사히 빠져나왔다. 테세우스가 아리아드네와 사랑의 열매를 맺은 것은 다시 말할 것도 없고, 이 전설에서 아리아드네의 실이라고 하면 어려운 문제를 푸는 실마리를 의미한다.

  그러나 아리아드네의 행복은 짧았다. 그녀는 순정을 바쳤으나, 테세우스
는 그녀가 잠자고 있는 틈에 그녀를 버리고 도망을 쳤다. 이때, 그녀의 뱃속
에는 테세우스의 아기가 잉태되고 있었다.

  그 후의 아리아드네의 운명에 대해서는 난산으로 죽었다고도 하고, 비관
한 끝에 투신 자살하려는 것을 술과 도취, 해방의 신인 디오니소스에게 구출
되어 그의 아내가 되었다고도 한다. 그리고 체홉의 소설에 '아리아드네' 라
는 여주인공의 이름을 쓴 단편이 있는데, 그 구슬픈 이야기를 쓴 작가의 뇌리
에는 아리아드네의 운명이 비쳤으리라.

  한편, 테세우스는 아테네를 떠날 때 부왕에게,

  "괴물을 토벌하고 무사히 돌아올 때에는 흰 기를 배에 달겠습니다."
라고 약속했는데, 막상 개선하는 길에 그 약속을 깜박 잊었다.

  해안에서 돌아오는 아들의 배를 바라보던 부왕은 백기가 안 보이자 아들
이 괴물에게 먹힌 줄 알고 비탄한 나머지 바다에 몸을 던졌다. 에게해의 이름
은 아이게우스왕의 이름을 딴 것이라 한다.

프로크루스테스의 침대

프로크루스테스는 고대 그리스의 전설적인 강도이다. '잡아늘이는 자' 라는 이름을 가진 이 괴상한 도둑은 엘레시우스와 아테네의 중간 길가에 살면서 나그네를 자기 집으로 끌고 와서는 특수한 침대 위에 눕히고, 나그네의 몸 길이가 침대보다 짧을 때는 잡아 늘이고, 길 때는 머리나 다리를 잘라 버리는 잔인한 방법으로 사람을 죽였다고 한다.

그 후 그는 영웅 테세우스에게 같은 방법으로 죽음을 당했다.

여기서 '프로크루스테스의 침대' 라고 하면, 어느 절대적인 규격이나 기준을 만들어 놓고 그 안에 구겨 넣으려고 하는 획일적인 처사를 의미한다. 마르크스는 그의 논문 속에서 헤겔의 관념론적 방법을 비꼬아 '프로크루스테스의 침대' 라고 말했다. 즉, 헤겔은 관념이란 초월적 기준을 세워 놓고 현실을 제멋대로 늘였다 줄였다 하지만, 자기의 유물론적 방법은 그와 반대로 현실에서 출발하여 진리에 도달한다고 주장했다.

오랜 인류의 역사를 통해 본다면, 어떤 법칙이나 이데올로기라는 것은 모두 다소의 차이는 있을 망정, '프로크루스테스의 침대' 아닌 것이 없다. 그것들은 다종 다양하고 복잡한 현실을 사상으로 정리함으로써 하나의 보편성을 얻게 된다. 그 보편성이 이번에는 거꾸로 현실을 움직이게 되는 것이며, 인류 문화의 진보는 그러한 선에서 이루어진 것이었다.

스파르타 교육

스파르타식 교육이라 하면, 보통 자식을 엄하게 키우는 의미로 사용되고 있는데, 고대 그리스의 도시국가 스파르타에서 시행되던 교육제도에서 온 것이다. 그리스는 도리아인과 이오니아인 두 부족으로 구성되어 있었는데, 전자가 만든 것이 스파르타, 후자가 만든 것이 아테네로 이 두 도시국가는 그리스를 대표하고 있다.

스파르타와 아테네는 그 사회적 경제적 성격이 매우 달랐다. 일반적으로 아테네는 상업이 발달하고 개방적인 문화였는데, 스파르타는 이와 반대로 농업이 중심이었고, 폐쇄적이며, 군국적이었다. 이러한 차이를 낳게 한 원인은 지리적인 조건이 크게 작용하기도 했지만, 또 하나는 두 도시의 노예 제도가 질적으로 달랐던 점에 있다. 즉, 아테네에서는 노예는 주로 외지에서 팔려온 이민족으로, 노예들은 자기들끼리의 연대의식도 희박하며 따라서 그들은 유순하게 복종하고 있었는데, 스파르타의 경우는 그렇지가 않았다. 도리아인이 남하하여 세운 스파르타는 귀족정치를 실시하며 본토인인 헤롯인들을 노예로 삼았다. 따라서 헤롯인들에게는 동족의식과 정복자에 대한 공동의 반항의식이 잠재하고 있었다. 그러므로 그들보다 수효가 적은 스파르타 시민은 항상 힘으로써 그들을 굴복시켜 둘 필요가 있었다.

스파르타 사회의 폐쇄적이며 군국적인 제도는 이런 데서 나온 것이며, 그 제도를 강력하게 체계화한 것은 기원전 7세기 무렵 리쿠르고스라는 입법자라고 한다. 〈영웅전〉의 저자로 알려진 로마의 사가(史家) 플루타르크는 이에 대해서 다음과 같이 말하고 있다.

"먼저 리쿠르고스는 원로원의 제도를 만들어 중요사항을 의결하는 데에 있어서는 왕과 대등한 표결권을 부여했으며, '불에 데기 쉬운 뜨거운 왕의 지배권'을 적당히 식히고 사회로 하여금 안정과 균형을 보전토록 했다. 두번째 정책은 토지 소유가 소수인에게 기울어져서 독점이 된 것을 근본적으로 재분배하여 빈부의 차를 없애려고 했다. 세번째 정책은 게으름과 사치의 풍습을 물리치기 위해서 공동회식제(共同會食制)라는 철저한 제도가 시행되었다. 그때까지의 시민들은 각자의 집에서 마음대로 마시고 먹고, 긴 시간 동안 따뜻한 목욕과 충분한 휴식을 즐겼었다. 즉, 할 수 있는 한의 포만과 욕망에 몸을 맡기고 있었던 것인데, 이 제도가 생김으로서 규칙에 따라 집합하여 공동 취사한 검소한 의식을 갖게 되었다. 이 공동식탁에는 아이들도 절제를 배우는 학교로서, 어른들을 따라 참석했다. 그리고 그 자리에서 국정에 대한 이야기도 듣고, 자유민으로서의 행동에 대한 가르침도 받았던 것이다. 또 유능한 젊은이를 뽑아 단검과 식량만을 주어 일정한 목적없이 지방으로 보내기도 했다. 이 젊은이들은 낮에는 사람 눈에 띄지 않는 곳에 숨어서 쉬고 있다가, 밤이 되면 거리에 나와서 반항적인 헤롯인들을 습격하여 죽였다. 또 스파르타의 고관직인 애로포이 직함을 받은 자는 취임 직후 반항적인 헤롯에게 도전하여, 이를 살해하는 것이 당연한 일로 되어 있었다. 그 밖에도 스파르타 시민은 노예를 가혹하게 부렸다."

스파르타와 같이 그 시민은 자유스러우면서도 노예는 그렇게도 노예적인 곳이 없다고 하는 말이 있는데, 이것은 스파르타 사회의 특색을 정확하게 파악한 것이라 하겠다. 스파르타에서는 리쿠르고스 제도에 의하여 모든 시민은 토지 소유자이며, 이들 자유시민의 인권의 평등이 확보되었으며, 그러한 경제와 사회의 토대 위에 한편으로는 중무장한 보병의 전투부대인 파랑크스로 된 군사력이 형성되었다. 이것이 스파르타로 하여금 펠레폰네소스 반도의 패자(覇者)로 만든 것인데, 스파르타 시민이 정치와 군사에 몰두할 수 있었던 것은 헤롯의 반란을 미연에 방지한 그와 같은 탄압이 뒷받침이 된 것도 사실이었다.

우리들 명령을 지켜 쓰러졌노라

기원전 7세기경. 페르시아는 동으로 인도국경에서 서로 에게해에 미치는 넓은 영토를 차지하고 있는 강대국이었다. 동양에 비유하자면, 한(漢), 당(唐) 두 나라가 강성하던 것과 맞먹는 세력이었다.

이 대제국에 비하면 그리스는 지역적으로도 그리스 반도의 일각을 점유하고 있던 작은 민족에 불과했다. 그나마 통일국가가 아니며, 개개의 도시가 분립하여 독립의 주권을 가지고 있었으나, 그 조그마한 도시 안에 그 당시로서는 동서를 막론하고 세계 어느 곳에서도 볼 수 없었던 놀라울 만한 민주정치가 서 있었으며, 높은 문화가 꽃을 피우고 있었다.

이 무렵, 그리스인의 한 종족인 이오니아인은 밀레토스를 비롯하여 사모스 등의 12개의 식민지를 건설하여 많은 그리스인이 이주하여 살고 있었는데, 이 식민지가 원인이 되어 페르시아 대제국과 조그만 그리스 도시국가 간에 충돌이 빚어졌다. 소위 역사상의 페르시아 전쟁이 시작된 것이다.

페르시아는 서쪽으로 그 세력을 뻗쳐 마침내 이오니아 일대도 그 장중에 집어 넣었다. 그리스인들은 자유를 존중하고 민주적이었으므로 페르시아의 전제왕권의 중앙집권적 지배에 불만을 품고 반란을 일으켰다. 이 반란은 곧 진압이 되었지만, 페르시아왕 다리우스 1세는 반란을 조종한 것으로 의심이 되는 아테네를 치려고 군사를 일으켰다. 이 싸움은 코끼리와 강아지와의 싸움으로 생각되어, 아테네의 운명은 풍전등화로 보였는데, 결과는 그렇지가 않았다.

아테네는 기원전 6세기 말에 일인주권제(一人主權制)를 타도하고, 오스트라시즘(도편추방제)의 제도를 채택하여 민주적 개혁을 단행하여 민중의 의지가 가장 높았다. 아테네 군대의 정예부대는 밀티아데스의 지휘 아래 페르시아의 대군을 아테네의 교외 마라톤의 벌판에서 맞이하여, 결국 페르시아군을 패주케 했다.

이때 그리스 군의 전령인 한 병사는 한시라도 빨리 승전 소식을 아테네에 알리기 위해서 22마일의 장거리를 단숨에 뛰어 시내에 도착하여,

"아군이 승리했다!"

라는 한 마디를 남기고 그 자리에 쓰러져 숨졌다.

그리스에서는 이 비장한 고사로 인하여 올림픽 경기 때 그 전령병이 달린 것과 같은 거리를 달리는 경기 종목을 만들고, 그 이름을 마라톤이라 했다. 오늘의 마라톤 경기는 이 전통을 이어받은 것이다.

페르시아의 그리스에 대한 침략의 의도는 그것으로 그치지 않았고, 다리우스의 아들 크세르크세스는 친히 대군을 이끌고 그리스 토벌에 다시 나섰다. 그리스의 사가 헤로도토스에 의하면, 크세르크세스는 구름과 같은 대부대가 헬레스폰토스(다르다넬스)해협을 메우며 건너가는 광경을 신기한 듯이 바라보고 있었는데, 갑자기 소리내어 울음을 터뜨렸다고 한다. 측근 신하가 그 까닭을 물은즉, 왕은 슬픈 얼굴로 대답했다.

"나는 지금 문득 인간의 생명이 얼마나 짧은가를 생각하고 한탄한 것이다. 저 같이 많은 군사도 백년 후에는 한 사람도 살아남지 못할 것이 아닌가?"

크세르크세스의 예언은 오히려 더 빨리 실현되었다.

페르시아 대군은 육지와 해상 두 길로 나뉘어 침투했다. 그리스의 연합군은 테르모필레의 험준한 지세를 이용하여 육지 침략군에게 커다란 손해를 주었는데, 적의 우회작전으로 불가피하게 후퇴를 하게 되었다. 이때, 스파르타의 용장 레오니다스가 지휘하는 소부대는 그대로 진지에 남아 테르모필레를 사수하기 위해 마지막 한 사람이 죽을 때까지 적과 싸웠다.

페르시아 전쟁이 끝난 뒤, 그들의 무훈을 찬양하여 그 곳에 다음과 같은 시를 새긴 기념비가 세워졌다.

이국인들이여,

가거든, 라케다이몬(스파르타) 사람들에게 전하라.

우리들 조국에 대한 사랑으로

이곳에 쓰러졌노라고.

테르모필레의 험준한 고개를 넘은 페르시아군은 밀물같이 아테네에 쳐들어갔다. 아테네는 육해로 페르시아 군에 포위되어 절대절명의 위기에 놓였다. 그러나 테미스토클레스의 대담한 제안에 따라, 아테네는 전시민이 시(市)를 비우고 적의 해군과 싸우기 위해 해상에 집결했다. 페르시아 군은 육지에 옥좌를 마련하고 승리를 목전에서 보려고 했으나, 배수진을 친 결사적인 그리스의 함대는 수적으로 훨씬 우세한 페르시아 함대를 산산히 쳐부쉈다. 이것이 세상에 이름높은 살라미스의 해전이다. 페르시아 군은 사기가 꺾여 퇴로가 끊길까 봐 후퇴하고 말았다. 이리하여 페르시아는 무력에 의한 그리스 정복의 야망을 단념하지 않을 수 없었다.

페르시아 전쟁은 전제국가의 침략에 대해 그리스 도시국가의 자유민이 그 독립과 자유를 수호해 냈다는, 그 후의 유럽 역사에 커다란 영향을 준 역사적인 사건이었다.

아마존

그리스 신화에 의하면 아마존은 코카서스(카우카소스) 출신의 여성 무사들로 이루어진 전설적인 민족으로, 스키티아 지방 또는 소아시아 북부의 테미스킬라에 살고 있었다고 한다. 이들은 아레스의 자손임을 과시하며, 아레스를 군신으로 모시고 아르테미스를 순결과 여성의 힘의 여신으로 숭배했다. 초생달 형의 방패와 활, 창을 가지고 싸우며 기마술에 능숙했다. 여자만으로 이루어진 부족이었으므로, 자손을 남기기 위해서 종종 이웃 부족의 남성들과 정을 통하여 아기를 잉태하는데, 사내아기가 탄생하면 죽이거나 불구로 만들었다. 여자아이가 태어난 경우에는 어릴 때 오른쪽 유방을 잘라내어 활과 창을 쓰는 데 방해가 안 되도록 했다.

그리스의 영웅들도 이 아마존의 여성들과 교류가 있었다. 델포이의 신탁을 통해 에우리스테우스로부터 12가지의 어려운 과업을 받은 헤라클레스는 아마존의 여왕 히폴리테의 허리띠를 빼앗아 왔다. 테세우스는 히폴리테의 동생 혹은 딸이라고 하는 안티오페를 약탈했다. 이 때문에 트로이 전쟁 때 아마존 부족은 트로이의 편에 가담했는데, 그리스의 으뜸가는 영웅 아킬레우스가 이를 물리쳤다. 이때 아킬레우스는 여왕 펜테질레아를 죽였는데, 죽인 뒤에 너무도 아름다운 그녀의 모습에 슬픔을 금하지 못했다고 한다. 그리스인 테르시테스는 이것을 비웃으며, 아킬레우스는 죽은 사람을 사랑했노라고 소문을 퍼뜨렸다. 이로 인해 그는 아킬레우스에게 죽음을 당했다. 독일 근세의 극작가 클라이스트는 이를 소재로 희극 '펜테질레아' 를 썼다.

여기서 아마존이라고 하면 대개 용감한 여성, 여걸을 가리킨다. 그런데 여인국(女人國)에 대한 전설은 그리스에만 있는 것이 아니고, 인도나 아라비아 등에서도 전해지고 있다. 이와 같은 전설이 발생한 근거는 몇 가지 점이 추정되는데, 남성의 여성에 대한 동경과 두려움이 작용하고 있었던 것이 확실하다.

그리고 남미의 세계 최대의 강인 아마존의 명칭도 아마존의 전설에서 나온 것이다. 유럽인이 이 큰 강에 관심을 갖기 시작한 것은 1500년 스페인의 핀손이라는 사람이 아마존의 하구를 살핀 것이 시초라고 한다.

그 후 얼마 안 되어, 역시 스페인 사람인 피사로는 페루지방에 번성하고 있었던 잉카제국을 멸망시킨 뒤, 전설적인 황금향 엘도라도를 발견할 목적으로 동생을 지휘관으로 하여 탐험대를 안데스 너머로 파견했다. 일행은 아마존 상류까지 도달했는데, 식량 부족과 피로로 인하여 더 행동할 기력을 잃었고, 부대장 오레야나로 하여금 1소대를 인솔케 하여 아마존을 내려가게 했다. 오레야나 소대는 도중에서 여성으로 된 토인군의 공격을 받으며 전진했는데, 물론 꿈의 황금향은 발견하지 못했다. 결국, 그들이 여성들로부터 공격받은 일로 인해 그 큰 강을 아마존이라고 이름지은 것만이 그들의 탐험 여행의 수확이 되고 말았던 것이다.

너 자신을 알라

그리스의 중앙부, 코린트만이 깊숙히 들어앉은 구석진 북편에 키르라 항구가 있다. 거기서 북쪽 언덕을 오르면 높이 솟은 파르낫소스 영봉 기슭에 아폴론의 신역(神域)으로 이름 높은 델포이에 도착한다. 옛날에는 그리스 전역에서 이 곳에 바쳐오는 헌납물이 끊일 새가 없었으며, 신전에 이르는 도로 양측에는 여러 국가에서 헌납해 온 물건들을 보관하는 창고가 즐비했다.

파우사니아스(2세기 후반의 사람)의 〈그리스 주유기(周遊記)〉에 의하면, 신전 입구에 있는 문간 방에는 7현인으로 불리우던 사람들의 인생에 대한 금언이 새겨져 있었다고 한다. 7현인이 살고 있던 시대는 기원전 7～6세기였다. 그 금언이란 '너 자신을 알라' 와 '무엇이고 도(度)를 넘지 말라' 는 두 가지 말이 있었다고 한다.

고대 철학자의 전기를 쓴 디오게네스는 7현인의 한 사람인 탈레스의 전기에서,

"무엇이 가장 어려운 것인가?"

하고 물은즉, 탈레스는,

"자신을 아는 것이 가장 어렵다."

라고 대답했다고 한다. 탈레스는 별을 보며 가다가 개울에 빠진 일화로 알려진 철인이다.

"가장 쉬운 것은?"

하고 또 물은즉,

"남에게 충고하는 것이다."

라고 하였으며,

"가장 즐거운 일은?"

하는 질문에는,

"목적에 달했을 때."

등등 여러 가지 명언을 토했다고 한다.

그리고 '무엇이든 도를 넘지 말라'고 한 말은 역시 7현인의 한 사람으로 아테네의 입법자이던 솔론의 말이며, 그는 늘 중용의 덕을 으뜸으로 삼았다고 한다. 그것은 정치적으로 하나의 중도정책(中道政策)을 의미하며, 어느 쪽으로도 기울지 않는 중립을 표방한 것으로 보인다. 그러나 그것의 어려움을 그도 잘 알고 있었던 모양으로,

"모든 사람에게 좋게 하기란 어렵다."

고 항상 개탄하고 있었다.

아테네는 그 당시 변방의 한 소국가에 지나지 않았고, 자원도 빈약하고 국력도 약했다. 그리고 국내에서는 당파싸움이 그칠 새가 없었다고 한다. 솔론에 관한 또 한 가지 재미있는 일이 있다. 솔론은 자식이 먼저 죽자 몹시 슬퍼했다. 그 비탄이 너무 심하자 어떤 사람이 위로 겸 간언 비슷하게 말했다.

"울어도 소용없는 일이며, 몸에 해로우니 그만하시오."

했다. 그러자 그는 이렇게 대답했다고 한다.

"그것이 내가 우는 까닭일세. 아무 소용없다는 것이……"

"나는 언제나 무엇인가 배우며, 나이를 먹어간다."

라고 말한 것도 그의 술회의 하나로 전해져 온다.

도편 추방

고대 그리스는 하나의 국가가 아니며, 각 도시는 독립된 정치체(政治體)로 한 도시국가(폴리스)의 집합으로 되어 있었다. 아테네, 스파르타, 고린트가 그 대표적인 것이었다. 그들은 정치적으로는 분립되어 있었으나, 언어, 종교를 비롯하여 호메로스의 시, 델포이의 신탁, 올림피아(올림픽 경기) 등을 통해서 한 민족으로서의 유대와 결합을 잃지 않았다.

폴리스는 처음에 왕을 받들고 있었는데, 그것은 동양적인 전제 지배자가 아니라 원시 사회의 추장이나 족장의 형태가 발달된 것이었다. 그리고 기원전 7세기 경에 이르러서는 귀족집단이 정치를 지배하기에 이르렀다. 다시 아래로 내려오면 경제 상태의 변동에 따라 민중의 힘이 강성해지고 귀족대 민중의 대립이 생겼는데, 솔론의 개혁에 따라 시민의 권리가 보호되고 그들도 국정에 발언권을 갖게 되었다.

간혹 이러한 민주적인 움직임에 역행하여 독재적인 권력을 가진 소위 참주(튜라노스-타이란트)들이 등장하기도 했는데, 민중의 정치 의식이 높은 그리스에서 참주의 존재는 오래가지 못했다. 도시국가에서는 특히 뛰어난 세력자가 나오면 민주 정치의 위험한 신호라 하여 배제되었다. 그 방법은 자유스러운 전 시민에 의한 비밀 투표로 행해지는 것이 보통이었다. 그들은 부적당하다고 인정하는 정치가의 이름을 사기조각(도편, 陶片)이나, 조개 껍질에다 기입하여 투표했다. 종이를 사용하지 않은 것은 종이가 이집트에서 수입되는 정도로 값이 비쌌기 때문이다. 이것이 오스트라시즘이라고 불리우는 것이며, 원래 도기(陶器)를 오스트라곤이라고한 데서 나온 말이기에 도편추방(陶片追放)이라고 번역되는 것이다.

오스트라시즘은 아테네의 클레이스테네스에 의하여 제도화되었다고 한다. 이 제도는 이념적으로 본다면 매우 합리적인 것이며, 사실상 폴리스의 민주정치를 지킨 방파제의 역할을 한 것은 틀림없지만, 한편으로는 폴리스를 언제까지나 폴리스 단위로 분립시키고, 그리스로 하여금 강력한 통일국가로 성장하는 것을 방해한 것도 부정할 수는 없다.

솔론의 개혁

아테네는 고대 그리스에 있어서 가장 고도의 민주주의적 도시국가로서 번영하였는데, 이와 같은 민주정치가 자리를 잡기까지는 역시 정치적으로 우여곡절이 많았다.

아테네는 이오니아인이 건설한 폴리스이며, 초기에는 다른 도시국가와 마찬가지로 족장인 왕을 세우고 있었는데, 기원전 7세기경에 이르러서부터는 주로 귀족들이 정치를 지배하는 자리에 앉아 있었다. 즉, 일반 민중과 귀족 계급간에는 확연한 상하의 구별이 있었다. 그 후 지중해의 교통이 발달하고 상공업과 노예 매매가 번성함에 따라 평민간에 경제력이 늘어나자 지주계급인 귀족의 권력이 흔들리기 시작했다.

이같이 귀족과 평민 간에 대립이 생기자, 그 혼란에 편승하여 독재적인 권력을 장악한 소위 참주라는 것이 생겼다. 그들은 대개 명문 출신이었다. 그러나 그들의 지위는 전제군주와 같이 세습되지는 않았다. 또 클레이스테네스가 오스트라시즘의 제도를 설치함으로써 참주들의 등장을 효과적으로 막아낼 수가 있었다.

한편, 이와 같은 귀족과 평민의 청탁을 받아 조정하는 사람도 있었다. 기원전 6세기 초 아테네에 나타난 솔론은 그 대표적인 인물이며, 그가 단행한 여러 가지 민주적인 개혁은 특히 솔론의 개혁이라고 불리운다. 이것은 아테네의 민주정치 발달 사상 획기적인 의미를 갖는 것이라고 할 수 있다.

솔론은 우선 민중의 경제적인 고통을 해소하는 한 방편으로 몸을 담보로 돈을 꾸어 주는 일을 금하고, 일체의 부채를 무효로 돌렸다. 또 종래의 문벌에 의하여 특정 계급 출신만이 참정권이 있던 차별을 없애고, 그 대신 재산이 많고 적음을 기준으로 하여 정치적인 발언권을 정한, 소위 재산정치(財産政

治)의 제도를 세웠다. 이것은 보다 완전한 민주정치에 접근하는 첫 걸음인 셈이었다. 그러나 솔론의 개혁에 대해서 귀족은 물론, 평민들도 만족하지 않았다. 이에 대해서 그리스 말기의 대표적인 철학자 아리스토텔레스는 솔론의 말을 다음과 같이 인용하고 있다.

"나는 민중에게 충분한 권리를 주었다. 아무것도 빼앗지도 않고, 또 보태지도 않았다. 권력과 재산으로 존중되는 사람들에 대해서도 될 수 있는 한 부당한 조처는 취하지 않았다. 나는 양쪽을 향하여 강하게 방패를 잡고 일어섰으며, 어느 쪽에도 부당한 승리를 허용치 않았다…

… 나는 이와 같은 점을 법의 힘으로써 강제와 정의를 조화시키면서 약속대로 이행했다. 나는 누구에게나 비틀어지지 않게 정의를 적용하였고, 천한 자에게나 존귀한 자에게나 평등하게 법규를 써 냈다……."

물론 그리스의 민주주의라 할지라도 노예제도 그 자체는 그대로 둔, 자유민간에 한정된 제도였지만, 이 같은 훌륭한 입법정신의 자세를 볼 때 인간의 이성이 얼마나 일찍부터 꽃피었으며, 또 그 후에 얼마나 진보가 적었던가를 새삼 느끼게 한다.

기술은 길고 생명은 짧다(예술은 길고 인생은 짧다)

옛날부터 노래나 시 속에서 되풀이 되던 이 말의 근원지를 찾아 올라간다면, 그리스에서 의성(醫聖)이라고 불리우던 명의(名醫) 히포크라테스의 잠언집에 나와 있다. 보편적으로는 예술이란 말을 쓰고 있지만, 원래는 기술 특히 의술을 가리켰던 것이다. 사람의 일생은 짧은데 의술은 한없이 길고, 도저히 그 궁극에 도달할 수 없다는 의미였다. 그렇기 때문에 의술에 종사하는 사람은 스스로 이것을 깊이 명심하고 연구를 게을리하지 말아야 한다고 훈계한 말이었다.

다시 그 잠언집의 말을 찾아 보면,

"좋은 찬스란 매우 순간적이며, 잠시의 지체도 허락되지 않으며, 무엇을 시험해 본다는 것은 실패하기 쉽고, 판단은 어려운 것이다."

라고 했다.

좋은 찬스란 병을 치료할 수 있는 시기는 일각을 다툰다는 뜻이고, '판단'은 '진단'을 의미한다. 찬스란 놓치기 쉬우니 순간적으로 날카롭게 포착해야 한다는 것은 환자에 대해서 뿐만 아니라 처세의 전반에 걸쳐서 해당되는 말이다. 그리고 판단이 어렵다고 한 것도 어찌 진단에만 한하겠는가.

히포크라테스가 살고 있던 다도해 속의 조그만 섬 코스는 옛부터 의술의 중심지로 알려졌으며, 의술의 조상신 아스클레피오스의 신전이 있는 곳이었다. 히포크라테스의 명성은 세상에 널리 알려져 그리스 전역에서 환자들을 진료했다. 그리고 한편으로는 오늘의 의학교가 설립되어 많은 젊은이들이 의술공부를 했다. 그의 잠언집은 알고 보면 의학교 학생들을 위한 하나의 교과서 구실을 했으며, 의학생들은 항상 그 서약을 스승 앞에서 외웠다고 한다. 지금도 구미 의과대학에서는 그 관습을 따라 신입생에게 이 서약을 외우도록 한다고 한다. 그 서약의 요점을 들면 다음과 같다.

"…나는 여기에 의료(醫療)의 신인 아폴론과 아스클레피오스에게 충성하며, 이들 신들을 증인으로 하여 나의 능력과 판단을 다하여 이 서약과 증서를 실행할 것을 맹세하나이다. 이 술(術)을 가르쳐 주시는 스승을 부모와 같이 여길 것이며, 환자를 나의 능력과 판단을 다하여 구제할 수 있는 치료법을 사용하되, 결코 부정과 해를 가하지 않는다. 누가 원하여도 독약은 주지 않으며, 그러한 일은 권하지도 않고 시사하지도 않는다. 그리고 나의 일생과 기술을 깨끗이 보전할 것을 맹세하나이다……"

의사에게 있어서 이처럼 엄한 계율이 자율적으로 세워져 있었다는 것은 존귀한 인명을 다루는 것인 만큼, 마땅하다 할 것이다.

신포도

여우란 짐승은 지구상에서 비교적 온대지방에 널리 퍼져 서식하고 있는 동물인 듯하다. 그리고 어느 곳에서나 이 동물은 좋은 평을 받지 못하고, 교활하고 약삭빠른 대명사처럼 되어 있다. 이것은 목축이나 농업을 주로 하는 종족에게 아주 오래 전부터 여러 가지 피해를 주었기 때문이 아닌가 짐작된다.

프랑스말로 여우를 르나르라고 하는 것은 중세의 유명했던 못된 여우의 이름에서 온 것이다. 르나르란 이름은 독일말로는 라인할트이며, 어엿한 기사의 이름이다. 그리스말은 아로페크스, 라틴말로는 우루페스, 이탈리아말로 버르페인데, 프랑스만이 좀 다른 것은 설화에 기인한 것이다.

그리스에서도 여우가 활약하는 이야기는 여러 가지가 있는데, 역사상에서도 용사 아리스토메네스를 구한 여우의 이야기가 있고, 또 유명한 이솝의 이야기 속에도 있다. 이솝은 기원전 6세기경의 그리스 사람이며, 원래는 노예인데 이야기를 잘 하여 자유의 몸이 되었다고 한다. 〈이솝 이야기〉 중에 많이 알려진 것으로는 배 고픈 여우가 선반 위에 있는 포도를 먹으려고 하였더니 키가 닿지 않자,

"저건 덜익은 신포도다."

라고 내뱉으며 스스로를 위로했던 것이다.

그 뒤로 속으로 탐이 나면서도 제 힘으로 안될 때 '저까짓 것!' 하는 태도로 악평하는 사람을 이 여우에 비유하게 되었다. 임금이 되고 싶어 하는 원숭이를 놀려 먹고 골탕 먹이는 여우의 이야기도 있고, 함정에서 제 꼬리를 잘린 것이 분해서 다른 여우들의 꼬리를 모조리 짧게 잘라 버리려고 한 여우의 이야기 같은 것은 여우란 동물의 체질을 잘 나타낸 것이라 하겠다.

사자의 몫

여우 못지 않게 이솝의 이야기 속에 자주 나타나는 동물은 사자이다. 그 다음이 대략 늑대, 원숭이, 양, 산양, 당나귀, 개의 순서이다. 다른 동물들의 출신지는 온대지방인데, 사자만은 열대지방이다.

그러나 옛날에는 지금의 아프리카 뿐만 아니라, 동으로는 인도의 변경에서부터 페르시아를 거쳐 소아시아의 산중에 이른 흔적이 있다. 〈페르시아 전쟁지(戰爭誌)〉에 보면, 마케도니아에 라이온이 출몰하여 페르시아군의 낙타를 습격했다고 하였다. 그렇기 때문에 호메로스의 이야기 속에 가끔 사자 이야기가 나오는 것도 단지 먼 나라의 소문을 전한 것이 아니라, 어느 정도 실제의 견문에 따른 것이라고 할 수 있다.

이솝 우화 속에서, 사자는 나귀와 여우를 데리고 사냥을 떠난다. 많은 사냥의 수확을 나귀가 세 등분하여 나눴더니, 사자는 노하여 나귀를 잡아먹어 버리고 여우더러 몫을 나누게 했다. 여우는 사냥한 것을 모두 모아 놓고 큰 덩어리를 사자의 몫으로 정하고 자기는 극히 작은 일부분을 차지했다. 사자가 좋아하며 여우를 칭찬하고, 그런 지혜가 어디서 나왔느냐고 물었다. 그러자 여우는 이렇게 대답했다.

"나귀의 신세가 가르쳐 준 것이지."

이야기의 교훈은 가까운 사람의 불행은 분별을 알게 한다는 것이라고 하였다. 강한 자가 많은 몫을 차지하는 것은 동물의 세계 뿐만이 아니라, 사람의 세계에서도 마찬가지이다. 이 점에서 인간은 늑대나 사자 등에 가까운 동물이며, 결코 토끼나 양이나 소와 같은 유순한 동물은 아니다.

이솝 이야기가 씌여진 것은 그리스의 고전기(古典記)를 지난 기원전 3세기 전후이니, 시민 사회가 한창 번영하던 시기에 비하여 사회상은 훨씬 거칠어져 있었던 것이다. 당시의 대표적 희극 시인인 메난드로스는 무치(無恥)의 여신이 지금의 세상을 지배하고, 폭력이 지성을 능욕한다고 한탄했다. 그는 양민들이 모두 힘을 합쳐 폭력과 불법을 추방해야 한다고 선언했으나, 그의 말은 충분히 세상사람을 움직이지 못했다.

여기가 로도스다, 여기서 뛰어라

로도스는 그리스 본토에서 멀리 떨어진 소아시아의 서남해안에 있는 섬 이름이다. 당시의 그리스 사람들은 이오니아 남방에 있는 이 섬으로 모여들어 학문의 중심지를 이루었다. 그리고 올림픽 경기도 그 곳에 있는 제우스 신전 경기장에서 열렸다. 로도스 섬은 전 그리스인이 그들의 민족적 유대를 강화한 국제 사교장이기도 했다.

이 당시 올림피아 큰 제사에 바치는 경기 축전에는 다섯 종목의 경기를 한 꺼번에 다투었는데, 경주, 투창, 투원반, 넓이 뛰기, 레슬링 등이 있다. 투원 반은 전쟁 때 돌덩어리나 쇳덩어리를 던지던 것에 따른 것이며, 그 밖에 경기 종목도 다 그 시대 병사들의 훈련 종목에 속하는 것이었다.

여기에 5종목 경기 선수가 한 사람 있었는데, 이 청년은 어느 날 외국 각지를 여행하고 본국에 돌아왔다. 그는 친지들에게 둘러싸여 그간의 견문과 경험담을 거짓말도 섞어가며 신나게 이야기했다. 그는 마침 로도스에 갔을 때의 이야기가 나오자,

"나는 로도스에서 올림픽의 승리자보다 넓이뛰기의 기록을 세웠지. 만약 자네들이 내 말을 믿지 않는다면 거기 가서 사람들에게 물어 보면 아네."

라고 말하며 자신은 로도스에서 모르는 사람이 없다며 신나게 얘기들을 쏟아냈다.

그러자 듣고 있던 자들 중 한 사람이,

"그런데 자네 말이 정말이라면 증인 따위는 필요없네. 여기가 로도스다 생각하고, 여기서 뛰어 보게나."

하고 따졌다.

지금까지 큰소리치던 허풍쟁이 청년은 갑자기 얌전해졌다는 것이다.

이 이야기에서, '여기가 로도스다. 자아, 여기서 뛰어 보아라' 라는 말이 나왔으며, 말로만 자랑할 것이 아니라 실제 증거를 보이라는 뜻으로 쓰이고 있다.

사람은 만물의 척도

서양철학은 그리스에서 비롯하여 흘러내렸다. 플라톤, 아리스토텔레스의 이름은 현대에 있어서도 아직 낡지 않았으며, 사상적으로 어떤 막다른 벽에 부딪히면 다시 찾게 되어 있다. 그리고 그리스도교의 신학도 그들을 제외하고는 성립할 수 없다. 신학의 연원(淵源)도 멀리 그리스 철학에서 찾게 된다.

넓은 의미에서 그리스의 사상가들은 그 중요한 인물만을 추린다 하더라도 양손가락을 다 헤어도 모자랄 만큼 많다. 보통 철학 혹은 철학자로 번역되는 영어의 'philosophy'는 그리스 말의 'philosophia', 'philosophos'에서 나왔으며, 그 희랍말의 뜻은 애지(愛知), 애지자(愛知者)란 뜻이 있다. 원래 이 말은 예지(叡智)나 사색(思索)을 사랑하는 사람을 말한 것이며, 대체로 사상가, 때로는 학자라는 뜻으로 쓰였다. 즉, 넓은 의미의 철학이었던 것이다.

이들 그리스의 철인들을 손꼽는다면, 소크라테스 이전의 사람으로는 탈레스와 헤라클레이토스, 엠페도클레스 등이 있고, 그 뒤로는 에피쿠로스, 스토어 철학의 제논 등이 있다.

'사람은 만물의 척도'라는 말은 역시 그리스 철인의 한 사람인 플루타르크의 말이다. 그는 유명한 〈영웅전〉의 전기물 저자로서 일반에게 알려져 있으나, 그리스 문화가 가장 번성하던 기원전 5세기에 아테네에서 이름높던 소피스테스(sophistes)였다.

그는 평생을 아테네에서 학문의 명장으로서 청년들에게 변론과 처세술을 가르치며 지냈다. 특히 우수한 청년을 뽑아 수재 교육에 중점을 두었고, 소크라테스보다 열 살 가량 연장이었으니, 선배이자 적수였다.

소피스테스란 지(知)와 덕(德)을 가르치는 사람을 말한다. 즉, 요령있는 문답 방식, 진실을 인식하는 힘, 올바른 판단, 판결, 민중에게 교묘하게 연설하여 이를 움직일 수 있는 능력에 대해서 교수를 한 것이었다. 플라톤의 저술을 통해 보더라도 소피스테스들의 이야기가 많이 나오는데, 그 중에서도 프로타고라스는 탁월한 인물로 다루어져 있다.

그는 폭넓은 교육의 가능성을 주장하였고, 특히 덕을 키우는 데 중심을 두었으며, 교육에는 소질과 연습이 필요하다고도 강조했다. 학습은 어릴 적부터 시작해야 한다고도 하였고, 그는 최초의 자각적인 교육가라는 점에서 서양의 공자라고 할 만한 위치에 있다. 시대를 보면 공자가 100년 이상 앞섰다. 그는 만물의 척도는 자연이라고 한 학설에 반대하여, 만물의 척도, 즉 기준은 사람이라고 갈파했다.

그의 이 말은 다방면으로 해석되고 있는데, 요컨대 인간 중심주의이며, 판단의 상대성 원리를 말한 것이다. 있는 것을 있다 하고, 없는 것을 없다 하는 것도 인간이라고 했다. 물건이란 사람이 각자 자기 보는 데에 따르는 것이라고도 했다.

만물은 유전(流轉)한다

이 말은 플라톤의 〈크라듀로스〉에,

"헤라클레이토스는 먼저 이렇게 말한다. 만물은 흘러가고 있으며, 무엇 하나도 멈추고 있는 것은 없다라고. 다시 존재를 강물에 비유하여, 사람은 같은 강물에 두 번 다시 들어갈 수 없다."

고 하였다.

세상 만물이 다 수시로 변하고 있다는 관찰은 헤라클레이토스의 말로 전해지고 있으니, 그리스의 철학자들이 불교의 허무감을 감득하고 있었던 것을 알 수 있다. 즉, 강물같이 만물은 유전하며, 같은 강이라고 생각해도 사실은 시시각각 다르다. 사람의 몸도 마찬가지로, 지금 나는 한 시간 전의 나와 다르다. 일순간 전의 나와도 다르다. 변화야말로 만물의 불변한 실상(實相)이다.

이렇게 헤라클레이토스가 소아시아 서해안의 도시 애페소스에서 설교하고 있었던 것이 대략 기원전 540년경이라고 본다면, 거의 동양의 석가와 때를 같이 하고 있다. 석가는 기원전 6세기 중엽에 탄생하여 530년 무렵에 도를 이루었으니, 누가 앞서고 누가 뒤서고 있다고 판단하기 어렵다. 그러나 헤라클레이토스는 석가모니와 같이 원만한 인품은 아니며, 매우 대조적인 사람인 듯하다. 때로 행동이 기발하며, 만만치 않은 기골을 지녔고, 와일드한 사람으로 알려져 있다. 눈빛이 날카롭고, 말하자면 우주의 오묘를 그 날카로운 눈으로 투시하여 인생의 진실과 밑바닥에 도달한 듯한 철인이었다.

헤라클레이토스는 탈레스를 조상으로 하는 이오니아 자연 철학자의 계열에 속한다. 탈레스는 천문학에 열중하였다. 하루는 별을 보며 길을 걷다가 개울에 빠진 일화의 주인공으로 알려져 있다. 그리고 그는 그때 한 노파에게서,

"자기 발 밑도 모르는 주제에 하늘 일을 알려느냐!"
고 창피를 당했다고도 한다.

대체로 이러한 고대의 철학자들은 기인이나 괴짜가 많고, 헤라클레이토스도 늘 '어두운 사람', '우스운 소리하는 철인' 이라는 말을 들었다고 한다. 그의 말이 늘 인생의 어두운 점을 헤치고, 비관적인 것을 핀잔 준 것이었다.

그러나 헤라클레이토스의 말이 가진 깊은 뜻은 그의 한마디가 한 계열의 철학을 낳을 만한 깊이가 있었다. 예를 들면,

"신에게는 모든 것이 미(美)고, 선(善)이며, 정(正)이다. 그러나 인간은 그 어느 것을 부정이라고 믿고, 어느 것은 정당하다고 믿었다."
라고 한 것이나,

"지(知)란 오로지 하나. 모든 길에 통하며, 모든 것을 조종하는 하나의 의지를 인식하는 일이다."
라고 했으니, 이 말에서 종교의 깊은 연원을 볼 수 있겠다. 그의 말 중에 또 널리 알려진 것으로는,

"박학(博學)은 깨우침(분별)을 가르쳐 주지 못한다."
하였으며, 이밖에 또,

"원숭이는 제 아무리 예뻐도 사람에 비하면 못났다."

"숨어있는 조화(調和)는 드러나는 조화보다 뛰어났다."
이같이 그의 투철한 관찰에서 나온 인생의 비평이 많다.

이것을 보면, 적어도 철학면에 있어서는 동서를 통해서 수천 년 전에 우리 선인들의 자각이 이미 그 궁극에 달해 있었던 것이다.

태양은 나날이 새롭다

이 말도 '만물은 유전한다'고 말한 헤라클레이토스의 말이며, 모든 것을 변화 속에서 포착하려는 그의 근본적인 사상을 나타낸 말이다. 동서를 막론하고 태양에 대한 관심은 유달리 깊었다. 왜냐하면 그것은 생명을 육성하는 근원이며, 생명과 같은 뜻으로 사용되었기 때문이다.

특히 이집트 사람들은 태양을 가장 높은 신격(神格)으로 모셨으며, 그 신격을 '라아'라고 부르며 숭배했다. 고대 페르시아에서는 태양은 곧 선(善)인 광명신(光名神) 아후라 마즈다였다.

그러나 상고대(上古代)의 그리스인들간에는 특히 태양을 숭배했던 흔적은 안 보인다. 아폴론이 가끔 태양신과 동일시 되지만 이것은 훨씬 뒤의 일이며, 철학자인 아낙사고라스는 태양을 불덩어리, 달은 돌덩어리라고 보고 있었다. 그리스에서도 태양을 신격으로 모신 것만은 확실한 사실이다. 그러나 그다지 두드러지게 숭배한 것은 아니며, 그 초자연력을 불가사의하게 인정하는 정도였다. 헤라클레이토스의 말은 그 태양도 어제와 오늘이 다르며, 우리가 바라보는 햇빛이 매일매일 다른 것은 우리들 자신의 몸이 변하는 것과 다름없다고 생각했던 것이다. 모든 것을 유전·변천 속에서 파악하려던 헤라클레이토스의 눈에는 태양조차도 예외는 아니었겠지만, 구약성서 전도서의 제1장에는 이와 대조적인 것으로,

"해 아래 새 것이 없나니……."

라고 씌여 있다.

반대의 입장이지만, 이것 역시 진리의 한 면을 말한 것은 틀림없다.

지금 세상에 있는 것은 전에도 다 있었다. 바꾸어 말하면, 과거에 있었던 일이 현세에 되풀이하며 재연되고 있을 뿐이라는 것이 된다. 강물은 증발하

여 다시 비가 되고 눈이 되어 다시 땅 위로 뿌려진다. 바람은 남에서 북으로 돌아갈 뿐 해는 솟아 다시 지고, 모든 노력은 공(空)에서 공(空)으로 돌아간다고 한다.

사람들은 이 두 가지 말 중에서 어느 것이든지 택할 수 있겠다.

소크라테스의 마누라

"너 자신을 알라."

이 말은 소크라테스의 말로 알려져 있는데, 이 말의 연원을 거슬러 올라가면 아테네의 입법자 솔론의 말이라고도 하고, 혹은 피타고라스 이전에는 '너의 본분을 알라'는 더 세속적인 말로 알려진 것으로, 소크라테스가 말한 것처럼 깊은 철학적인 의미로 쓰여지지는 않았던 모양이다.

"나는 내가 무지하다는 이외에는 아무것도 모른다."

라는 말도 소크라테스가 했다고 하는데, 이와 같은 자기 인식은 당시 판을 치던 그리스의 궤변과 철학에 대해서 허심탄회하게 순수한 무(無)의 경지에 입각하여 철학을 발전시켜 나가는 데 있었다고 할 것이다.

소크라테스는 결국 소피스트들의 미움을 받아 민심을 현혹시키는 자라고 고발되어 사형선고를 받았던 것인데, 법정에서의 소크라테스는 아테네의 시민들에게 자기의 주장과 사상을 거침없이 변명했다. 그 내용에 대해서는 소크라테스의 제자였던 플라톤의 〈소크라테스의 변명〉 속에 역력히 묘사되어 있는데, 특히 그 마지막 구절에 이르러서는 박력있게 육박하는 힘이 있다.

"이별의 시간이 왔다. 서로가 제각기의 길을 가자. 나는 죽음으로, 제군은 삶의 길로. 어느것이 좋은가는 신만이 알고 있다."

이리하여 소크라테스는 독을 마시며 태연하게 죽음으로 향한다. 그는 주위에서 울며 슬퍼하는 친구와 제자를 보고 말했다.

"왜 우는가! 여자는 이런 경우에 우는 법이다. 그래서 나는 여자는 이 자리를 물러가게 했다. 그러나 남자는 죽음에 부딪혀도 평정을 잃지 않는 걸로 안다. 제발 조용히 하길 바란다."

독기가 몸에 돌자 소크라테스는 침대에 몸을 눕혔는데, 문득 생각난 듯이 제자 중 한 사람에게 말했다.

"크리트, 내가 아스클레피오스(의술의 신)에게 닭 한 마리를 바치기로 했었는데, 자네가 대신 바쳐 주게나."

소크라테스의 아내 크산티페는 악처의 대명사 같은 여자였다. 그녀는 말 많은 심술꾸러기였다. 소크라테스 같은 현철한 사람이 왜 그런 여자를 아내로 삼았는지 의심이 가는데, 그 점에 대해서 그 자신은 다음과 같이 말한다.

"마술(馬術)에 능숙하려는 자는 막된 말을 선택한다. 막된 말을 다룰 수 있으면, 다른 여느 말을 타기는 매우 수월하다. 내가 이 여성을 능히 견디어 낸다면 천하에 견디기 어려운 사람이 없을 것 아닌가."

또 어떤 사람이,

"용케도 부인의 잔소리를 참아 넘기십니다."

하고 일변 동정하며 말했더니,

"물레방아 돌아가는 소리도 자꾸 들으면 시끄럽지가 않지."

라고 말했다고 한다.

그의 아내가 악담 끝에 소크라테스의 머리 위에다가 물을 뒤집어 씌운 일은 잘 알려진 이야긴데, 그는 조금도 화를 내지 않고,

"벼락 뒤에는 비가 내리기 마련이지."

라고 말한 것은 악처의 악행을 자기 수양의 기틀로 삼았다는 것을 알 수 있다.

유럽에서는,

"매미의 남편은 행복하다."

는 속담이 있다.

그리스 사람들은 매미는 숫놈이 울고, 암놈은 울지 않는다고 생각하고 있었다. 이 관찰은 생물학적으로는 타당했다. 그리스에는 매미가 많았고, 그리스 사람들은 그 우는 소리를 좋아했고, 자주 시로 읊고 있다. 매미 남편도 가졌던 행복을, 소크라테스 한 사람만이 갖지 못했다는 것도 하나의 아이러니이다.

플라토닉 러브

플라톤은 소크라테스의 배턴을 이어받은 아테네의 철학자로서, 경험적 사실을 떠나서 존재하는 실재성 이데아를 주장하여 관념론적 철학의 시조로 삼는다. 그는 진(眞), 선(善), 미(美)의 이상국가를 지향하고, 그 이데아에 이르는 정열(에로스)이야말로 철학이라고 말하며, 영혼 불멸설을 주장하였다. 그는 〈소크라테스의 변명〉을 비롯하여 많은 저서를 남겼는데, 그것들은 철학 논문의 체제를 갖춘 것이 아니라 구체적인 대화 형식으로 되어 있으며, 그 대화 문답을 통해서 그의 철학적 사상을 풀어 나가는 독특한 스타일이었다. 본래 그의 스승 소크라테스가 대화형식으로 자신의 학설을 설명한 데서, 플라톤의 '대화편'도 스승의 '대화'를 묘사할 목적으로 시작한 것이었다.

플라톤의 저서 중에서 가장 유명한 것은 〈향연(饗宴)〉이다. '향연'은 폴리스의 시민생활이 중요한 요소가 되어 있었다. 여기서 말하는 '향연'은 관혼상제에 따르는 잔치였으며, 이 잔치에서 사람들은 술을 마시며 노래를 부르고 손님의 이야기를 듣고 악사의 음율과 무희의 춤을 즐기며, 학술 문예를 토론하면서 시간을 보낸다.

〈향연〉은 플라톤이 죽은 스승 소크라테스의 사상과 인격을 추모하면서 쓴 글인데, 무대는 B.C 416년 어느 젊은 시인의 작품이 컨테스트에서 우승하여 그 축하연이 벌어졌던 자리이다. 그 자리에서 사람들은 사랑의 신 에로스를 참미하는 연설을 하게 된다. 어떤 사람은 애인들끼리 모인 군대를 만들 것을 제안한다. 여기에 애인이란 것은 이성간의 사랑이 아니라, 당시 그리스에 널리 퍼져 있던 소년간의 사랑을 의미한다. 서로 사랑하는 청소년은 부끄러운 행위를 서로에게 보이지 않으려고 용감하게 싸울 것이 틀림없다는 이유 때문이었다. 이때 유명한 희극시인 아리스토파네스는 이성간의 사랑과 동성간의 사랑에 대한 기발한 말을 한다. 옛날사람은 지금의 사람을 둘로 합친 형태였는데, 신의 노여움을 사서 두 쪽으로 나뉘어졌다. 그래서 전날의 그 반쪽을 서로 그리워하는 것이라고. 마지막으로 소크라테스가 일어나서 그의 의견을 말한다.

"'에로스'는 선하고 아름다우며, 능숙한 신을 아버지로, 청빈을 어머니로 하여 태어난 자식이며, 가난하지만 막히지 않고, 또 부유하게 되지도 않는다. 또한 에로스는 지(知)와 무지(無知)의 중간에 있으면서, 지(知)를 그리며 찾는 애지자(피소포스)이다. 아름다운 육체에서 아름다운 활동을 지향하고, 다시 아름다운 학문에서 미(美)의 본체를 인식하는 방향으로 나아간다. 미(美) 그 자체를 관조하는 것만이 인간의 사는 보람이다."

이 사상은 소크라테스의 입을 빌어 말하고 있으나, 물론 플라톤 자신의 사상이기도 했다. 그리고 이 미(美)의 본체인 진실재(眞實在)에 대한 사랑이 원래는 '플라토닉 러브', 즉 순애(純愛)였는데, 어느새 남녀간의 정신적인 사랑으로 속화(俗化)되었다.

인간은 정치적 동물이다

아리스토텔레스는 소크라테스와 플라톤과 함께 손꼽히는 고대 그리스의 대철학자이다. 로마시대로부터 중세에 걸쳐 그의 과학상, 철학상의 권위는 의심할 여지 없이 거대했었다. 그의 권위가 얼마나 대단했던가는 중세에 있어서 철학자 하면 아리스토텔레스를 가리키고, 철학하면 아리스토텔레스의 시녀와 같이 생각되었다. 그는 열 여덟 살 때 아테네에 와서 플라톤의 제자가 되어, 그 후 20년 가까이 플라톤이 죽을 때까지 학원과 아카데미에 머물러 있었다.

기원 전 343년, 열세 살이던 알렉산드로스의 가정교사가 되어 몇 해를 지냈다. 그의 지도가 장래의 이 위대한 영웅에게 얼마나 큰 영향을 주었는지는 분명치 않다. 근대 독일의 대철학자인 헤겔은 이것을 가리켜 철학의 실제적 가치를 보인 좋은 예라고 지적하고 있다. 그런데 영국의 학자이며 문명비평가인 버트란드 러셀은 이와 반대로 부정적인 태도를 취하고 있다. 러셀에 의하면, 알렉산드로스는 아리스토텔레스를 현학적인 재미없는 노인으로 생각했을 것이고, 아리스토텔레스는 이 소년을 철학에 대해서는 아무것도 모르는 고집 센 게으른 아이로 생각했을 것이라고까지 말하고 있다. 러셀의 이와 같은 관찰도 이유없는 것이 아니며, 그 만큼 이 두 인간형은 이질적이었다고 할 수 있다. 그러나 알렉산드로스가 아리스토텔레스의 마음대로 되지는 않았다 하지만, 어떤 방식으로든 영향을 받은 것만은 부인할 수 없을 것이다.

기원전 335년에서 323년까지의 12년간은 아리스토텔레스의 철학이 가장 살찌던 시기였다. 그는 아테네의 동부 류케이언에 학교를 만들어 많은 제자들을 가르쳤으며, 한편으로는 저작에 힘을 썼다. 당시 그의 생활은 이상적인 학구생활이었다. 그는 아침의 맑은 공기 속에서 학원내의 산책길 '페리파토스'를 거닐면서 고급 학생들과 전문적인 과목에 대해서 의견을 교환하였다. 이로 인하여 그의 학파를 소요학파(逍遙學派 – 페리파토스)라고 부르게 되었다.

알렉산드로스 대왕의 죽음은 동시에 그의 조용하던 학구 생활에 종지부를 찍었다. 그가 창설한 학원은 왕의 보호하에 있었던 것인데, 왕이 세상을 떠나자 어느 시대나 반대파는 있는지라, 이들 반대당의 공격과 모함으로 아리스토텔레스는 사지에 몰리게 되었다. 아리스토텔레스의 죄명은 신앙을 무시했다는 점이었다. 그러나 그는 소크라테스와는 달리 형벌을 피하기 위하여 아테네를 떠나 칼큐에 숨어 있다가 병으로 죽었다.

아리스토텔레스의 학문상의 업적은 철학 뿐만 아니라 과학에도 미쳤으며, 그 밖에 모든 학문적인 분야를 뒤덮고 있다. 그의 주요 저작으로는 〈형이상학〉, 〈윤리학〉, 〈정치학〉, 〈논리학〉, 〈자연학〉, 〈시학〉 등을 손꼽을 수 있는데, 이들 각 분야에서 오랫동안 지도적인 위치를 유지했었다. 특히 삼단논법, 귀납법, 연역법은 널리 알려진 논리의 규범이다.

'인간은 정치적 동물이다'라고 한 말은 그의 〈정치학〉 속에 보이는 말이다. 후에 '인간은 사회적인 동물이다'라고 한 말도 나왔지만, 이것은 아리스토텔레스의 말을 바꿔 표현한데 지나지 않는다. 정치적 기둥으로 받들어지는 사회에서 인간을 정치적 동물이라는 면에서 파악한 그의 안목은 확실히 명석하고 탁월했다. 그의 정치 학설을 따르면, 국가는 최고 종류의 사회라는 것이다. 그리고 최고의 선(善)을 목적으로 하는 것이라고 하였다.

국가는 시간적으로는 가정보다 나중에 이루어진 것이지만, 그 본질상 가정이나 개인보다 우선적인 위치에 선다. '모든 요소가 충분히 성숙하고 발달한 단계에 이른 것이 본성'이므로, 인간 사회가 충분히 발달된 형태가 바로 국가이기 때문이다. 이것은 벼의 이삭이 벼의 본질이 아니고 익은 벼가 벼의 본질인 것과 같은 이치이다.

법률이 없으면 인간은 죄악의 동물이나, 법률은 국가를 전제로 하여 비로

소 존재한다. 그러나 국가라는 것은 단지 상업상의 거래와 범죄 방지를 위한 기관은 아니다. '국가의 목적은 착한 생활이다', '정치적인 사회란, 단지 자기 당끼리의 도당을 이루는 것이 아니고, 고귀한 행동을 위해서 있는 것이다' 하는 것이 그의 주장의 요점이다. 아리스토텔레스의 정치 이념은 다분히 플라톤의 국가론을 이어 받은 것이며, 관념적인 이상주의적 요소를 많이 가지고 있다.

수천 년 전 고대의 철학자들이 이 같이 국가의 이상을 높이 걸었건만, 오늘에 이르기까지 국가란 그 고귀한 목표를 수행하기에 얼마나 지지부진했던가?

"정치는 현대의 숙명이다."
라고 나폴레옹은 말했다.

누구보다도 파란만장한 정치적 파동 위에 오르내리던 일대의 영웅 나폴레옹의 이 말은 아리스토텔레스가 살던 시대에서 2천 년이나 지난 뒤에 나온 말이다. 나폴레옹은 정치가 얼마나 어렵고 중요한 것이며, 그것이 백성의 운명을 좌우한다는 점을 단적으로 지적한 동시에, 그 정치라는 것이 또한 얼마나 인간의 의지와 어긋나는 것인가를 개탄한 것이기도 하다.

통 속의 철학자

고대 그리스의 키니코스파의 철학자 디오게네스는 집 대신 통 속에서 생활했다고 한다. 키니코스란 말은 그리스 말의 '큐니코스(개와 같은)'에서 나온 말이며, 이 말은 견유파(犬儒派)라고 번역되기도 한다.

그들은 세속적인 습관 형식 등을 가치 없는 것으로 경멸하며, 역문명적(逆文明的), 역사회적(逆社會的)인, 말하자면 개와 같은 원시적 생활을 실행했다. '습관은 제 2의 천성이다'라는 말은 디오게네스가 했다고 하는데, 습관의 구속력이 얼마나 강하며 무의미한지를 찌른 말이라고 하겠다. 그들에게는 세상에서 자랑스러운 일이나 권위있는 것들이 웃기는 착각에 불과했다.

그 무렵, 그리스 전역을 정복하고 그 힘을 과시하고 있던 알렉산드로스 대왕은 디오게네스의 소문을 듣고 그를 만나 보려고 했다. 디오게네스가 왕이 오라는데도 응하지 않자 하는 수 없이 대왕이 그를 찾아갔다. 디오게네스는 이때 통 속에 있었다. 아마 볕을 쪼이며 이나 벼룩을 잡고 있었을 것이다.

"나는 알렉산드로스인데, 당신이 원하는 일은 무엇인가?"

하고 말을 건넸다.

"비켜 주시오. 그늘이 집니다."

디오게네스는 이렇게 말했을 뿐이었다.

돌아오는 길에 대왕은 혼자 생각에 잠긴 채 중얼거렸다.

"만약 내가 알렉산드로스가 아니었다면, 저 디오게네스가 되고 싶었을 것이다."

플라톤도 세속적인 영예를 배제하고 무시하는 점에서는 디오게네스와 같았다. 플라톤은 인간을,

"몸에 날개가 없고, 두 다리로 걷는 동물이다."

라고 정의했다. 사람들은 이 정의의 심각함에 놀랐다. 그런데 이 말을 들은 디오게네스는 닭을 한 마리 잡아 털을 뽑아 플라톤의 찬미자들 앞에다 내던졌다.

"이게 플라톤이 말하는 인간이란 물건이다."

키니코스파 사람들의 세상을 등진 태도는 어딘지 동양적인 것을 느끼게 한다. 서양 문화의 본류는 이와는 반대로 적극적인 인간 긍정에 기조를 둔 문명주의였었다.

애우레카(발견했다)

'애우레카'는 고대 그리스의 철학자 아르키메데스(Archimedes B.C. 287 ~ 212)의 말이다. 시라쿠사의 군주 히애로 왕은 순금 덩어리를 세공 직공에게 주어 금관을 만들게 했는데, 완성된 금관을 보고 불순물이 혼합되지 않았나 하는 의심을 품고 아르키메데스에게 그것을 조사하도록 명했다. 왕관을 부셔서 분석해 보면 간단히 알 수 있었지만, 그럴 수는 없고 해서 아르키메데스는 고민에 빠졌다.

어느 날 공중목욕탕에 간 아르키메데스는 물이 가득 차 있는 탕 속으로 들어갔다가 밖으로 물이 넘쳐 흐르는 것을 보고 순간적으로 한 가지 생각을 떠올렸다.

'물 속에 물체를 넣으면 그 물체 크기 만한 용량의 물이 밀린다. 금은 은보다 무거우니 같은 무게의 은은 금보다 용량이 클 것이다……'

아르키메데스는 여기까지 생각이 미치자 기쁨에 넘쳐,

"애우레카! 애우레카!"

라고 소리치며 벌거벗은 채로 목욕탕을 뛰어 나와 집으로 돌아왔다. 그리고는 곧 실험에 착수하여 왕관에 불순물이 들어 있음을 증명했다.

이것은 이미 널리 알려진 고사인데, 여기에는 오로지 진리를 발견하려고 달음질치는 낡고도 새로운 인간의 정열이 매우 상징적으로 나타나 있다.

"나에게 지점(支點)을 주어 보라. 그러면 지구를 움직이마."

이 말도 아르키메데스의 말이다. 이것은 '지렛대의 원리'라고 불리우는 물리법칙을 말한 것이며, 여기에서도 진리에 대한 신앙과 정열을 강렬하게 느끼게 한다. 그것은 서구적인 합리주의의 원시적인 선언이며 르네상스의 휴머니즘에로 통하는 정신적인 계보이기도 하다.

아르키메데스의 최후도 너무 극적이었다. 시라쿠사가 외적의 포위를 받고 드디어 성 안으로 적병이 침입해 들어왔을 때, 늙은 아르키메데스는 기하학 문제 풀기에 열중하고 있었다.

적병이 그를 잡아 끌고 가려고 하자 아르키메데스는,

"이 문제를 풀 동안만 기다려 다오."

라고 말했다.

글자 그대로 아르키메데스는 진리 탐구를 위해 그 마지막 순간까지도 바친 것이다.

그리스의 학자들 간에는 매우 상징적인 일화를 남긴 사람이 많은데, 학구 방면에 있어서도 아르키메데스에 의하여 하나의 이상적인 인간상을 제공하고 있다.

학문에는 왕도가 없다

기하학의 기원에 대해서는 고대 이집트에서 나일강이 계절적으로 범람한 뒤 전답의 경계를 다시 측량해야 했던 필요성에서 생긴 것이라 하는데, 이것을 학문적으로 조리를 세운 것은 알렉산드리아의 학자 유클리드(B.C. 367~283)라고 한다.

평면기하학이 '유클리드 기하학'이라는 별명으로도 불리워지는 것은 주지의 사실이다. 그의 업적은 열세 권으로 되어 있는 기하학 원본으로 묶어져 있으며, 이것이 당시의 권위 있는 교과서였다. 유클리드는 당시의 이집트 왕 프틀레마이오스 1세의 초빙을 받고 강의를 했는데, 왕은 그 내용의 방대함을 보고 놀라,

"기하학을 배우는 데 속성으로 아는 방법은 없을까?"

하고 물었다. 그러자 유클리드는 이렇게 대답했다.

"기하학에 왕도는 없습니다."

학문의 권위를 나타내는 이야기이다.

학문, 특히 자연과학과 같은 엄밀한 이론을 토대로 하는 세계에서는 어떠한 속세적인 권력도 통용될 수 없을 것이다. 그러나 여러 가지 현실적인 면에서는 정확한 얘기라고는 할 수 없을 것이다. 좋은 교육시설을 갖춘 곳에서 유능한 교사에 의해 주어지는 교육이, 불충분한 시설과 무능한 교사에게서 배우는 것보다는 더 효과적이기 때문이다.

이런 점에서 본다면, 학문에 있어서도 왕도, 즉 세속적인 권력 혹은 돈의 작용을 무시할 수 없는 것이며, 따라서 이상적인 교육이란 오로지 학도들에게 왕도를 걷게 하는 것이라고 할 것이다.

고르기아스의 엉킨 줄

페르시아 전쟁 전후의 시기는 그리스의 황금시대이며, 그 중에서도 아테네는 번영의 극치에 달하고 있었는데, 얼마 후에 스파르타와의 대립이 격화되어 드디어 전후 212년에 걸친 펠로폰네소스 전쟁이 일어났다.

기원전 4세기 전후. 이 시기는 그리스의 도시국가 간의 분열과 싸움이 가장 격심하였고, 처음에는 스파르타가, 뒤에는 테베가 유력했다. 그러나 그칠 줄 모르는 전쟁 상태로 인하여 농업은 황폐하고 도시국가 내부에서도 당쟁이 심했다. 그 때문에 폴리스 내의 시민들 중에는 망명하는 자가 속출했고, 화폐경제의 발달에 따라 빈부의 격차는 현저해졌고, 돈으로 고용되는 용병제도가 유행하는 등 전날의 평등과 자유를 규범으로 하던 폴리스 사회의 민주적 분위기는 급속히 허물어져 가고 있었다.

이 시기에 두각을 드러낸 것이 그리스의 북방에 있던 마케도니아였다. 기원전 338년, 마케도니아 왕 필리포스 2세가 그리스를 침공하였을 때, 아테네의 웅변가 데모스테네스는 아테네와 테베의 연합군을 결성하여 이를 막으려 했으나 가볍게 패망하고, 스파르타를 제외한 전 그리스가 마케도니아의 지배하에 들어가고 말았다. 그리고 필리포스 2세 밑에서 젊은 알렉산드로스가 차츰 사자로서 성장하고 있었다.

알렉산드로스는 부친이 자주 출병하여 영토를 확장하는 것을 좋아하지 않았다. 측근에 있던 어떤 사람이 그 까닭을 묻자 소년은 대답했다.

"세계는 한정되어 있다. 아버님은 자식을 위해 정복의 여지를 남기지 않으시려는가?"

필리포스 2세가 죽은 뒤 마케도니아의 왕이 된 알렉산드로스는 눈을 동방의 대국 페르시아로 돌렸다. 마케도니아군의 전투부대는 페르시아군을 짓밟고 침략의 손을 뻗혔다.

소아시아의 서안 후리지아의 고르디움을 함락시켰을 때, 알렉산드로스가 시의 신전을 찾아갔더니 신을 모시는 가마의 손잡이에 복잡한 매듭이 지어져 있었다. 이것은 그 옛날 현자로 이름 높던 고르기아스가 맨 것이며, 이것을 푸는 자만이 아시아의 왕이 되리라 하는 신탁이 붙어 있었다. 알렉산드로스는 이 매듭을 잠시 들여다보고 있다가 갑자기 칼을 뽑아 잘라 버렸다. 이야말로 일도양단(一刀兩斷)의 해결이었다.

"나야말로 아시아의 왕이로다."

알렉산드로스는 이렇게 말하며 군사를 몰고 이집트로 쳐들어가 나일강 어귀에 알렉산드리아를 건설한 뒤, 동으로 발길을 돌려 아르벨라의 싸움에서 다리우스3세를 격파했다. 이때 알렉산드로스는 다리우스3세의 전차로 돌격했는데, 그가 쳐부순 페르시아 병사의 시체 때문에 페르시아 왕의 전차가 움직이지를 못했다고 한다.

기원전 330년, 드디어 페르시아를 멸망시킨 알렉산드로스는 다시 동을 향하여 진격하여 인도에 들어섰으며, 인더스 강변에 도달했다. 장군도 병졸도 귀신이 붙은 듯 정복욕에 불타는 왕의 명령에 두려움마저 느끼고 있었으므로, 대하 인더스는 세계의 끝이라고 말하며 더 이상 전진하기를 꺼려했다.

이 말을 들은 알렉산드로스는 땅 위에 주저앉으며 통곡하였다.

"나는 이제 정복할 땅이 없구나."

알렉산드로스는 바빌론에 개선하여 그리스와 오리엔트에 걸친 대제국의 지배자가 되었는데, 그것으로서 마치 그의 사명을 다 한 듯 그는 졸지에 세상을 떠났다. 고르기아스의 엉킨 줄을 끊은 칼이 그의 생명을 끊었는지도 모른다.

여기서 그리스사람들은 헬레니즘시대라고 불리우는 새로운 시대를 맞이한다. 그것은 폴리스적인 특징을 가지고 있던 순수한 그리스 문화가 세계 여러 나라 각 처에 분산 보급되었으며, 한편으로는 진정한 의미의 그리스적인 것이 차츰 상실되어 가는 과정이기도 했던 것이다.

카르타고 멸망치 않을 수 없다

기원전 6세기 무렵부터 공화제가 되고 차츰 세력을 키워가던 로마는 기원전 265년에 이르러서 이탈리아 반도 전역을 통일했는데, 그 결과 당시 지중해의 최강국이던 카르타고와 격돌을 일으키게 되었다.

카르타고는 해양민족이었던 페니키아인이 북아프리카 지역에 식민지를 건설했던 소수전제 국가이며, 상업국으로 번성을 자랑하며 당시로서는 최대의 해군력을 보유하고 있었다. 시칠리아 섬의 이탈리아인이 시라쿠사의 압박을 받고 처음에 카르타고에 구원을 청했다가 나중에 로마에게 청한 것이 양국의 충돌을 초래하게 된 것이었다. 이것이 포에니전쟁의 시작이며, 그후 두 나라는 세 차례에 걸쳐 숙명적인 대결을 되풀이하게 된다.

제1차 포에니전쟁은 주로 해상에서 전투가 벌어졌으며, 그 중에서도 가장 주목할 만한 것은 밀라초 앞바다의 해전이었다. 당시 무적 해군국이던 카르타고에 대해서 로마는 그리스인의 도움으로 군함을 만들어 이 해전에서 대승을 거두었는데, 그때 로마인은 고르브스라는 신무기를 사용했다. 이것은 일종의 거대한 부교(浮橋)로, 그 끝에는 쇠갈퀴가 달려 있고 적함에 접근하면 활차(滑車)를 적함 뱃전에다 박는 동시에 그 위로 돌격대가 진격하는 것이었다. 제2차 포에니전쟁마저 겪인 카르타고는 로마의 바짓가랑이 밑에 깔리는 꼴이 되었으나, 상업면에 있어서는 지중해의 여러 시장에서 로마와 경쟁을 벌였다.

로마의 산문작가이며 〈농업론〉을 쓴 카토는 원로원에서 한 연설 끝에,

"나는 또 이렇게 주장한다. 카르타고, 멸망시키지 않을 수 없다고."

라고 말하였다.

이리하여 로마는 카르타고에 대해서 제3차 포에니전쟁(B.C149~146

년)을 일으켜 이를 완전히 멸망시켰다. 카토는 로마의 유공자이며, 정치가로서나 학자로서도 유능한 인물이었으나, 여러 면에서 한니발과는 매우 대조적인 면을 보였다. 한니발이 지덕(智德)을 겸비한 명장이라면 카토의 성품은 근엄해 보이는 외모와는 달리 잔인하고 가차 없는 사람이었다. 그는 여자 노예나 여비서와의 관계가 난잡했고, 오래 타던 말을 한치의 미련도 없이 헌신짝처럼 버렸다는 등의 일화가 많다.

'카르타고, 멸망치 않을 수 없다!'

간결하면서도 인상적인 이 말은 숙명적인 국가간의 대립에서 상대방을 철저히 쳐부숴야 한다는 의미로서 역사상 많이 쓰여져 왔다.

브루투스, 너마저냐!

셰익스피어의 희곡 〈줄리어스 시저〉에 나오는 이 유명한 말도 원래는 로마의 문학자 세트니우스(69~140)의 〈12 황제전〉에서 나온 것이다.

로마제국의 초대 황제는 옥타비아누스였다. 오늘로 치면 대통령에 해당하며, 그 당시 로마에서는 '명령자'라고 불리웠다. 그 기초를 다듬은 것은 그의 양부이며, 외가 쪽으로 큰아버지 뻘 되는 율리우스 카이사르였다. 그 이전의 로마는 이른바 공화제를 채택하고 있었고, 그것은 약 4백 년간 계속되었으며, 원로원에서 입법을 하고 또한 행정 집행자를 선출했다. 그러나 이것은 다분히 형식적으로 흘렀고 오늘과 같은 민주주의 체계는 아니었다.

이 원로원 체제의 말기에 피가 피를 씻는 끊임 없는 내란으로 일대 혼란에 빠졌을 때, 이 혼란을 수습한 것은 바로 카이사르였다. 그가 불세출의 군사적, 정치적 천재였다는 것은 의심할 여지가 없다. 동양으로 치면 삼국지 시대를 방불케 하는 패권 다툼을 보였는데, 아직 20세 전후의 젊은 나이의 그는 평민당의 마리우스 쪽에 붙었다. 마리우스가 죽은 뒤 평민당의 세력은 약해졌고, 그 틈을 타서 반대 당인 귀족파의 공격이 심해졌다. 그는 밤마다 숙소를 바꿔 가며 피해 다녔다고 한다. 잡히면 목숨이 달아날 것은 뻔했다.

그런데 그의 집안은 로마에서도 알려진 구가(舊家)이며, 귀족파의 유력한 사람 중에서도 친척이 있었다. 이들은 수령인 술라에게 열심히 그를 용서해 줄 것을 간청했다. 술라는 어쩔 수 없이 구제하는 데 동의만은 했으나, 한편 이렇게 소리쳤다고 한다.

"마음대로 하오. 그러나 당신들이 지금 열심히 살리고자 하는 그 젊은애는 아마도 장래 당신들 자신 귀족파의 목을 조일 것이오. 카이사르는 몇 명분의 마리우스만한 놈이니까!"

그는 젊었을 때는 매우 방종했으며, 노상 산더미 같은 빚에 몰려 지냈다. 말년에 이르러서도 그는 인정이 많아 돈주머니 끈을 아끼지 않고 풀어 던졌고, 특히 손아랫사람들을 사랑했다. 또한 지난 일에 대해서는 앙심을 품지 않았고, 이른바 마음이 넓고 큰 사람이었다. 반면, 목적을 위해서는 수단을 가리지 않았고, 배짱이 좋고 거리낌이 없었기 때문에 많은 적을 만들었다. 특히 정의파 쪽 사람들의 증오와 분노에 대해서도 그는 태연하게 별로 경계하지도 않았다. 그럼에도 불구하고 그의 주변에는 앞뒤를 살펴 주는 충고자나 보좌역이 부족했다.

결국 카이사르는 그가 평소에 믿는 자기 편 사람들한테 배신을 당하게 되었다. 이들은 기강이 문란해지고 공화체제가 파괴될 것을 걱정하여 반대파와 손을 잡고 카이사르를 공격한 것이다.

B.C 44년 4월 13일, 원로원에서 카이사르를 둘러싸고 카이사르에게 쓰러진 폰페이우스상(像) 밑에서 모두들 손에 단검을 빼 들고 덤벼들었다. 그를 구하려는 자는 한 사람도 없었다. 최초의 일격을 가한 것은 원로원 의원 카스카였다. 목덜미에 가해진 단검의 상처만도 스물 세 군데였다. 그는 옷자락으로 머리를 뒤집어쓰고 신음을 할 뿐 소리도 지르지 않았다. 다만 평소 친자식처럼 귀여워하던 브루투스가 검을 빼들고 덤벼들었을 때 그리스말로,

"너마저냐? 아들이여!"

라고 말했다고 한다.

이리하여 로마의 '제1인자'는 쓰러지고, 다음의 피의 항쟁은 옥타비아누스가 통일을 이룰 때까지 계속되었다.

그 후 리처드 이즈가 '시저'라는 드라마를 썼을 때 그 속에 라틴어로,

"브루투스, 너마저냐!"

하는 대사가 있었고, 당시 그 말이 유행했다고 한다. 가장 신뢰하던 자한테까지 배신을 당했을 때, 즉 믿는 도끼에 발등 찍힌다는 뜻으로 쓰였다.

브루투스의 어머니 세르빌리아와 카이사르의 관계가 깊었던 것은 세상이

다 아는 바였으며, 이에 대해서 악평하는 소리도 적지 않았다고 한다. 일설에 따르면 브루투스는 카이사르의 자식일 거라고 하는데, 이상파이며 순결을 존중하던 브루투스가 마음 속으로 그 점을 어떻게 생각하고 있었는가는 분명하지 않다.

셰익스피어는 브루투스의 심경을,

"나는 카이사르를 사랑하지 않아서가 아니라, 그 이상으로 로마를 깊이 사랑하기 때문이다."

라고 대답을 했는데, 과연 브루투스의 심정이 그대로였을까!

"주사위(골패)는 던져졌다!"

이 말도 카이사르가 남긴 유명한 말이다. 이 말은 '이젠 뒤로 물러서지 못한다'라는 그전에 있던 정형어(定型語)를 카이사르가 변형해서 사용했다고 하는데, 아마도 그런 것 같다.

그가 이 말을 한 것은 오랫동안 갈리아의 총독으로서 반란을 진압하고자 각지를 전전할 무렵이었다. 이때 그는 아무 죄도 없는 도시에 침입하였고, 때로는 트집을 만들어 부유한 도시를 침공하여 재산을 약탈하여 노년의 활동 자금으로 비축했다고 한다.

한편, 그가 로마를 떠나 있는 사이 그의 라이벌이던 폼페이우스는 원로원과 결탁하여 카이사르를 거세하려고 맹렬한 책동을 벌이고 있었다. 그리고는 드디어 갈리아 총독의 지위와 그의 지휘하에 있는 군대까지 뺏으려고 했다. 카이사르는 처음에 일단 화해를 신청했는데, 이것이 거절당하자 그도 최후의 결심을 하지 않을 수 없었다. 혼자서 로마로 돌아간다면 신변이 위험할 것은 뻔했다. 고발되고 무장병에게 끌려 법정에 서게 되면 모든 것은 끝나는 것이었다.

그는 자기가 통치하는 갈리아 중에서 로마에 가장 가까운 라벤나 지방에 이르렀다. 표면상으로는 단순히 그 지방의 풍물을 시찰온 것처럼 태연히 장터 구경도 다니며 건축 중인 무예 연습장도 시찰하며 파티에도 참석했다.

그러나 그의 마음은 로마로 달리고 있었다. 해가 저물자 눈에 뜨이지 않게 몇 사람만 살짝 데리고 날쌘 말이 끄는 마차를 타고 지름길로 군대가 있는 곳으로 돌아왔다. 본격적인 출전 준비를 피하고 의심을 받지 않을 범위 내에서 모은 군대 수효는 5천남짓 했다.

군대를 이끌고 얼마쯤 가서 루비콘 강가에 이르렀는데, 거기서 그는 잠시 주저했다. 그 강을 건너면 로마였다.

"아직 되돌아 갈 수는 있다. 그러나 저 조그만 다리를 한 번 건너 버리면 만사는 운명에 맡길 수밖에 없다."

그는 이렇게 말했다.

이때, 이상한 징조가 나타나면서 적(笛)소리가 들리고 갑자기 진군 나팔소리가 높이 울렸다. 진군은 자기가 명령한 것은 아니었다.

"신이 현시(現示)계시하는 바와 적의 부정(不正)이 부르는 곳으로 가자! 주사위는 던져졌다!"

그는 소리쳤다.

예기치 않은 이 기습에 로마는 낭패 속에 빠졌다. 폼페이우스 당파는 해외로 도피하였고, 이윽고 파르사로스 결전에서 괴멸되고 말았다.

그 후 카이사르는 이집트를 공략하고, 시리아에서 소아시아의 폰토스 지방으로 쳐들어갔으며, 그 곳의 왕으로 하여금 불과 닷새 동안의 대치에서 네 시간의 격전 끝에 결정적인 패배를 맛보게 했다.

"왔노라, 보았노라, 정복했노라. (veni, vidi, vici)"

3V로 표현되는 이 말은 이 무렵을 설명한 것이다.

그러나 실제로 이 말이 쓰여진 것은 내란이 완전히 평정되고 그가 로마에 개선했을 때였다. 그가 그간 치른 갈리아, 이집트, 폰토스, 아프리카 지역의 전승 축전이 차례로 올려졌다. 폰토스의 전승 축전 행렬 때, 그는 이 말을 쓴 현판을 장식하여 쳐들고 걷도록 했다. 그가 득의만만했던 것은 승리의 결과보다 그 속도와 생각보다 쉬웠던 점에 있었다.

로마의 평화

로마 초대의 황제 옥타비아누스는 율리우스 카이사르의 조카의 아들이며, 만년에 양자로 입적했다. 할머니는 카이사르의 친 누이였다. 카이사르가 암살되던 때 그는 겨우 열 아홉 살이었다.

안토니우스, 레피두스와 더불어 제 2차 삼두정치를 이끌어 나간 것이 그 다음 해 그의 나이 21세 때의 일이다. 양부 카이사르의 후광도 있었겠지만, 실력도 상당히 있었던 것을 알 수 있다. 얼마 안 가서 레피두스의 죽음과 안토니우스의 방종은 그의 야심을 부풀게 하는 좋은 기회가 되어 주었다.

그로부터 12년 후, 아크티움 해전에서 그는 안토니우스와 클레오파트라의 연합 수군을 완전히 패망케 하고, 이윽고 천하를 평정하여 제일인자로서의 아우구스투스의 칭호를 받았다. 이것은 '신성(神聖)'이란 뜻이다.

'로마의 평화(Pax Romana)'는 이리하여 당시의 지중해 세계 대부분에 널리 퍼졌고, 그때까지 수십 년 혹은 수백 년 이상이나 계속되어 오던 전란에 시달리던 여러 나라 국민들은 비로소 두 다리를 뻗고 잘 수 있게 되었다. 'Pax Romana'라는 말이 근대에 와서는 대영제국의 번성기에 사용되기도 했다. 즉, 권력이나 힘으로 다소 위압적이기는 하지만, 일반적으로 전면적인 평화의 달성을 의미하며, 일단 그것을 시인하면서도 다소의 비판의 여지가 있는 것으로 되어 있다.

카이사르에 비하면 옥타비아누스는 훨씬 차분하였다. 즉, 그는 난세의 영웅이라기보다는 건설기에 맞는 소질을 갖추고 있었다. 카이사르는 부하들에 대해서도 터무니없이 마음이 좋고, 친구처럼 여겨 그들을 기쁘게 했었다. 서민적이며 폭이 넓은 점에서 인심수람(人心收攬)이 크게 효과를 거둔 것도 사실이었다.

평화가 온 뒤, 옥타비아누스는 결코 군대에 대해서 카이사르가 한 것과 같이 '전우여' 라고 부르지 않았다. 또 매우 경솔한 것을 싫어했던 탁월한 지휘자인 그는 급히 서둘거나 당황해서는 안 된다고 늘 말했다. 그가 평소에 입에 담은 격언이 '천천히 속히 하라' 는 말을 통해서도 그의 침착성을 엿볼 수 있다.

"대담한 장군보다는 안전하고 틀림없는 자가 낫다."

"무엇이든지 충분히 달성했으면 그것으로서 충분히 빨랐던 것이다."
라는 말도 그는 즐겨 썼다고 한다.

젊은 나이에 로마의 삼두정치의 한 사람이 되었고, 불과 32세에 만천하의 제일인자로 군림하기까지는 그가 처해 있던 여러 상황과 객관적인 역사의 수레바퀴가 그를 거기까지 몰아친 것이며, 그 자신 또한 공을 서둘지 않고 차분했기 때문이라 할 수 있다. 따지고 보면 그는 라이벌인 안토니우스를 넘어뜨리는데 10년이나 참고 기회를 기다렸던 것이며, 다른 사람 같았으면 그 충돌은 훨씬 이전에 생겼을지도 모른다. 그러나 아이러니컬하게도 그와 같이 견실한 성품의 그의 가정은 평화롭지 못하고 늘 흐려 있었다. 그가 후처로 맞은 리비아는 권모술수에 능한 여자였고, 두 손자는 어려서 이상한 죽음을 당했으며, 리비아가 데리고 들어온 자식인 티베리우스가 뒤를 이었다. 그 후로 제황의 자리를 둘러싼 검은 음모는 그칠 날이 없었고, 유명한 폭군 네로에 이르러 혈통이 끊기니 그의 시대는 불과 100년이었다.

모든 길은 로마로 통한다

로마는 일찍이 고대 세계의 태반을 덮는 대제국의 수도로서, 글자 그대로 세계의 중심을 이루고 있었다. '모든 길은 로마로 통한다'라는 말은, 방법은 달라도 도착하는 목적은 같다는 뜻인데, 이 말은 그 당시 로마제국의 도로가 놀라울 정도로 발달하여 사통팔달로 뻗었던 점과도 관련되어 있을 것이다. 로마인은 '도로쟁이'라는 별명으로까지 불리웠을 만큼 대규모적인 토목공사의 능력을 갖추고 있었다. 그들은 광대한 영토 내에 군용도로를 종횡으로 관통했는데, 그 흔적이 지금도 유럽 각지에 남아 있어 '로마 가도'의 이름으로 불리우고 있다.

'모든 길은 로마로 통한다'라는 말을 영어 속에 도입한 것은 14세기의 '초사'라는 시인이다. '로마에 가거든 로마 사람 하는 대로 하라'는 말은 '향(鄕)에 들거든 향에 따르라'는 동양의 그것과 같은 뜻이다.

기독교 초기에는 종교적 풍습도 지방에 따라 달랐는데, 단식일(斷食日)도 일요일인 곳이 있고, 토요일인 곳도 있었다. 4세기에서 5세기에 걸쳐 활약하여 초대 기독교의 최대의 교부(敎父)로 알려져 있으며, 〈고백과 신의 나라〉의 저자로 유명한 아우구스티누스는 이것을 어떻게 처리할지 몰라 선배에게 의논했더니,

"나는 밀라노에 있을 때는 일요일에 단식하지 않았지만, 로마에 있을 때는 한다."
라고 선배는 대답했다.

이것은 아우구스티누스의 편지글에 보이며, '로마에 가거든…'이라는 말은 여기서 유래된 것으로 짐작된다.

'로마는 하루 아침에 이룩되지 않았다.(Rome was not built in a one

day.)' 라는 말은 프랑스의 12세기 이언집 속에 실려 있다고 하는데, 이 말이 세계적으로 널리 퍼지게 된 것은 세르반테스의 〈돈키호테〉 속에 인용된 뒤라 하겠다. 로마 건국의 조상으로 알려진 로물루스와 레무스 형제는 늑대의 젖을 빨고 자랐다고 한다. 그러한 초창기로부터 세계의 중심 대로마제국이 되기까지에는 수백 년의 긴 역사가 필요했다. 이것은 오늘날 미국의 발전이 전날 황막한 서부에서 출발했던 것이며, 개척 시기의 고난과 독립전쟁, 남북전쟁 등 많은 고비를 넘었던 것을 생각하게 한다.

취미의 심판자

폴란드의 작가 셍키에비치의 〈쿠오바디스〉는 로마를 무대로 하여, 초기 기독교 교도 박해를 다룬 흥미로운 작품인데, 이 책장을 열면 맨 먼저 페트로니우스라는 로마의 귀족이 등장한다. 그는 우아와 게으름을 겸한 난숙기(爛熟期)의 로마문화를 상징하는 인물이며, 그의 안식 높은 취미는 네로를 둘러싼 궁정인들의 속되고 악함을 멸시하고 조롱하면서도 허무적 무감동 속에 자신을 가라앉히고 있다. '허무적 무감동'이라는 이 말은 로마의 시인 호라티우스가 사용했는데, 당시 로마 지식인의 정신 상태를 적절히 표현하고 있다.

페트로니우스는 이 소설의 젊은 주인공인 비니키우스와 리기아를 맺어주는 역할을 한 뒤 그리스 미인의 전형과 같은 그의 애인을 포용한 채 조용한 모습으로 죽음으로 향하는데, 이 대목에서 작가는,

"그들이 감으로서 그들에 의하여 겨우 이 세상에 존재하고 있었던 — 즉 시(詩)와 미(美) 또한 사라졌다."

라고 말하고 있다.

이것은 헬레니즘의 세계가 멸망하고 기독교, 즉 헤브라이즘의 세계가 이어진 것을 암시하고 있는데, 페트로니우스는 실제의 인물이었다. 그는 소설에 묘사된 것과 같은 인물이며, 세상에서 '예의, 버릇, 취미의 심판자'라는 색다른 칭호를 받고 있었다. 그는 또 〈드라마키온의 향연〉, 〈사튜리콘〉 등의 특징적인 작품의 저자이기도 하다.

〈사튜리콘〉이란 풍자의 뜻이며, 글자 그대로 폭군 네로 시대의 로마의 퇴폐한 세태를 풍자한 것이었다. 거기에는 '남색, 간통, 난교, 살인' 등이 거침없고 신랄하게 그려져 있다. 어떤 의미로 후세의 피카레크스의 소설 〈악한〉의 원형이라 할 수 있겠다. 예를 들면, 이런 이야기가 있다.

십자가에 매달린 도둑의 시체를 지키고 있던 한 병사가 묘지의 땅 속에서 빛이 새 나오는 것을 발견한다. 조사를 해 보니, 커다란 묘 속에 신분이 높은 듯한 부인과 시녀가 있었다. 부인은 죽은 남편의 시체를 지키며 자신도 그 뒤를 따를 작정으로 단식을 하고 있었다. 병사는 부인의 초췌한 얼굴을 보다 못해 음식과 술을 권한다. 부인은 처음엔 거절을 했지만, 결국은 참지 못해 한 입 먹었더니, 대번에 마음이 허물어져 버리고 배가 부를 때까지 먹었다. 식욕을 만족시킨 뒤에는 병사와 함께 정욕을 서로 채우기 시작했다. 병사가 밖으로 나와 보니 도둑의 시체는 누가 들어 냈는지 간 곳이 없었다. 병사는 벌로서 죽음을 면치 못할 운명에 놓인 것이다. 이때 부인은 남편의 시체를 대신 도둑의 시체 있던 자리에 갖다 놓을 것을 권한다.

근대 프랑스의 최고의 지성이라고 불리우는 발레리는 만약 근대라는 말을 시간적인 의미가 아니고 성격을 의미하는 것으로 사용한다면, 로마의 난숙기는 그것이라고 말했는데, 확실히 이 이야기 속에는 현대의 '하드 보일드'와 같은 비정함이 있다고 할 수 있다.

아무튼 로마시대에 이미 근대의 요소가 사회적으로나 문화면에서나 엿볼 수 있었다는 것은 흥미로운 현상이다.

사랑은 모든 것을 정복한다

로마 제일의 서사시인이며 〈아이네이스〉의 작자인 베르길리우스에 관해서 영국의 평론가 T.S.엘리어트는 그를 가장 고전적인 작가라고 말하고 있다. 물론 좋은 의미에서이다. 그의 친구 프로페르티우스는 그의 엘레지 속에서 그를 시성(詩聖) 호메로스를 뛰어넘는다고 격찬하고 있는데, 이는 좀 과찬이라고 하겠지만, 아무튼 라틴 제일의 시인이었던 것만은 의심할 여지가 없을 것이다.

특히 그의 장점은 인정과 무르넘치는 정서 표현에 있다. 표제의 구절은 그의 젊은 날의 작품 '목가' 속에 나오는데, 충분히 성숙된 시의 기법을 다한 것은 아니지만 그 대신 젊고 신선한 미를 갖췄고, 특히 순진한 연애 감정의 묘사에는 안성맞춤인 것이었다. 청순한 아가씨에 대한 그리움에 몸부림치며 혼자 고민하는 벗 가르스를 위로하는 것인데, 그는 숲속의 나무에 애인의 이름을 새겨 놓고 뜨내기 님프와 희롱하며 그녀를 잊으려 하지만, 사랑의 힘은 너무도 강하고 마음을 달랠 길이 없다.

그리하여,

"사랑은 모든 것에 이기고, 우리들도 또한 사랑에는 굴복하는 도리밖에 없다."

라고 하고 있다.

'사랑은 모든 것을 정복한다'라는 말은 '노고(勞苦)는 모든 것을 정복한다' 혹은, '진리는 모든 것을 정복한다' 등으로 주어만 바꿔서 쓰기도 한다. 로마 제정시대 초기의 시인들이 쓴 연애에 관한 명구를 들어 보면,

"참된 사랑은 끝을 모르는 것일세."

"사랑이란 잠시 밀어 낼 수는 있지만, 결코 버릴 수는 없는 것."

"사랑을 받으려면, 먼저 사랑스럽게 굴어라."

등이 있다. 앞서의 둘은 '프로페르티우스', 나중 것은 '오비디우스'에 의한 것이다.

건전한 몸에 건전한 마음

경기의 기념 메달 등에 흔히 쓰이는 '건전한 몸에 건전한 마음' 이라는 이 명구는 원래 유에나리스의 시 속에 보이는 말이다.

　누구나 건강을 원하지 않는 사람은 없다. 그리고 그보다 정신의 기능이 온전할 것을 바라 마지 않을 것이다. 그러나 몸도 대체로 건강하고 정신상태도 건강한 경우, 사람은 그것의 고마움을 생각지 않고 다른 소망과 욕망에 쫓긴다. 그가 바라던 어떤 소망을 이룬 뒤에도 그에 만족하지 않고, 또 다른 욕망을 향하여 멈출 줄 모르는 것이 인간이다.

　그리스의 시인 디오게네스는

　"사람은 부자가 될수록 탐욕이 커진다."

라고 말했다.

　재산은 산수급수적이고, 욕망의 껍질은 기하급수적인 증가율을 보인다고 한다. 물욕이나 권세욕이나 얕은 곳에서 멈추지 못하는 것이 세상사이다. 권세에 우쭐했던 티베리우스의 총신 세이 야누스, 웅변가 키케로, 명장 한니발, 그들의 최후가 얼마나 비참했던가. 아름다운 용모도 도움이 되는 것보다 해가 되는 경우가 많다. 그렇기 때문에 먼저 건전한 몸에 건전한 마음이 깃들여야 한다. 그러나 이 두 가지 여건을 갖추는 것이 그리 쉬운 일은 아니다. 진정 '건전한 마음' 이란 매우 존귀한 것이다. 그것은 '죽음을 겁내지 않는 용맹심, 주어진 연수(年數)를 하늘이 주신 것으로 존중하는 마음, 수고로움에 꺾이지 않는 마음' 이다.

　참된 '건전한 마음' 이란 그리스인, 특히 소크라테스가 말한 절도있는 올바른 마음이 아니면 안 된다. 육체의 건강과 같이 이러한 마음은 그렇게 쉽게 얻어지는 것이 아니다. 아름답고 훌륭한 체력이 만인의 칭찬과 선망을 받던

올림픽경기는 그리스에서 기원한 것이지만 이 '명구'를 자칫하면,

　　"건전한 마음은 건전한 육체에서 생긴다."

라고 하는 것은 잘못이다. 왜냐하면, 건전한 몸을 가지고도 그 마음이 건전치
못한 예는 너무도 많기 때문이다.

시간은 금이다

'시간은 금이다' 라는 말은 프랭클린의 청년에 주는 충고 속에 인용된 뒤로 가장 많이 알려진 명구의 하나가 되었다.

18세기 후반의 미국 시민사회의 계몽사상가이며, 프라그머티즘의 시조로 알려진 사람이 극히 현대성을 띤 이 같은 명제를 캐치한 것은 당연한 일이라고 할 수도 있겠다. 물론 이 말도 멀리 고대 그리스의 철학자에게서 나온 것이다.

"시간은 인간이 쓰고 있는 물건 중에서 가장 귀중하다."
라는 말이 그것이다.

'시간은 금이다' 라는 표현이 정확하게 언제부터 쓰였는가는 알려진 바 없지만, 16세기 프랑스 작가 라블레가 이미 그 말을 그대로 사용하고 있다.

그런데 시간의 저울로서 달력(Calendar)이란 말을 역사적으로 보면, 역시 금전과 관련이 있다. 'Calendar' 는 라틴어의 'Kalendarium' 또는 'Calendarium' 에서 온 것이다. 로마에서 이 말은 차금대장(借金臺帳)을 의미했다. 당시 빚에 대한 이자는 매월 초하루 즉 'Kalends' 에 갚는 것이 관례로 되어 있었다.

달의 초하루를 'Kalends' 라고 부른 데는 다른 유래가 있다. 초하루에 이자를 지불하는 상거래 관습은 고대 그리스 시대로부터 내려오던 것이었다. 그리고 이 일을 전담한 통보자가 있어서 대차 관계를 맺은 사람들을 불러 알려 주는 일을 맡았다. 여기서 그리스말의 '부른다' 라는 뜻을 가진 'Kalends' 가 달의 초하루를 가리키게 된 것이다. 아울러 달력의 역사를 돌아보면, 태양력의 기원은 고대 이집트이다.

이집트에서는 지금으로부터 6천 년 전에 이미 한달을 30일로 하여 다시 열두달을 정하고, 따로 5일을 첨가하여 365일을 1년으로 하는 달력을 만들었다. 그 뒤로 B.C 238년, 프틀레마이오스 왕 때 4년만에 366일의 윤년을 넣는 것도 생각해 냈다. 이것을 그리스가 인계하였고, 다시 로마로 전승되어 정확한 태양력의 기초가 되었다.

로마 초기에는 10개월의 달력이 사용되었는데, 이에 따른 결과 계절감에 커다란 차질이 생겨 적당히 윤달을 넣어 조정하였다. B.C 713년 무렵, 누마왕은 마지막 달인 'December(열번째 달의 뜻)' 다음에 'January' 와 'February' 를 보태어 1년을 12개월 365일로 했었다.

그후, B.C 451년에 이르러 'January' 와 'February' 를 앞에다가 붙였으므로, 여덟번째 뜻인 'October' 가 10월로 열번째의 뜻인 'December' 가 12월이 되는 등, 수(數)에 따른 명칭이 두달씩 뒤로 나간 결과가 되었다. 그리고 정월의 명칭 'January' 는 신(神)에서 따온 말인데, 이 신은 우연히도 쌍면신(雙面神)이었으므로, 나중에 이르러 두 개의 얼굴이 각기 묵은 해와 재 해를 보고 있다는 설명이 붙게 되었다.

이 같은 개혁을 해 왔으나 아무래도 계절과 차질이 생기므로 B.C 45년, 율리우스 카이사르가 그리스의 달력을 본받아 1년을 365일로 했다. 이것이 율리우스력(曆)이다. 그리고 카이사르가 태어난 달이 7월이었으므로 카이사르의 개혁을 기념하는 뜻으로 7월을 'July' 라고 고쳤다. 다시 초대 로마황제 아우구스투스 때, 그가 태어난 날을 기념하는 의미에서 8월을 'August' 로 고쳤다. 오늘날의 열두 달의 명칭은 이렇게 확정된 것이었다. 율리우스력은 그후 오랫동안 사용되었는데, 1582년 법왕 그레고리 때 약간 수정된 그레고리력이 사용하게 되었다. 이것은 윤달의 배분을 더 정확히 계산한 것으로, 지금 세계 각국에서 사용되고 있는 것은 이 그레고리력이다.

불사조

미개시대의 인류는 여러 가지 가공의 동물을 생각해 냈다. 자연현상에 대한 무식과 두려움에서 생긴 것이지만, 한편 거기에는 인간의 상상력과 신비한 것, 위대한 것, 아름다운 것에 대한 강한 동경심을 엿볼 수 있다.

이집트 신화에는 아라비아사막에 '불사조'라고 불리우는 이상한 새가 살고 있었다고 한다. 이 새는 전 세계에 단 한 마리뿐이며, 5백 년 혹은 6백 년을 주기로 하여 다시 태어난다고 한다. 즉, 스스로 향나무를 쌓아 놓고 태양에서 불을 얻어 불을 지른 후, 자기의 날개로 부채질하여 불길을 솟아오르게 한 뒤 그 불 속에 뛰어들어 한 번은 자멸을 하는데, 재 속에서 새 생명을 얻어 소생한다는 것이다. 그런데 불사조의 모델은 오시리스 신의 사자로 알려진 조그마한 까치였던 모양이다. 이 불사조의 전설은 아라비아, 페르시아, 인도에까지 퍼져 있었다. 'Chinese phoenix'라고 하면 동양에 전하는 가공의 새 봉황을 의미하는데, 양자(兩者)가 외관상 비슷한 것은 누가 보아도 분명하다.

'살라멘더(Salamander)'는 페르시아계의 전설에서 나온 듯한데, 이것은 불 속에 있어도 죽지 않고 오히려 불을 끄는 힘이 있다고 한다. 셰익스피어의 〈헨리 4세〉와 괴테의 〈파우스트〉에도 이 말이 나온다.

르네상스 시대의 조각가 벤베누토 첼리니는 그의 자서전 속에 이런 에피소드를 소개하고 있다. 어릴 때, 아버지와 함께 방에 앉아 있는데 아버지가 갑자기 귓전을 힘껏 때렸다. 어린 그는 놀라고 아픔에 울기 시작했다. 아버지는 난로를 가리키며 말했다.

"저 봐라, 저기 불도마뱀이 있다. 좀처럼 보기 드문 것이다. 지금 아팠던 그 기분으로 평생 잊어버리지 않게 잘 보아 두어라."

불 속에 그 불도마뱀이 있었던 것은 확실한 사실이었을 것이다. 소년의 눈에는 불 속에서 이상한 벌레가 꿈틀거리고 있는 것이 보였다. 그때 어린 그가 본 것이 환각이라 할 수는 없다.

아틀란티스

플라톤의 대화편, '티마이오스', '크리티아스' 등을 보면 이집트의 신관이 솔론에게 말했다는 형식으로, 지부랄트 저편의 큰 바다, 즉 대서양에 아틀란티스라고 불리우는 큰 섬이 있다고 되어 있다. 아틀란티스는 지구를 떠받치고 있다고 생각되었던, 전설 속에 나오는 거인 아트라스의 섬이라는 뜻이다.

섬에는 초목이 보기 좋게 울창하고 금은 보옥이 풍부하여 왕후 귀족은 호사스런 생활을 즐긴다는 일종의 지상낙원이었다. 이 섬은 플라톤 시대로부터 9천 년 전에 지중해를 정복하려고 하였는데, 그리스에게 패망했다. 그리고 그 후 섬 주민들은 신을 공경하지 않아 신의 노염을 사서 하루 아침에 섬 전체가 물 속에 가라앉고 말았다. 그리하여 아틀란티스를 '잃어버린 낙원'이라고도 부르게 되었다.

아틀란티스가 실재했는가 여부에 대해서는 설이 구구하다. 그러나 하나의 전설적인 존재였으리라는 것이 유력하다. 그 섬은 아프리카 대륙의 북서쪽으로 대서양상에 있는 카나리아 제도와 위치를 거의 같이하고 있었다는 설도 있다. 이러한 문제가 논의의 대상으로 되풀이 되는 것은 밑으로 가라앉아 버린다는 엄청난 스펙타클이 우리의 상상력을 자극하기 때문일 것이다. 아직 이 섬의 실재를 완강히 주장하는 사람들이 있다.

II
중세

서로마제국의 몰락에서 르네상스까지의 기간은 약 천 년인데, 이 사이를 중세라고 부르고 있다. 이 시기는 전형적인 봉건제도의 시기로, 정신 문화면으로 본다면 매우 경건한 풍조와 질서가 서 있었던 반면에, 사회 문화 발달이 정체하고 있었던 것을 부정할 수는 없다. 이 시대를 암흑시대라고 하는 사람도 있다.

이러한 환경 속에서 서구의 여러 민족은 그들 각자의 태내에, 특유한 전설과 설화와 신앙담과 로맨스, 또는 미신, 서사시를 남겼다. 그렇게 전승해 내려온 이야기들은 재미있고, 때로는 소박하고, 혹은 정감이 흐르는 고사담(故事談)이 화원을 다채롭게 장식하고 있다.

고대의 정취와는 완연히 달라지지만, 중세는 중세대로의 귀중한 유산을 지니고 있다. 이 중세에는 마호메트 등 아라비아의 이야기도 포함시켰다.

원탁의 기사

국제적인 큰 회의에서 곧잘 '원탁회의'라는 말이 쓰인다. 문자 그대로 원형의 큰 테이블을 가운데 놓고 둘러 앉아서 하는 회의인데, 회의 운영의 공평함과 친밀감이 형식적으로도 고려된 것으로, 아무튼 회의의 빡빡함을 푸는 점에서 환영을 받고 있다. 그런데 이 말은 중세기 영국의 아서 왕의 전설에서 나왔다.

'아서 왕의 이야기'라고 불리우는 한 묶음의 전설은, 이미 12, 3세기경부터 유럽 각국에 퍼져 있었으며, 그 후에도 많은 문인들의 작품의 소재가 되었다. 그 중에서도 가장 유명한 것이 〈아서 왕의 죽음〉과 19세기에 테니슨이 지은 〈국왕가집(國王家集)〉이다.

아서 왕은 기사도가 가장 번성했던 6세기 무렵의 왕인 것 같다. 이 왕은 스칸디나비아, 프랑스를 정복하고 로마군도 격파했다고 전한다. 왕은 주변에 있는 훌륭한 기사들을 동등하게 대우했으며, 그들간의 상하의 구별과 자리 다툼을 없애기 위해서 커다란 대리석 테이블을 만들어 놓고 그 둘레에 앉혔다고 한다. 원탁의 자리에 끼는 것은 최고의 명예였고, 그 석상에서 여러 가지 문제가 공정하게 논의되었다. 시대는 중세지만, 이 원탁의 취향은 오히려 근대적인 감각이 엿보인다.

그리하여 왕은 명성과 영예의 정상에 있었는데, 이 황금시대는 오래 가지 못하고 왕비 기네아의 부정과 생질인 모드렛드의 배신으로 인하여 원탁 기사단은 허물어지고 말았다. 왕은 왕비와의 싸움에서 깊은 상처를 입었으나, 선녀의 인도로 지상낙원인 애바론으로 물러가서 조용히 여생을 보냈다.

이것은 왕의 정사(正史)에 나타나 있는 것이며, 이밖에도 왕을 둘러싼 기사들에 관한 많은 이야기들이 있다.

네가 태운 것을 숭상하라, 숭상한 것을 태우라

'네가 태운 것을 숭상하라, 숭상한 것을 태우라'는 프랑스의 사제(司祭) 그 레고알 도 드울이 쓴 〈프랑스 시(詩)〉에 프랑크 왕국의 초대 왕 클로비스의 행적 중 그가 기독교로 개종하게 된 일화에서 나온 말이다. 이 말은 '종교적 또는 그 밖의 어떤 문제든지 종래의 의견을 버리고, 새로운 의견을 채택하라'고 권할 때 쓰인다.

496년, 클로비스는 게르만 민족의 한 부족인 알만인과 싸웠는데, 차츰 전세가 불리해지자 기독교 신자인 그의 아내가 크로칠드신에게 빌어 전쟁에 이기게 해 주면 기독교로 개종하겠다고 맹세를 했다. 그 덕분에 그는 적을 완전히 물리치고 갈리아 전역을 지배하는 왕이 되었다. 그리고 먼저 자기가 약속한 맹세를 실행하려고 했다.

왕비는 사제 센트밀을 불러 왕이 개종함에 있어 구원이 될 말을 해 달라고 당부했다. 왕도 '성스러운 아버지시여, 기쁘게 말씀을 듣겠습니다'하였다. 사제는 크게 기뻐했다. 사제는 왕이 기독교로 개종하는 영세를 위해 전무후무한 성대한 식을 마련했다. 모든 사람들이 나서서 거리의 구석구석에서부터 교회의 앞뜰에 이르는 길 양 옆에 막을 쳐 늘어뜨렸고, 모든 집들의 벽은 헝겊으로 가리고 영세반(領洗盤)이 놓여졌다. 향 냄새가 흐르고 큰 초에는 휘황한 불이 타며, 사원에서는 훈향(薰香)이 장엄한 분위기를 이루었다. 그 사이로 왕의 행렬은 십자가와 복음서 네 권을 앞세우고 찬미가 합창과 환호하는 소리에 싸여 걷기 시작했다. 사제는 왕의 손을 잡고 궁전에서 교회 안으로 인도하여 영세장에 이르렀다.

왕은 그 장엄하고도 화려한 정경에 놀라서,

"오오, 성자시여! 여기는 당신이 약속하신 하느님의 왕국이 아닌가요?"

라고 부르짖었다.

"아닙니다. 여기는 하느님의 나라가 아니라 하느님의 나라로 인도하는 길이옵니다."

사제는 이렇게 대답하고 지하실에 마련된 영세장으로 왕을 인도했다. 그 당사자의 정식 영세식은 지하실에서 치러졌으며, 영세를 받을 사람은 옷을 벗고 나체가 되어 물 속에 몸을 담그는 의식이 진행되었다. 왕도 옷을 벗고 영세를 받았는데, 사제는 다음과 같은 유명한 말로서 왕에게 훈계를 하였다.

"마음을 가라앉히시라. 머리를 숙일지어다. 그리고 그대가 태운 것을 숭상하고, 그대가 숭상하던 것을 태우라!"

500년경, 오늘날의 프랑스와 벨기에 지역을 대부분 정복하고 갈리아 전체 땅을 장악했던 클로비스였던 만큼, 그의 기독교에로의 개종은 기독교 전파에 큰 공헌을 했다.

비프(beef)의 유래

소를 영어 '옥스(ox)'나 '카우(cow)'라고 하는데, 쇠고기하면 비프(beef)로 변한다. 원래 beef 는 프랑스의 고어로, 소를 의미하는 boef 에서 온 것이다. 쇠고기 뿐만 아니라 돼지(pig, swine)의 고기는 포크(pork)라고 불리우고, 양(sheep)의 고기는 머튼(mutton)이라 한다. 또 송아지(calf)의 고기는 'veal'이다. 이들 육류의 이름은 따지고 보면 모두 프랑스 말에서 온 것이다. 이것은 북방에서 온 노르만 민족이 지금의 프랑스 북부(노르만디 지방)를 쳐서 정착한 뒤에 프랑스화하였고, 다시 영국으로 건너가서 색슨인들을 정복한 '노르만의 정복(1066)'에서 비롯한 것이다.

　노르만 왕조를 확립한 이후 프랑스인들은 지배자로서 상류계급에 올라 앉고, 색슨 사람들은 그 밑에서 고용살이를 하며 가축을 기르는 위치를 감수하지 않으면 안 되었다. 가축이 가축으로 사육되는 동안에는 색슨말(영어의 모태)로 불리고, 요리가 되어 주인들의 식탁에 오를 때에는 프랑스 말로 쓰이게 되었다. 스콧의 유명한 무협소설 〈아이반호〉 속에 색슨인의 하인의 입을 통해서 다음과 같은 말이 있다.

　"그런데 포크(pork)는 훌륭한 프랑스말이야. 소, 돼지들은 색슨의 손에서 키워질 때는 색슨의 이름으로 통용하지만, 성 안의 넓은 방으로 운반되어 높은 사람들을 대접하게 될 때에는 말야. 노르만어로 '포크'라고 불리운단 말야!"

　이상은 통설(通說)인데, 덴마크의 언어학자 예스페르센에 따르면, 그러한 정치적인 원인 뿐만 아니라 당시의 프랑스는 요리법에 있어서도 가장 뛰어났기 때문에 요리 용어로서 프랑스 말이 사용된 것이라고도 한다. 그는 다시 직업상의 직명 같은 것도 이와 비슷한 경우를 보이고 있다고 지적하고 있다. 즉, 고깃간을 'butcher', 석공을 'mason', 목수를 'carpenter'라 하는 것 등은 프랑스어에서 온 것이고, 'smith(대장간)', 'miller(방앗간)', 'baker(빵장수)', 'shoemaker(구두방)' 등 서민 상대의 직업은 색슨 말이라고 한다. 이런 말 뒤에는 노르만족과 색슨족의 환경과 문화도(文化度)의 차가 반영되어 있다.

카놋사의 굴욕

중세 봉건사회가 확립되자 이와 병행하여 기독교는 서구 일대를 교화하였고, 로마 가톨릭교회의 권위는 정신적인 분야에 그치치 않고 세속적인 생활면에까지 미쳤다. 그와 더불어 교회의 부패와 속화(俗化)도 드러나게 되었다. 사제직이 돈으로 공공연히 매매되기까지 이르렀다. 무엇보다도 속인이 사제직에 함부로 오를 수 있다는 사실은 교회의 조직 자체를 문란케 했으며, 교황의 권위를 위태롭게 하는 일이었다.

예를 들면, 독일과 이탈리아에서는 국왕이 사제를 임명하였고, 프랑스의 제후는 대부분이 사제직을 겸하고 있었다. 그 뿐 아니라 교황의 지위 자체도 왕의 손에 좌우되고 말았다. 황제 하인리히 3세 같은 이는 세 사람의 독일인 교황을 내세우기도 했다.

이와 같은 교회 안의 부패와 속화에 대한 비판은 일찍부터 교회 안에서 있었던 것이지만, 이것이 표면화되고 적극적인 양상을 띤 것은 프랑스의 클뤼니 수도원을 비롯하여 베네딕트파 수도원들이 합세한 세력이 교회의 개혁을 부르짖은 데에 있다.

클뤼니 수도원 출신 추기경인 힐디부란드는 이 운동의 선두에 서 있었는데, 1073년에 교황으로 추대되어 그레고리우스 7세가 되자 속인은 사제가 될 수 없다는 법규를 세워 단호한 조처를 취했다. 그러자 교황과 황제 하인리히 4세 사이에는 심각한 충돌이 생겼다. 1076년, 황제는 사순절 종교회의 때 다음과 같은 말로 시작된 서한을 보냈다.

"잠칭자(潛稱者)가 아니며, 신의 풍요한 은총에 의하여 임명되어 황제가 된 하인리히 4세로부터 이미 교황은 아니며, 한갖 좋지 못한 수도사에 불과한 힐디부란드에게 보내노라."

그리고 '그레고리우스는 교황이 아니라, 한 마리의 굶주린 늑대에 불과하다'는 이유로 새 교황의 선거를 해야 한다고 촉구했다. 물론, 이에 대해서 그레고리우스 7세도 지지 않고 맞섰으며, 하인리히 4세의 파문을 선고했다.

"사도들의 수좌(首座)이신 성 베드로여! 이 몸은 당신의 은총으로 천상천하에서 속박과 해방의 권능이 주어져 있다. 그러므로 이 몸은 당신의 교회의 영광과 보호를 위해 당신의 교회에 대해서 전례없는 거만한 태도로 반항한 하인리히에 대해서 독일 및 이탈리아의 전 지배권을 부인한다. 또 이 몸은 모든 기독교도로 하여금 그에 대한 복종의 서약으로부터 해방시키고, 뿐만 아니라 어느 누구도 그에 대해서 국왕 대접을 하지 말 것을 명령한다. 교회의 영광을 짓밟아 없애려는 자가 그 전에 얻었던 명예를 잃는 것은 당연하다."

이 선고의 효과는 무서운 영향력을 미쳤다. 그레고리우스는 단지 교회 뿐만 아니라, 제후나 공들과의 동맹을 구축함으로써 하인리히를 수세로 몰아갔다. 때마침 공들과 제후들은 황제의 지배권에 반항할 구실만을 찾고 있던 참이었다. 제후들이 하인리히의 교황에 대한 불복종을 이유로 황제의 폐위를 논하자, 막강했던 황제는 그레고리우스 7세의 사면을 구하지 않으면 안될 지경에 놓이게 되었다. 하인리히 4세는 1077년 한겨울에 허겁지겁 알프스를 넘어 북이탈리아의 카놋사 성에서 교황 앞에 무릎 꿇고는 눈 속에서 수시간 동안 서 있다가 겨우 사과가 받아들여졌다고 한다. 이것이 세상에 유명한 '카놋사의 굴욕'이며, 교회의 권위가 속계(俗界) 최고 권력을 이겨낸 가장 드라마틱한 예증(例證)이 되었다.

고다이버 부인

중세 영국의 봉건 영주인 마샤 백작은 그가 지배하고 있는 코번트리 지방에 무거운 세금을 부과하려고 했다. 아내인 고다이버 부인은 신앙심이 깊고 인정이 많은 여인이었기에 남편의 처사를 간곡히 말렸다. 남편은 반농담으로,

"당신이 백주대낮에 벌거벗고 거리를 말을 타고 돌아다닌다면 그들의 세금을 면제해 주지!"

라고 말했다.

뜻밖에도 부인은 그 자리에서 그렇게 하겠노라고 승낙했다. 그리고 동네 사람들에게는 문을 닫고 거리를 다니지 못하게 한 뒤 남편과 약속한 대로 실행했다. 동네사람들은 부인의 숭고한 희생 정신에 감동하여 벌거벗은 부인을 보려고 하지 않았다. 그러나 모든 사람이 그럴 수는 없었다. 톰이란 이름을 가진 짓궂은 사나이가 있어 그는 호기심으로 깊은 규방에서 사는 영주 부인의 벌거벗은 자태를 한 번 보려고 창문 틈으로 내다보았다. 그러자 톰은 그 순간에 두 눈이 멀고 말았다.

이것은 〈코번트리 연대기〉에 실려있는 일화인데, 지금도 그 지방에서는 부인의 지난 날의 덕행을 기리기 위해서 제사를 지낸다고 한다.

근대 영국의 대시인 테니슨도 이 이야기를 시로 읊었다. 그리고 '엿보는 톰'이라고 하면 쓸데없이 남의 일에 참견하는 사람을 가리킨다. 확실히 '엿보는 톰'은 남성의 비열한 일면을 드러낸 것이다.

고다이버 부인의 행동은 사랑과 자기 희생의 순수한 동기에서 나온 숭고한 것임에 틀림없다. 그리고 부인 자신은 수치심을 초극하고 종교적 경지에 이르를 수 있었을 것이다. 그렇다면 부인은 이미 자신의 미덕에 대하여 충분히 보답을 받은 것이며, 톰이 받은 벌은 좀 가혹했던 점이 없지 않다. 남의 비

밀을 알고 싶어 하는 호기심은 특히 그것이 에로티즘과 결부되었을 때 범속한 인간들에게는 저항하기 어려운 유혹이었을 것이다.

그리고 이 코번트리 지방은 제2차 세계대전 때 당시 독일의 폭격기에 가장 많이 얻어맞은 곳이기도 하다.

칼레의 시민

로댕의 유명한 조각 중에 '칼레의 시민'이란 것이 있는데, 이것은 칼레시의 위촉을 받고 제작한 것이다. 이 조각은 등신대의 여섯 명의 나이든 남자들이 무엇인가 심각한 표정을 하고 몰려 서 있는 군상이다.

이 상(像)에는 다음과 같은 유래가 있다.

중세 프랑스의 역사는 영국과 밀접한 유대로 얽혀 전개되었다. 11세기 중엽, 영국 땅은 프랑스 북부 노르만디 지방에서 침입해온 노르만인에 의하여 노르만 왕조가 섰고, 이윽고 중앙집권적인 왕권이 확립되었다. 그 후 영국 왕은 프랑스 서부에도 지배권을 뻗혀 프랑스 왕실과 늘 영토 다툼이 끊어질 않았다.

프랑스 왕은 프랑스 북부 플랑드르 지방의 정치에 자주 간섭을 하였는데, 영국도 이 지방과는 밀접한 이해 관계가 있었다. 이 지방에서 발달한 모직물 공업에 원료인 양모를 영국에서 수출하고 있었으므로 늘 많은 관심이 있었으며, 프랑스 왕의 세력이 그 곳에 뻗치는 것을 좋아하지 않았다.

그 후 프랑스의 카베 왕조가 끊기고 봐로아 왕조가 그 뒤를 잇자, 영국 왕 에드워드 3세는 어머니가 카베가(家) 출신이라는 이유로 왕위 계승권을 주장했다. 한편, 플랑드르 지방에 내란이 일어나자 영국과 프랑스 사이에는 드디어 전쟁이 일어났다. 이것이 백년전쟁(1339~1453)이다. 전쟁의 전반기는 영국의 황태자 에드워드의 활약에 힘입어 영국군이 단연 우세했는데, 프랑스에 '오를레앙의 성녀' 잔다르크가 출현한 뒤로는 전세가 차츰 역전되어, 결국 영국은 플랑드르 지방의 중심 도시인 칼레시 하나만 빼 놓고는 프랑스 안의 영토를 모조리 잃어 버리고 전쟁은 끝났다.

이 인연 깊은 '칼레시'는 전쟁 초기인 1347년 에드워드 3세의 영국군에게 포위되었었다. 시민들은 영국군에게 끝까지 저항하였으나 힘이 부쳐 항복하지 않을 수 없는 막다른 골목에 이르렀다. 이 무렵에 매우 감동적인 일화 하나가 전해지고 있다.

영국 왕은 '칼레시'에 대해서 특별한 관심으로 적개심을 가지고 있었다. 그 까닭은 칼레시는 옛날부터 해적의 근거지였으며, 영국의 상선들이 가끔 약탈을 당한 곳이었다. 그래서 영국 왕이 제시한 항복 조건은 매우 가혹한 것이었다. 즉, 시의 유력한 시민 여섯 명이 머리를 빡빡 깎고 목에는 밧줄을 감고 시의 중요한 모든 열쇠를 가지고 맨발로 영국 왕 앞에 출두하라는 것이었다. 칼레의 시민들은 이 조건을 수락했다. 여섯 명의 시민이 그 몸을 바쳐 동포를 살육에서 구하려고 나선 것이었다. 그들은 의연한 자세로 적진 속으로 향했다. 영국 왕은 이 여섯 명을 처형할 생각이었는데, 소문을 들은 왕비가 간절히 말려 구명이 되었다.

이 감동적인 일화는 정사(正史)에 가까운 역사적 뒷받침이 있는 것으로 보이기는 하지만, 어딘지 전설적인 야사의 냄새가 엿보인다. 해협 하나 건너 코번트리 지방의 '고다이버 부인'의 전설이 있었던 것을 생각하면 서로 일맥 상통하는 점이 있다.

하멜린의 피리부는 사나이

'하멜린의 피리부는 사나이'는 중세 말 독일 지역의 전설인데, 근대 영국의
시인 로버트 브라우닝에 의해 서사시로 꾸며진 이후 널리 퍼져 동화의 고전
으로서 국경을 넘어 세계 아동들에게 읽혀지고 들려졌다.

　그 줄거리를 브라우닝의 시구를 인용하여 간단히 소개하면, 13세기 말 웨
스트화리아 지방의 하멜린이란 동네에서는 많은 쥐가 들끓어 골치를 앓고
있었다.

　　쥐생원들을 보라!
　　개를 떠밀고 고양이조차 물어 죽인다.
　　요람 속의 갓난아이를 물고
　　치즈통을 휘젓고
　　주걱에 묻은 스프를 핥고, 소금에 절여 놓은 생선을 갉아먹고
　　어른들이 벗어 놓은 모자는 그들의 잠자리
　　여자들의 수다보다 더 요란한 그들의 소리
　　사방에 가득한 바스락 소리
　　비단 찢는 소리, 나무 긁는 소리
　　높고 얕은 갖가지 소리
　　온 천지가 그들의 세상일세!

　그러자 어느 날 낯선 피리부는 사나이가 하나 나타났다. 상금을 주면 쥐들
을 모조리 쫓아 버리겠다고 그는 말한다. 읍장은 좋다고 곧 승낙을 했다. 그
사나이는 입에 피리를 대더니 야릇한 곡을 불러댔다. 그러자 온 동네의 쥐들

은 그 소리에 끌려 열을 지어 그 사나이의 뒤를 따랐다. 사나이는 강가로 가서 따라오는 쥐들을 강물 속으로 인도하여 모두 빠져죽게 했다. 그런데 읍장은 약속대로 상금을 주려고 하지 않았다. 그러자 피리부는 사나이는 다시 마을 복판에 나타나서 기묘한 곡으로 피리소리를 냈다. 이번에는 마을의 어린 아이들이 그 소리에 홀려 아장아장 피리소리를 따라갔다.

사나이는 그 아이들을 데리고 곳펠벨크의 산 중턱에 있는 동굴 속으로 들어가 버렸고, 동시에 동굴의 입구는 절로 닫혀져 버렸다. 그 후로 어린아이들은 다시는 돌아오지 못했다.

이 이야기는 전설이 아니라 사실이었다고 한다. 〈대영백과사전〉에는 어린이 십자군에서 생긴 전설인지 모르겠다고 씌여 있다. 어린이 십자군이란 십자군시대의 말기에 있었던 이야기로, 하느님의 말씀을 들었다는 한 소년에게 이끌려 예루살렘으로 떠난 소년소녀들의 집단을 말한다. 도중에 지쳐 쓰러지고, 혹은 인신매매하는 악당들에게 유괴되는 등 결국은 다 흩어지고 말았다는 비참한 결말을 보인 하나의 사실이다.

가터훈장

영국의 국왕 에드워드 3세라고 하면, 프랑스 왕위 계승권을 내세워 프랑스와 백년전쟁을 일으킨 장본인으로서, 역사상 별로 좋은 평판을 못 받고 있으나 그에게는 다음과 같은 일화가 있다.

어느 무도회에서 왕은 솔즈베리 백작부인과 파트너가 되었다. 무도회가 한참 무르익을 무렵, 부인의 남색 양말을 죄는 '가터'가 바닥에 떨어졌다. 왕은 그것을 주어 자기의 다리에 매고 주위 사람들에게 말했다.

"이것을 악의로 생각하는 자는 부끄러운 줄 알라."

기사도 정신과 궁정의 우아함과 왕의 독선적인 권위가 삼위일체가 된 듯한 이야기다.

이것이 영국의 유명한 '가터훈장'의 유래라고 한다.

훈장에는 맨 처음 문자가 금으로 박혀 있다. 훈장은 금으로 둘레를 한 남색 비로드의 리본을 왼쪽 무릎에 다는 가터 이외에 금 칼라에 다는 커다란 배지와 왼쪽 어깨에 다는 작은 배지 이렇게 세 부분으로 되어 있다. 이 훈장은 영국의 왕족이나 고급 귀족 이외에는 영국과 친교가 있는 나라의 원수들에게 선물로 주고 있으며, 국민으로서 이 훈장을 받을 수 있는 사람은 스물 다섯 명으로 한정되어 있다.

원래 훈장이란 물질적인 이익을 제공하지 않는 대신, 주로 명예욕에 호소하여 은혜를 파는 권력자의 의도에서 생긴 것이라 할 수 있는데, 그런 의미에서도 가터훈장은 훈장 중의 훈장이라고 할 수 있다. 이것을 받은 자는 가터 훈작사(勳爵士-Knight of the Garter)라고 불리우며, K.G라는 칭호를 사용하게 되었다.

제2차 세계대전 때의 영국 수상 처칠 또한 K.G인데, 그가 엘리자베스 여왕 대관식 때 가터훈장을 달고 태산과 같이 서 있었던 모습은 매우 인상적이었다고 한다. 그리고 이 훈장의 '블루리본'으로 인해 운동 경기 등에서 최고위(最高位)가 '블루리본'으로 불리우기도 한다.

빌헬름 텔의 사과

14세기 초엽, 스위스는 오스트리아의 지배하에 있었다. 중앙집권적인 강대국의 강압 정치와 이에 속해 있는 약소국의 저항을 보인 전형적인 관계에 있었다. 오스트리아의 총독 게슬러의 횡포와 거만은 특히 더했다.

드디어 스위스의 민중은 참다 못해 폭동을 일으켰는데, 게슬러는 그 지도자를 처형한 뒤에 오스트리아 공(公)의 모자를 테이블 위에 얹어 놓고 지나는 행인들에게 절을 하도록 명령했다. 스위스의 활의 명인으로 알려진 빌헬름 텔이 여섯 살 먹은 자식을 데리고 그 앞을 지나게 되었다. 그는 모자를 향해 절을 안했다는 이유로 붙들려서 게슬러 앞으로 끌려왔다.

빌헬름 텔은 그 전부터 게슬러가 위험 인물로 지목하고 있었다. 게슬러는 빌헬름 텔의 아들 머리 위에 사과를 얹어 놓고 텔에게 화살로 맞추라고 명령했다. 그러나 게슬러의 잔인한 시험은 성공하지 못했다. 텔의 솜씨는 아들을 다치지 않고 사과만 맞추어 떨어뜨린 것이다. 그런데 그 순간 텔의 사타구니 속에 감춰 두었던 또 하나의 화살이 떨어졌다.

"그 화살은 무엇이냐?"

게슬러는 날카로운 목소리로 물었다.

텔은 조금도 두려움 없이 태연한 태도로 말했다.

"사과를 맞추지 못했을 때에는 제2의 화살로 당신을 쏘아 죽일 작정이었다."

게슬러는 텔을 결박하여 배에 태우고 루쩨른호반에 있는 감옥에 보내 죽이려고 했는데, 가는 도중 갑자기 폭풍을 만나 배가 전복하려 했다. 게슬러는 몹시 겁이 나서 배의 조정에 능숙한 텔을 결박에서 풀고 풍랑을 벗어나게 했다. 배가 무사히 호반에 도착하자 텔은 육지로 뛰어올라 게슬러를 활로 쏘아

죽였다. 이것이 봉화가 되어 스위스는 오스트리아로부터 독립을 쟁취하게 되었다.

이 전설적인 이야기는 여러 번 예술화되었는데, 그 중에서도 쉴러의 희곡 '빌헬름 텔' 과 이탈리아의 작곡가 롯시니의 가곡이 유명하다. 텔이 아들의 머리 위에 놓인 사과를 활로 노려야 했던 것은 단지 궁술의 과녁이 아니라 이미 하나의 상징으로 높여진 것이라 할 것이다. 근대적인 눈으로 본다면, 그 사과는 스위스의 자유와 독립이며, 그것을 얻기 위해서 텔은 아들의 생명을 걸어야 했다. 그 어린 아들은 단지 텔의 자식이라는 점을 넘어서 스위스의 다른 세대를 상징한 것으로 생각할 수 있다. 즉, 독립운동의 윤리가 명석한 선으로 표시되어 있다.

유럽의 문화를 낳게 한 네 개의 사과란 말이 있다. 아담과 이브가 하느님의 경계를 듣지 않고 낙원을 쫓겨나게 된 금단의 열매도 사과였다. 둘째는 세 여신의 불화로 인하여 트로이 전쟁을 일으키게 한 파리스의 사과. 셋째는 뉴턴의 만유인력의 법칙에 암시를 준 사과, 그리고 넷째가 이 빌헬름 텔의 사과이다.

첫번째 사과는 헤브라이즘(Hebraism - 기독교), 두번째 사과는 헬레니즘(Hellenism - 문예부흥), 세번째 사과는 근대과학을, 네번째 사과는 근대 정치 사상을 의미하고 있다고 한다면, 유럽의 문화는 확실히 그 선(線)에 따라 전개되어 왔다고 할 수 있다.

일곱 가지 대죄(大罪)

'일곱 가지 대죄'는 중세 가톨릭 교회에서 규정한 계율인데, 이 죄들을 범한 자는 지옥에 떨어지는 것을 면치 못한다 했다. 대죄의 내용은 '거만(pride)', '음란(lust)', '탐욕(covetousness)', '노여움(anger)', '탐식(gluttony)', '질투(envy)', '태타(怠惰 - sloth)'라고도 하고, 혹은 '노여움', '거만', '부정(nuchastity)', '허영(vainglonry)', '탐식', '질투', '탐욕'이라고도 한다.

이들 악덕은 기독교가 아니라도 물리쳐야 할 것이겠지만, 문제는 이러한 규범을 내세웠다고 간단히 인간성이 이에 추종을 하지 않는다는 점이다. 살아 있는 인간의 마음과 행위는 매우 복잡하며, 그와 같은 규범으로 억제할 수 없는 것은 수천 년의 역사를 통하여 무수한 희비극을 피할 수 없었던 것으로도 알 수 있다.

무엇보다도 기독교 자체의 역사를 보더라도 그렇다. 기독교 세력이 아직 미미하고 이교에 의해 박해를 거듭하던 때의 순수성은 잠시 밀어 놓고, 로마 가톨릭교회가 확립되고 전 유럽을 교화한 뒤의 일을 생각해 보자. 물론 예수가 내세운 숭고한 인도주의적 이상을 실현하려고 노력한 많은 신자들이 있었던 것도 사실이지만, 그 반면에는 교회라는 거대한 조직체에 올라 앉아서 안일한 생활에 젖어 갖은 세속적인 욕망을 좇기에 바빴던 사제들 또한 적지 않았던 것도 역사가 증명하는 사실이다.

일곱 가지의 대죄라는 형식적인 규범을 만들어 놓고 많은 어린 신자에게 엄격한 요구를 덮어 씌운 것은 짐짓 타락한 관료주의적 사제들이었을 것이다. 그러니 그들과 더불어 세상을 지배하던 봉건적 왕후들이 과연 일곱 가지 악덕에서 벗어난 생활을 했다고 할 수 있을 것인가?

장갑을 던진다

중세기에는 귀족간에 서로 불화를 일으켜, 무력으로 이를 해결하려고 할 때는 증인으로 뽑힌 사람들 앞에서 도전의 표지로 장갑을 집어던졌다. 상대방은 도전을 승낙한 표시로 그 던진 장갑을 줍는다.

이윽고 결투를 시작하여, 이긴 자가 정당한 것으로 인정을 받았다. 만약, 국왕끼리의 불화나 갈등이 있을 경우에는 군사가 국왕의 장갑을 가지고 가서 상대편 국왕의 면전에 내던졌다. 이것이 선전 포고의 표지였다. 따라서 장갑을 줍는다는 것은 결투 신청을 받아들인다는 것을 의미한다.

또 '행커치프(네모진 손수건)를 던진다' 는 말이 있는데, 이것은 서양의 풍습상 손에 넣고 싶은 여자의 발목에 흰 손수건을 떨어뜨리고, 여자가 그것을 잡으면 승낙한다는 뜻이다.

1919년 빌로와 원수(元帥)는 포로 진압을 위해서 리온에 와 있었는데, 그는 직무는 돌아보지 않고 노는 데만 정신이 팔려 있었다. 파리의 어떤 귀부인은 리온의 여자들이 모두 빌로와의 마음에 들려고 애를 쓰고 있는 것을 보고는 그 중의 한 여자에게,

"원수가 어떤 부인에게 행커치프를 던졌는지 알려 주시기 바랍니다."
라는 편지를 쓰고 있다.

숫티티새와 암티티새 이야기

'숫티티새와 암티티새 이야기'는 하찮은 문제를 가지고 두고두고 시비하는 것을 의미한다. 〈19세기 대사전〉에 의하면, 이 말의 유래는 옛날 우화시대로 거슬러 올라가야 한다.

한 농부가 자기가 수호하는 성자의 축제 때 티티새 대여섯 마리를 그물로 잡아가지고 와서 아내에게 말했다.

"이봐, 숫놈 티티새를 잡아왔으니 저녁 반찬으로 잘 요리해서 줘!"

그러자 아내는 그를 힐끗 보더니,

"어머, 이건 숫놈이 아니에요. 당신 아무것도 모르는군요. 이건 암놈이에요."

그래서 옥신각신 서로 말이 오고갔다.

"아냐, 나는 틀림없는 숫놈이라고 생각해"

"아녜요, 암놈이에요. 숫놈일 까닭이 없어요."

"숫놈이라는데 말이 많구만. 잔말 말고 당신도 숫놈인 줄 알아!"

"당신이 눈을 부릅뜬다고 내가 무서워할 줄 알아요. 암놈이니까 암놈이라고 그러는 거지. 당신이 뭐라고 해도 이 놈은 암놈이에요."

농부는 시퍼렇게 화가 나서,

"그래? 그럼 한 번 맛좀 보시지."

라고 말하며, 굵은 몽둥이를 들고 와서 고집쟁이 마누라를 두들겨 팼다. 그러나 그처럼 얻어 맞으면서도 농부의 아내는 끝내,

"당신이 아무리 뭐라 해도 암놈이란 말이야!"

라고 버티며 굽히지를 않았다.

농부는 마누라의 갈비뼈가 부러질까 봐 더 이상은 때리지 못하고 몽둥이

를 떨어뜨렸다. 싸움은 이것으로 일단락되어 숫티티새인지, 암티티새인지 그 후 일 년간은 별일 없이 지났다.

다시 성자의 축제일이 돌아와 아내는 1년 전의 싸움을 다시 생각하고 남편에게 말했다.

"벌써 1년 전이군요. 당신이 잡아온 티티새가 숫놈이다, 암놈이다하여 나를 실컷 팼었죠?"

"그건 숫놈이었어."

농부는 말했다.

"아냐, 암놈이었다니까요."

"아니라니까. 틀림없는 숫놈이야."

"아녜요, 암놈이었어요."

이렇게 해서 또 몽둥이질이 시작되었다.

이 부부는 그 후 19년간 농부의 아내가 하늘나라로 떠날 때까지 해마다 한 번씩, 티티새 때문에 싸움을 되풀이했다.

티티새는 백설조(百舌鳥)라고도 하며, 추운 지방을 본거지로 하여 번식한다. 우리나라에서는 가을에서 봄까지 떼를 지어 다니는 것을 볼 수 있다.

좋은 술에는 간판이 없다

프랑스 이언(俚彦)에 나오는 속어에 '한쪽 귀의 술' 과 '양쪽 귀의 술' 이라는 표현이 있다. 선뜻 무슨 말인지 어려운 말인데, 해설을 읽어 보면 '한쪽 귀의 술' 이란 좋은 술이고, '양쪽 귀의 술' 이란 나쁜 술을 의미한다. 술맛이 나쁘면 고개가 양쪽으로 왔다갔다 하며, 그 술을 의심한다는 제스처에서 나온 것이다.

또 '양을 춤추게 하는 술' 이라는 말이 있는데, 이에 대해서는 다음과 같은 내력이 있다.

지금은 술을 저장하거나 운반하는 데 통을 사용하고 있지만, 옛날에는 숫양 양피로 만든 가죽 주머니 속에 넣었다. 프랑스에서는 술을 담는 데 가죽주머니를 쓰는 것은 사치스런 것이라 하여 일반의 사용을 금하고 통 주위를 쇠로 두른 통을 쓰도록 포고를 내린 일도 있다. 12세기 기사들의 사치스런 생활을 묘사한 문장을 보면, 술 주머니를 실은 여러 마필이 군 부대 내에 오락가락 한다고 했다. 이리하여 가죽주머니를 사용하는 것은 차츰 상류계급의 특권이 된 듯하다. 1328년 프랑스 왕은 스코틀랜드 왕을 비롯한 여러 나라 왕을 불러 베푼 초대연석에 가죽주머니에 저장된 술이 많이 운반되었고, 그 속에는 명산지에서 가져온 술들이 들어 있었다고 한다.

이런 점으로 보아 가죽주머니에 담는 술은 양주(良酒), 명주(名酒)에 국한되어 있었다는 것을 알 수 있다. 따라서 좋은 술은 숫양의 가죽을 사용했으니 숫양들은 그 때문에 생명을 바쳐야 했다. 반대로 과히 좋지 않은 술은 통에 넣고 그 지방에서 소비되었다. 따라서 나쁜 술을 의미하는 데 '암양을 춤추게 하는 술' 라는 표현이 쓰인 것이다.

또 술에 대한 속담을 들어 보면 '좋은 술에는 간판이 없다' 라는 것이 있다.

비슷한 말로 동양에 '술맛이 좋으면 주객은 원근을 가리지 않는다' 는 말이 있다. '술을 뽑았으면 마셔야 한다' 이 말은 '주어진 잔은 마셔야 한다' 는 뜻이다.

'술에 물을 탄다' — 고대인이 마시던 술은 몹시 독했으며 불을 붙이면 금방 타오를 정도인지라, 물을 타서 마시는 것이 좋다고 했다. 이 말은 들끓는 마음을 진정시키고 흥분한 결심을 억제하는 의미로 쓰인다.

위스키나 브랜디를 얼음물에 타 먹는 습성은 요즘 칵테일 파티에서 흔히 볼 수 있는 광경인데, 그 유래는 역시 중세까지 더듬어 올라간다.

연금술

연금술이란 모든 금속을 금(金)으로 만드는 술법이다. 오늘날에 있어서는 과학 탐구의 손길이 원자의 세계까지 뻗어 실험적 규모이긴 하지만, 어느 원소로부터 다른 원소를 만들어 낼 수 있게 되었다.

연금술이 가장 번성하던 것은 중세기이며, 연금술사라고 하면 과학자라기보다는 마술사에 가까운 존재였다. 그들은 컴컴한 지하실이나 다락방 속에 틀어박혀서 기묘한 실험에 열중했다. 가장 근본적인 것은 연금술을 발견해 내는 것이었다. 이것은 오늘날의 화학에서 말하자면 촉매에 해당하는 것으로, 어떤 분말을 소량 사용한다면 모든 금속을 금으로 전환시킬 수 있다고 믿고 있었다. 연금석(鍊金石)은 그 불가사의한 작용으로 인하여 불로 장수의 약으로도 생각되었다.

이것을 발견하기 위해 씌여진 여러 가지 방법은 허무맹랑한 것이 대부분이었지만, 그와 같은 탐색 속에서 오늘의 화학의 기초가 생긴 것이었다. 연금술로 유명했던 사람으로 파우스트 박사가 있는데, 그는 1540년 경에 죽었다고 전한다. 그는 의학과 연금술을 배워 악마와 서로 통하며, 기묘한 일을 꾸며내는 마술사라고 사람들에게 두려움을 주었다. 소위 파우스트 전설의 모태가 된 인물인데, 근대 독일의 문호 괴테의 희곡 〈파우스트〉의 착상에 암시를 준 점에서 문학 사상 불멸의 이름을 남기게 되었다.

마녀 사냥

셰익스피어의 4대 비극의 하나 〈맥베스〉의 책장을 넘기면 처음에 세 명의 기분 나쁜 마녀가 등장한다. 그녀들은 용장 맥베스가 내심 왕위를 탐내고 있는 것을 알고 이것을 교묘히 꼬드긴다.

맥베스는 이내 그 암시에 걸려 비극적인 길로 발을 들여 놓는다. 저속한 사실에 구애 받지 않았던 셰익스피어는 마녀라는 초자연적인 존재를 통해 인간의 내리막길로 달리는 악마적인 욕심을 상징화하려 했다.

중세 기독교 전성시대에는 악마와 마녀 등의 존재는 의심할 여지없이 믿어져 왔다. 이러한 미신은 과학이 아직 발달되지 못한 시대에는 어쩔 수 없었던 것이겠지만, 교회가 속된 권력을 휘두르고 사회의 지도적 역할을 담당하게 되고 보니 사태는 간단하지 않았다. 교회는 자신의 권위를 높이는 방법으로 악마의 존재를 강조했으며, 사람들도 늘 악마의 박해에 대하여 전전긍긍했다.

마녀는 악마의 손끝이며, 악마와 상통하면서 초자연적인 마력을 가지고 인간에게 해독을 끼치는 것으로 알려져 있다. 마녀의 정체는 추한 노파이며, 검은 고양이를 데리고 다니면서 부렸고, 빗자루를 타고 공중을 날고, 때로는 빈 절간에 모여 악마를 찬양하고, 방금 죽인 어린아이의 피를 온 몸에 바르고 괴상한 춤을 추는 그러한 이미지로 파악되었다.

그러나 마녀는 평소에는 자신의 정체를 사람의 눈에 띄는 법이 없으며, 교묘하게 변장하여 보통 사람들 틈에 끼여 있는 것이었다. 따라서 철저한 '마녀사냥'이 필요했다.

'마녀사냥'은 교회 심문청의 지도자에 의해 유럽 각국에서 행해졌는데, 그 방법은 매우 독단적이고 잔인한 것이었다. 오해와 앙심만으로 밀고된 용의자는 심문청에서 준열한 심문과 고문을 받은 뒤에 화형에 처해졌으며, 그 뼈를 재로 갈아 공중에 뿌렸다. 프랑스의 구국처녀 잔다르크가 마녀의 낙인을 받고 화형에 처해진 것은 빙산의 일각이었을 것이다. 엘리자베스 여왕같이 총명한 사람도 충치로 인해 잠을 자지 못한 탓을 마녀의 소행으로 돌리고, 무고한 어느 부인을 처형했다고 한다.

마녀 재판을 보고 미개한 시대의 어쩔 수 없는 인류의 과오라고 웃어 넘길 수는 없다. 그것은 암흑시대라고 불리우는 중세기에만 있었던 일이 아니며, 인류가 이성과 휴머니즘에 눈뜬 르네상스를 지나 18, 9세기에 이르기까지 뿌리 깊게 살아 남아 있었다. 가장 생생한 기억으로는 나치에 의한 유태인의 대량 학살도 일종의 마녀재판이라 할 것이다. 또 소련의 스탈린 치하 때, 수백만 인민을 시베리아에 유배시키고 살육한 독재의 손도 마녀 재판의 하나가 아니고 무엇인가!

이단 심문

중세 말기 교회의 부패와 타락이 두드러지자 이에 대한 비판과 개혁을 부르 짖는 소리가 점차 높아졌다. 영국의 신학자 위클리프와 보헤미아의 후스 등 은 그 급선봉에 나섰다. 이러한 공격이 시작되자 교회 내부에서도 반성의 소 리가 생기고, 그 권위를 회복하기 위해 가끔 종교회의가 열리게 되었다. 그 중에서도 15세기 초기에 스위스의 콘스탄티에서 열린 종교회의는 가장 대 규모였으며, 사제들 외에 각국의 왕과 제후가 다수 참석했다.

이 회의에서 로마 교황의 정통성이 확인되고 분열되어 있던 교회의 통일 이 이루어졌는데, 그럼에도 교황의 권위를 확립하려면 그 권위에 대한 극단 적인 비난과 공격은 이단으로 규정하고 억압할 필요가 있었다. 그리하여 그 이단 심문의 첫 화살이 겨누어진 것이 위클리프와 후스 두 사람이다. 위클리 프의 교설 가운데에 특히 문제가 된 것은 다음의 여러 가지 점이다.

1. 빵과 포도주는 다 같이 물질이며, 제단상의 비적(秘籍)의 실체가 그것 에 옮겨질 수는 없다.
2. 교황이 악인이며 악마의 동지라는 것이 알려졌다면, 그러한 교황은 신 도에게는 군림할 권능을 갖지 못한다.
3. 성직자가 재산을 갖는 것은 성지에 위배되는 일이다.

첫번째의 경우 빵과 포도주를 예수의 몸과 피로 가정한 가톨릭의 미사 의 식의 영성체를 무효로 돌리고 있다. 두번째의 경우는 교황의 권위를 부정하 였고, 셋째는 교회의 재산에 대한 비판이다. 요컨대 위클리프는 신앙의 유일 한 원천을 성서로 삼고, 여타의 요소는 배척했던 것이다. 그의 주장에 의하면, 교회란 영혼의 구제가 미리 정해진 사람들로만 성립되는 것이었다. 따라서 그의 교설은 구령예정설(救靈豫定說)이라고 불리는데, 그의 설에 공명했던 보헤미아의 후스도 다음과 같이 주장했다.

1. 성스러운 보편적인 교회는 단 하나이며, 그것은 구령예정자의 단체이다.
2. 교황의 존엄은 황제의 속적인 권력에서 유래한 것에 불과하다.
3. 교회에 대한 복종은 교회의 사제가 빚어낸 것이며, 성서에 명기된 권위를 가진 것은 아니다.

이것은 로마 교황청에 대한 정면 도전이었다. 이에 대하여 교회가 가혹한 탄압으로 맞선 것은 자위상 부득이했을 것이다. 위클리프는 박해를 받으면서도 영국에서 제 명까지 살았으나, 후스는 소환을 받고 1415년 7월 화형에 처해졌다. 그리고 약 1세기가 지난 후 루터의 종교개혁의 횃불이 솟아올랐는데, 이 두 사람의 이단자는 종교 개혁에 던져진 두 개의 돌이었다고 할 수 있다.

그런데 이단이란 개념은 마땅히 정통적인 권위를 전제로 한다. 뒤집어 말하면, 정통적인 권위가 있는 것에서 이단의 문제가 생긴다는 것이 된다.

면죄부

원래 로마교회에는 일정한 선행을 쌓은 신도에게 교황의 권능으로 하느님 앞에서 모든 죄를 사면하는 면죄 제도가 있었다. 선행 속에는 단식, 순례와 같은 일종의 고행을 통한 실천적인 것 뿐만 아니라, 교회에 대해서 정재(淨 財)를 기부하는 것도 포함되어 있었다. 그런데 중세 말기에 이르자 교회의 타락이 심해졌고, 단지 돈을 긁어 모을 수단으로 면죄부라고 불리우는 부적 을 발행했다.

1517년, 교황 레오 10세는 성 베드로 바실리카 예배당을 건립하는 자금 조달을 목적으로 면죄부를 발행했고, 그 판매인을 각지에 파견했다. 그런데 이 무렵 영국과 프랑스는 국왕의 지위가 견고해지고, 교회의 힘이 밀고 들어 갈 만한 여지가 없었으므로 중앙집권이 뒤떨어진 독일이 만만한 목표가 되 었다.

비텐베르크대학의 신학 교수인 루터는 일찍부터 교회의 부패상을 분개하 고 있었는데, 마침내 면죄부 판매원이 삭소니아 공원에서 행동을 개시한 것 을 보자 단연코 분기하여 면죄부에 반대하는 95개 조의 선언문을 비텐베르 크 교회 정문에 갖다 붙였다.

'21조 면죄부를 변호하는 자는 교황의 사면으로 모든 죄가 용서된다고 하 지만, 이것은 잘못이다. 27조 돈궤짝 속에 화폐가 절커덩 떨어지면 대번에 영혼이 지옥에서 연옥으로 옮긴다는 따위는 엉터리다. 36조 기독교 신자는 회개하고 마음을 갈아 넣는다면, 면죄부 따위가 없더라도 죄와 벌에서 벗어 날 수 있을 것이다.'

루터의 면죄부에 대한 반대는 한 걸음 더 나아가 인간이 구제되는 것은 하 느님의 은총에 의한 것이며, 선행을 쌓는 것은 구제의 필요조건이 아니라는 주장으로까지 발전했다. 여기서 선행이란 교회에서 규정한 단식, 순례, 기부 행위 등을 말한다.

"모든 사람이 죄를 범하였으니, 하느님의 영광을 받기에 부족하도다. 세운 공이 없이 하느님의 은혜로서 그리스도 예수가 보여 준 속죄에 의하여 의롭게 되느니라."

"의롭게 된 기독교 신자는 오로지 그의 신앙에 의해야만 산다."
라고 한 성서의 말에 입각하여 그는 다음과 같이 주장한다.

"그러므로 기독교 신도는 신앙으로만 충분하며, 좋게 보이기 위한 어떠한 행동도 필요치 않다 ··· 모든 행동에 앞서 신앙에 의하여 그 마음이 가득차 있는 것만이 필요하며, 그 후에 행실이 따르게 마련이다."

루터의 이와 같은 내적인 신앙을 중시하는 것은 로마교회의 형식적 면죄관에 대해서 매우 혁신적인 의미를 나타냈다. 로마교회는 선행과 하느님의 은혜의 중개자로 자처해 왔으므로 루터의 주장은 교회의 권위를 정면으로 부정하는 것이었다.

루터는 애당초 교회와 단절할 결심까지는 없었던 것인데, 교회측이 강경하게 그의 주장을 버리라고 명령하자 드디어는 교회와 교황에 대해서 전면적인 공격을 개시했다. 그는 많은 논문을 써서 사제와 일반인의 차별을 부정하고 성서만이 유일한 기독교 신앙의 샘이라고 말했고, 교황이 사제를 임명하고 세금을 징수하는 것에도 반대했다. 교회측은 파문(破門)이란 최후의 수단을 취했는데, 루터는 파문장을 면전에서 불태우며 그의 결심을 굽히지 않았다.

이러한 루터의 단호한 태도는 당시의 교회와 독일 사회에 불만을 품었던 많은 사람들의 지지를 받았다. 그 지지층은 교회의 지나친 간섭을 눈엣가시처럼 여기던 제후의 압력을 받고 허덕이던 농민들이었다.

1521년, 신성로마 황제 카를 5세는 제국 지배에 있어서 교황의 원조를 얻고자 루터를 불러 들여 그의 교설을 폐기하도록 일렀다. 그러나 루터는 자기의 주장을 굽히지 않고, 의연한 자세로 국회 복판에 서 있었다.

"오오, 하느님이시여! 저는 이 곳에 서 있습니다. 그 이상은 어찌할 수가 없습니다. 하느님이시여, 지켜 주사이다!"

이 극적인 장면은 그림으로 그려져 남아있다. 황제는 드디어 루터를 법률의 보호 밖에 둘 것을 선언했는데, 프리드리히 현명공은 그에게 구원의 손을 내밀었다. 루터는 이 사람의 보호를 받으며 바르트부르크성에 숨어 있었다. 그리고 그 사이에 성경의 독일어 번역을 완성시켰다.

이렇게 하여 종교개혁의 불꽃이 튀기 시작했는데, 루터의 행동은 그가 생각지 않았던 방향에 영향을 미쳤다. 교회와 봉건 영주 밑에서 이중의 압박에 허덕이던 농민 계급이 동시에 봉건체제에 반기를 들고 일어난 것이다. 특히 1524년 이래 남부 독일시대에 대규모의 농민 폭동이 발생했다.

루터는 처음에는 농민 편을 들었으나, 반란의 양상이 포악해지자 폭동 농민들을 강도, 살인자, 미친개라는 격렬한 표현으로 비난했다. 인간적인 마음과 강한 의지를 가진 뛰어난 개혁자 루터도 그를 지지하고 보호해 준 영주에게 반항하는 농민들을 더 좋게 볼 수는 없었던 모양이다.

산타 마리아의 종

산타 마리아의 이름을 가진 사원은 이탈리아에 그 수를 헤아릴 수 없이 많다. 그것들은 예수의 어머니인 성모마리아에 바친 교회를 말하며, 프랑스식으로 부르면 노틀담(Notre Dame, 우리들의 성모, 즉 마리아라는 뜻)에 해당하는 것이다. 산타는 물론 'Saint'이며, 'santo'의 여성형이다. (남성형은 자음에서 시작되는 어구 앞에서는 'San'이 된다.)

중세에 있어서 마리아 숭배는 일반적인 기사들의 부인에 대해 숭상하는 풍습과 겹쳐서 매우 높아졌다. 영원의 모성(母性), 그리고 여성에 대한 동경심이 이러한 형태로 돌파구를 찾아 드러나게 된 것 같다. 또 한편으로는, 기독교가 퍼지기 이전에 있던 대모신(大母神)이나 사랑과 미의 여신에 대한 숭배가 여기서 그 대상을 발견했던 것으로도 볼 수 있다.

중세의 유명한 많은 사원들, 로마네스크나 고딕의 사원이 대부분 마리아의 이름으로 씌여진 것은 성모 숭배의 흔적을 남기고 있는 것으로 보인다. 그러므로 그 사원에서 울리는 종소리는 영원한 어머니가 방랑의 길에 선 자식이나, 집을 떠난 탕아나 병든 자, 상처난 자, 헤매는 모든 자를 부르는 소리이며, 그리운 위로의 의미를 담고 있다고 하는 것도 당연하다.

나를 거쳐 슬픔의 도시에 이르다

단테의 〈신곡(神曲)〉은 서양 중세기를 장식하는 최대의 문학 작품으로 특히 뛰어난 것이다. 이 작품의 '지옥편' 첫 머리에 '…인생은 나그네길 절반에 이르러, 문득 생사(生死)의 어두운 숲속을 달리는 오솔길 위에 자신을 발견한 뒤', 제3가(第3歌)에서 안내역인 뷜지료(로마의 대시인)의 선도로 지옥의 입구에 있는 큰 문에 도착한다. 그 문에 높이 걸려 있는 9줄의 명문의 첫머리에 이 말이 보인다. 가라앉고 어두운 메아리를 가진 이 글귀는 과연 지옥의 문에 알맞는 명문일 것이다.

> 나를 거쳐 슬픔의 도시에 이르다.
> 나를 거쳐 영원의 한탄에 이르다.
> 나를 거쳐 멸망한 백성 속에 이르다.
> 정의야말로 나의 높은 조물주의 손을 움직이며,
> 성스러운 권위 나를 만드시었도다….
> 무릇 온 세상의 모든 희망을 버리라. 여기에 들어온 자들이여.

지옥이 과연 있는가 없는가 하는 시비는 아무 소용이 없다. 흔히 말하듯이 종교이고 철학이고 모두 현재 살고 있는 사람들을 위해, 말하자면 현세(現世)를 위해 있는 것이므로 지옥이란 것도 우리의 마음 속에 있는 것이라 할 것이다.

그리스 초기의 시인 헤시오드스는,

"나쁜 짓을 하는 자는 자신에 대해서 가장 못된 악을 저지르고 있다."

라고 2700년 전이나 앞서 말하고 있다. 그러나 단테의 '지옥'에도 구함이 없는 것은 아니다. 거기에는 지옥에 떨어질 때 받은 고통이 역사의 인물을 통해 그려져 있는데, 그 속에는 애욕에 유혹되어 몸을 그르친 리미니의 성주부인이던 프란체스카와 바오로의 이야기의 아름다운 채색과 깊은 애감(哀感)이 읽는 사람의 마음을 흔들어 놓는다.

중부 이탈리아 동해안에 있는 리미니의 성주 마라테스타는 프란체스카 공주의 아름다움을 듣고 아내로 삼으려고 하는데, 그는 자기의 얼굴이 곰보에다 못난 것을 감추려고 선을 볼 때는 아우인 바오로를 대신 보였다. 시집온 뒤의 프란체스카의 놀라움과 고민은 말할 것도 없이 컸다.

어느 날 남편이 다른 지방으로 여행을 떠난 뒤 프란체스카는 바오로와 함께 그 당시 유명했던 '아서 왕의 이야기'를 둘이 같이 읽으면서 일이 벌어졌다. 기사 란세롯트가 왕비 기네아와 어쩔 수 없는 정애에 불타는 대목에 이르자, 그들 자신도 이야기 속의 인물처럼 뛰어넘어서는 안될 선을 넘고 말았다. 바람부는 불길 속에서 한 쌍의 비둘기처럼 그들 남녀의 영혼은 훨훨 날아서 단테 앞에 오더니 서로 부둥켜 안고 말했다.

"비참한 구덩이에서 행복했던 시절을 회상하는 것 만큼 더 큰 슬픔은 없어요. 그것은 여기에 계신 이 선생님(빌지료)도 잘 알고 계십니다. 하지만 만약 우리들의 사랑의 시초와 근본을 알고 싶으시다면, 말씀 드리겠어요. 행복했던 그 추억이 무엇이었던가를……."

그들이 처음 입술을 마주대던 날의 이야기를 하자, 이것을 들은 단테는 너무도 그들의 사랑이 가엾어서 죽은 사람처럼 쓰러져 엎드려 버리는 것이었다.

죽음의 승리

'죽음의 승리'는 이탈리아 피렌체에서 머지 않은 '피사의 탑'으로 유명한 피사에 있는 벽화의 이름이다. 사탑에서 가까운 곳에 매장당(埋葬堂) 칸포 산도가 있다. 칸포 산도는 옛날에 사람을 묻던 자리인데, 그 벽에는 청, 적의 채색도 역력하게 이 세상의 마지막 날과 지옥의 모습이 그려져 있다.

아름답게 옷차림을 한 귀족들의 말탄 행렬이 보이고, 이와 대조적으로 한 옆에는 비참한 광경 — 거지와 절름발이들이 군중을 이뤄 배가 부푼 죽은 사람과 해골이 뒹굴고 검은 날개를 펼치고 덤벼드는 죽음의 신이 그려져 있다. 이것이 유명한 '죽음의 승리'라는 제목의 그림이다.

이 그림은 중세에 유럽 전체를 휩쓸었던 흑사병(페스트)과 관계가 있다. 페스트의 원뜻은 반드시 흑사병에 한한 것이 아니고, 역병 전체를 말한다. 역병의 잦은 유행은 사람들로 하여금 전혀 운명을 예측 못하게 하는 허무감을 안겨 주었다. 사람들은 짧고 허무한 현세에 대해서 기독교가 가르친 천국에서 편안한 생활을 꿈꾸었다. 현실의 중압감은 그들의 마음에 천국을 동경하고, 믿게 만들었다.

보카치오의 유명한 〈데카메론〉도 그 악역을 피하여 플로렌스를 떠난 사람들의 이야기이다. '죽음의 승리'가 그려진 것도 〈데카메론〉과 때를 같이 한 14세기 중엽으로 알려져 있다. 이 벽화는 제2차 세계대전 때 폭격으로 망가진 것으로 알려졌는데, 그 후 사방에 흩어진 그림의 조각을 주워 모아 원화의 복사를 놓고 맞춰서 지금은 완전히 복원되었다고 한다.

중세라면, 종교적 질서가 바르고 모든 것이 형식화 되어 있던 시대이기도 하지만, 인생에 대한 허무감은 어느 시대보다 강했고, 그 반동으로 향락적인 양상을 띠기도 했다. 내일의 생을 기약할 수 없는 현세에 대한 허무감은 생명이 있는 동안에 아낌없이 놀자는 향락주의적 욕망으로 표출되었고, 그 욕망 속에 '문예부흥'이라는 자식이 자라고 있기도 했다.

아름다운 젊은 날은 그 얼마이던가?
이처럼 속히 사라지는 것을,
즐거움을 좇는 자는 좇아라.
내일을 기약할 수 없지 않느냐.

플로렌스의 영주가 부른 이 노래는 당시의 인심을 그대로 반영하고 있다.

작년의 눈은 지금 어디에

'작년의 눈은 지금 어디에'라는 말은 비용(Villon Francois, 1431~?)의 유언시(遺言詩)의 한 구절이다. 이 시인이 살고 있던 무렵의 프랑스는 백년전쟁으로 인하여 인심과 경제는 피폐해져 있었고, 동시에 사회 질서도 흔들렸다. 비용이란 시인은 이러한 시대상을 단적으로 상징하는 존재로 알려져 있다. 우선 그는 살인자였다. 1455년, 그의 나이 24, 5세 때 교회 경내에서 한 사제를 죽이고 탈주하여 방랑과 절도를 일삼으며 방종한 생활을 했고, 체포된 이후에는 감옥생활을 하다가 감면되어 추방을 당했다. 그가 남긴 시작(詩作)은 그 사이에 이루어진 것이며, 그의 시적 재능 덕분에 궁정에 출입하면서 노래회에 참석하기도 했다.

1463년 이른 봄 어느 날 밤, 비용은 파리에서 싸움판에 끼었다가 체포되어 교수형이 내려졌으나 감면되어 프랑스에서 10년간 추방령을 받았는데, 그 후 그의 종적은 묘연하다. 그가 어디로 갔으며, 어디에서 죽었는지조차 알려져 있지 않다. 그는 우수한 시를 썼지만, 그 자신 일개 무뢰한이었고, 그 생활은 한시라도 편안할 날이 없는 파란많은 인생이었다. 비용의 시에는 시대상을 반영하여 인생의 불안과 죽음의 공포, 허무적 세계관으로 가득차 있다.

가난은 사람을 그르치게 하고,
굶주림은 늑대로 하여금 우리에서 나오게 한다.
뜬 구름의 세상은 꿈이런가?
죽음을 이겨낼 자 누구이던가?
죽음은 그를 떨게 하고 질리게 하며,
코는 일그러지고, 혈관은 뻗치고,

목은 붓고, 말은 시들고,
마디마디의 줄과 신경은 허술해지누나.

이렇게 죽음의 그림자를 드리운 시가 많다. 한편으로는, 과거를 추상하는 낭만적 애감이 넘치는 우아한 시도 있다. 지금은 없는 아름답던 여인들의 허무한 자취를 더듬는 애절한 시 '지난 날의 그 옛적의 미녀 바라드'는 걸작으로 손꼽힌다.

말하려므나, 지금은 어디에 그 어느 나라에 있는가,
로마의 유녀(遊女), 아름답던 홀로라.
알키피다, 또 타이스.
그 몸에 흐르던 뜨거운 피들.
냇가에, 호수에 그 얼굴이 비칠듯만 부르면 대답하는 메아리 속에,
그 아름답던 자취가 보일 듯 하건만,
무상한 세상이여, 어디로 쓸어갔던고
작년의 흰 눈은 지금은 어디메에…

마호메트와 산

이슬람교의 창시자 마호메트(Mahomet 혹은 Mohamet이라고도 한다)는 아라비아 말로 '찬양받는 자'의 의미를 가진 말이다. 그는 메카 교외의 히라 언덕에서 태어나서, 젊은 시절을 가난 속에서 고생하며 지냈다. 그 후 대상(隊商)들 틈에 끼여 시리아 방면을 왕래하면서 종교에 의해 민중을 구제하겠다는 결심을 품게 되었다.

젊은 그는 유일신 알라에 대한 신앙을 받들고 자신을 그 사도요, 예언자라고 말했다. 그 당시 아라비아 사람들은 각기 그 부족마다 고유의 종교를 가지고 대립하고 있었는데, 알라교는 그 벽을 뚫고 나아가서는 아라비아 민족의 정치적 통일을 달성케 했다.

마호메트에 대해서는 많은 특징있는 일화가 전하고 있다. 마호메트는 비둘기를 잘 길들여 자기의 귓구멍 속에 보리쌀을 집어넣고 쪼아 먹게 했다. 그래서 비둘기는 배가 고프면 마호메트의 어깨에 올라타고 주둥이를 그의 귀 안에 들이밀게 되었다. 이것을 가리켜 마호메트는 신이 비둘기로 화하여 자기에게 신탁을 하는 것이라고 말했다.

마호메트와 산의 이야기는 가장 의미가 깊다. 그가 포교를 시작하던 당시, 아라비아 사람들은 그에 대해서 신의 사도가 틀림없다는 증거를 보이라고 하였고, 예수나 모세와 같은 기적을 행하도록 요구했다. 마호메트는 그러한 행위는 신을 시험하는 일이며, 신의 노여움을 부르게 될 것이라 하여 처음에는 거절을 했는데, 나중에 그는 사퍼산(山)을 향하여 자기 앞으로 오라고 명령했다. 그러나 산은 꼼짝도 안했다. 마호메트는 태연하게 말했다.

"신을 찬양함이 마땅하다. 만약 산이 온다면, 우리는 모두 그 밑에 깔려 버릴 것이 아니더냐? 나는 스스로 산에 가서 신의 자비를 찬양하리라."

이것은 말할 것도 없이 하나의 궤변이다. 그러나 그의 말에는 논리가 서 있으며, 교조로서 사람을 휘어잡는 능변가였음이 틀림없다.

이슬람교는 그 후 수백 년 동안 '코란과 칼'의 정책으로 아라비아 세계를 휘덮었는데, 그 가능성은 이미 위의 '산의 일화'에서 그 일단을 엿볼 수 있다고 할 것이다. 코란은 이슬람교의 교리이며, 아라비아 말로 되어 있다. 칼은 무력정책을 의미한다. 이슬람교가 아라비아의 통일 종교가 되기까지는 무력의 뒷받침이 있었다.

열려라 참깨

이것은 널리 알려진 〈아라비안 나이트〉의 '알리바바와 40인의 도둑'에 나오는 주문(呪文)이다. 알리바바는 이 주문을 알아내 도둑들이 감춰둔 보고(寶庫)를 열고 일약 거부가 되었는데, 이 이야기에서 어떤 중대한 문제를 해결할 열쇠의 의미로 '열려라 참깨'라는 말이 쓰이게 되었다.

〈아라비안 나이트〉는 특이한 풍토 위에 피어난 불가사의한 사막의 꽃과 같은 설화집이다. 거기에는 서구적인 지성이나 합리적인 관념으로는 도저히 생각이 미치지 않는 자유분방한 상상력이 활짝 날개를 펴고 있다. 이들 설화는 10세기경부터 형성되기 시작하였고, 15, 6세기 사라센제국의 번성기에 완성된 것으로 알려졌다.

여러 이야기를 구슬꿰듯 이어나간 것은 세라자드 이야기이다. 사랑하던 왕비의 부정을 안 왕은 왕비를 죽였을 뿐만 아니라, 모든 여성에 대한 불신감을 가졌다. 왕은 날마다 새 왕비를 맞이해서 하룻밤이 새면 그 생명을 빼앗아 버리는 무서운 습관에 사로잡혔다.

이리하여 왕에게 시집 온 왕비들은 차례차례로 죽어갔는데, 총명한 세라자드가 왕비가 되었을 때 그녀는 침실에서 왕에게 재미있는 얘기를 들려 주었는데, 한창 흥미로운 대목에 이르러 이야기를 다음 날로 미루고 끊었다. 왕은 그 재미있는 이야기에 끌려 그 다음을 듣고 싶어 왕비를 하루 이틀 자꾸 살려두게 된다.

그것이 천일 밤이 계속되니, 왕도 그녀를 죽일 생각을 단념하고 왕비를 사랑하고 존경하게 되었다. 이것은 원래 페르시아 쪽에 속하는 설화라고 하는데, 문학의 매력을 멋있게 암시하고 있다.

'열려라 참깨'라는 이 주문도 생각하면 매우 상징적이다. 극도로 건조한

황량한 풍토에 사는 아라비아인이 그 사막의 깊숙한 땅 속에 눈부신 보물 창고가 숨겨져 있다는 환상을 즐겼다는 것은 일견 이해가 되는 일이다. 그들은 너무도 단조롭고 황막한 지상에 사는 까닭에 지하 속에 꿈을 던졌던 것이다.

Ⅲ
근세

르네상스는 한마디로, 고대 문화와 세계관의 부활과 환원을 의미하고 있다. 즉, 고대문화를 재평가 재인식하였고, 한편 당시의 정체되고 형식화되어 있던 문화 전반에 대한 돌파구를 찾은 것이다. 이 운동의 첫번째 기수는 이탈리아이며, 그 첫 햇불은 이미 14세기에 일어나 점차로 서북으로 퍼져 15, 6세기에 걸쳐 전 유럽을 휩쓸게 되었던 것이다.

이 운동은 지성에 의한 인간의 능력을 과시한 것이며, 예술계에 찬란한 꽃을 피웠을 뿐 아니라, 과학의 눈으로 진실을 찾으려 하여 급격한 과학의 진흥을 보였다. 한편, 종교계에도 변혁이 일어나 소위 종교개혁이 단행되었다. 예술계에는 다빈치, 미켈란젤로, 셰익스피어 등 거장들이 나타났고, 학계에서는 코페르니쿠스, 갈릴레이 등의 천문학자의 활약이 획기적인 진실을 밝혀내 인류 사상 문화의 분수령을 이룬 시기였다.

17, 8세기도 르네상스의 테두리에서 떨어질 수는 없는 시기이며, 몽테뉴, 데카르트, 뉴턴 등이 이 시기의 인물이다. 이들의 이름만으로도 이 시대는 바로 지성의 개화시대였다는 것을 알 수 있다. 또한 이 시기는 프랑스의 루이 왕조의 번영을 하나의 커다란 기념으로 남기고, 드디어 다음 시대로 배턴이 넘어간다.

모나리자의 미소

레오나르도 다빈치가 그린 '모나리자의 미소'는 인류가 남긴 최고의 예술품 중 하나로 인정을 받고 있는데, 이 그림의 주인공이 입술을 다문 채 풍기고 있는 알쏭달쏭한 미소는 여성의 신비를 담고 있다고 한다. 그 미소는 보면 볼수록 살아 있는 입술같이 사람의 마음을 끈다.

그 미소는 물론 기분이 좋아 웃는 것도 아니고 그렇다고 쓴웃음도 아니며, 그리움이 뒤에 숨은 듯하면서 미움의 감정이 깃들인 것 같기도 하고, 그런가 하면 슬픔을 뒤에 감춘 미소 같기도 하고, 무슨 말을 대답 대신 그 미소로 나타내고 있는 듯하다. 그 미소는 걷잡을 수 없는 복잡성을 가졌고, 그것은 단적으로 여성의 수수께끼를 보여 준 것으로, 원시 이래 그 수수께끼를 화폭 위에 표현한 것은 오직 다빈치뿐이라고 한다.

다빈치는 미술면에서 거장 미켈란젤로와 쌍벽으로 꼽힐 뿐 아니라, 그 밖에 여러 방면에서도 르네상스를 대표하는 인물임은 이미 널리 알려진 사실이다.

'모나리자의 미소'는 그가 피렌체의 부호 프란체스코 델 조콘다의 청탁을 받고 그의 아내인 엘리자베타를 그린 것이라고 한다. '모나리자'의 뜻은 '나의 엘리자베타'라고 한다.

엘리자베타는 피렌체의 안토니오 겔라르덴의 딸로서, 이 그림이 그려진 것은 1503년에서 햇수로 4년이 걸렸으며, 모델이 된 엘리자베타의 나이는 24세에서 27세 사이라고 한다. 또 이 그림은 나무판에 유화 물감으로 그린 것으로, 높이 77센티에 폭이 53센티이며, 4년이란 장구한 시간을 소비하고도 미완성 작품으로 남아 있다는 것은 놀라운 일이다.

이렇게 오랜 기간 동안 모델에게 같은 표정을 짓게 하기란 거의 불가능한 일인데, 다빈치는 그 문제를 다소라도 해결하기 위해 아틀리에에 악사들을 불러 놓고 음악을 연주하게 하면서 엘리자베타의 기분을 돋구려고 했다고 한다.

그런데 문제는 그 알쏭달쏭한 미소인데, 입 끝이 조금 당겨 오른 듯한 독특한 그 미소는 기교가 없고 서툴러 보이나 어딘지 고아한 멋이 있는 그리스나 동양의 옛 조각과 상통하는 것이 있다. 다만 어째서 이러한 미소가 나타나게 되었는가에 대해서는 해석이 구구하다. 일설에 따르면, 엘리자베타는 그 당시 아기를 잃은 직후였으므로 그 슬픔이 절로 풍겼으리라고 한다. 그러나 미소의 원인을 화가의 창작 솜씨로 돌리고, 작가의 인간 관찰의 깊이가 이 복잡한 표정을 이룬 것이라고 하는 논평이 가장 유력하다.

다빈치는 프랑수아 1세의 초대를 받고 프랑스에 갔을 때 이 그림을 가지고 갔는데, 왕은 이것을 4천 에퀴에 사서 성 안에 장식했다고 한다. 그 후 이 그림은 수백 년 동안 성 안에 보존되어 왔으며, 현재는 루브르 박물관에 진열되어 있다. 그러나 지금 그림은 여러 번 씻고 색이 바래질까 봐 니스칠을 했기 때문에 화면 전체에 지저분한 금이 가고 세부는 흐릿해지고 말았다.

모나리자의 미소는 깊은 무언가를 풍기며, 인간과 예술에 대해 수수께끼를 던지고 있는 듯하다.

코페르니쿠스의 회전

16세기 초 폴란드 태생의 과학자 코페르니쿠스는 천체를 관측한 결과, 지구는 하나의 둥근 형태를 갖춘 천체의 한 덩어리이며 태양의 주변을 돌고 있다는 소위 지동설을 주장하게 되었다.

원래 지동설은 코페르니쿠스가 최초로 주장한 것은 아니었으며, 그 이전에 그리스의 철학자와 과학자들이 대체로 그럴 것이라는 추정을 내리고 있었는데, 기독교의 세력이 확립되자 교회는 그러한 학설을 이단설이라고 부정하고, 지구는 우주의 확고한 중심이라는 천동설을 주장해왔었다. 만약 지동설을 인정한다면, 소박한 우주관에 입각한 성경의 가르침의 대부분이 뒤집히며, 나아가서는 교회의 권위가 뒤흔들릴 것을 두려워했기 때문이다. 코페르니쿠스는 이러한 사정을 잘 알고 있었으므로 지동설이 정당하다는 것에 확신을 가지고는 있었으나, 자기의 주장을 공표하려고 하지 않았다. 그러다가 1543년에 이르러 친구의 권유도 있고 해서 '천체의 운행에 대해서'라는 논문을 발표했는데, 그 때도 논문의 첫머리에 교황 바울 3세에게 다음과 같은 헌사를 붙였다.

"저는 조물주가 우리들을 위하여 만드신 우주에 대하여 종래의 학설이 충분치 못한 것을 유감으로 생각하고 옛날 문헌을 조사해 보았더니, 그리스의 피타고라스파의 철학자들이 지동설을 창조하고 있었음을 알았습니다. 이와 같은 천체 현상의 수수께끼를 풀려면 여러 면으로 상상하는 것이 자연 용서될 줄 알았으므로 저도 지동설의 입장에서 수년 간에 걸쳐 연구를 쌓아 보았더니 천체의 운행이 보다 이론적으로 해명되는 것을 발견하였사옵니다……"

이 헌사는 교황청의 눈치를 살펴가며 비위에 거슬리지 않으려고 조심스런 말로 씌여져 있다. 그 태도는 복종적이었으나, 어차피 그는 자기가 확신하는 지동설을 내세웠던 것이다. 교황은 헌사 속에 교회의 권위에 대한 복종의 자세를 보고 만족했는지 코페르니쿠스는 아무런 탄압도 받지 않고 그의 생애를 평온하게 끝마칠 수 있었다.

그러나 교황은 이 논문이 세상에 나옴으로써 매우 조용한 가운데 결정적인 효과를 거두고, 세계관에 180도의 전환이 이루어진 것을 깨닫지 못했던 것이다.

그래도 지구는 돌고 있다

인간이 살고 있는 지구는 성경의 가르침과 같이 우주의 중심이 아니며, 태양의 주위를 돌고 있는 하나의 유성에 지나지 않는다. 이러한 지동설은 코페르니쿠스가 주장한 것이지만, 처음에 교황청은 그 이단적인 입장을 충분히 의식하지 못했다. 그 때문에 코페르니쿠스는 박해를 받지 않았지만, 그의 후계자인 갈릴레이의 경우에는 그렇지 못했다.

갈릴레이는 그의 과학적인 연구 성과에 대해 적극적으로 그 진리를 세상에 밝히고자 했다. 피사와 파도바 대학에서 수학을 강의했던 갈릴레이는 크고 작은 구슬을 비자탑 꼭대기에서 동시에 떨어뜨려 그 무게와 상관없이 물체가 떨어지는 속도는 일치한다는 낙하의 법칙을 증명하였고, 그 밖에도 갈릴레이식 굴절 망원경을 만들어 목성의 위성 및 태양의 흑점을 발견했다. 이러한 르네상스적인 사통팔달의 지적인 활동은 많은 사람들을 놀라게 했지만, 이 만큼 고명한 학자의 권위도 교회의 절대 권력 앞에는 아무것도 아니었다.

그의 나이 70살 때, 종교재판소는 지동설을 주장하는 그를 이단으로 몰아 고문과 죽음의 위협으로 그의 과학적인 신념을 굽힐 것을 강요했다. 노과학자는 폭력 앞에 굴복했고, 많은 사람들 앞에서 지동설의 잘못을 맹세하는 말을 했다. 그러나 그때, 그의 입술은 가볍게 움직이며,

"아무래도 지구는 돌고 있다."

라고 속삭였다고 전한다.

이 말을 읊조릴 때의 상황에 대해서 두 가지 설이 있다.

연극배우와 같은 자세로 의젓하게 말했다고도 하는가 하면, 흐느적거리다가 펄썩 주저앉더니,

"아아, 돈다, 돌아."

라고 혼잣말 비슷하게 중얼거렸다고도 한다. 그러나 70의 고령에 큰 소리를 지를 기력은 없었을 것이고, 기왕 거짓 맹세를 강요당한 그로서 스스로의 과학자적인 양심에 호소하듯 입 속에서 독백 비슷하게 나직이 중얼거렸을 것이 진실성에 가깝다.

그 후, 4년 후에 그는 눈이 멀었고 80 고개에서 눈을 감았다. 교회는 그 유해를 묘지에 묻는 것도 기념비를 세우는 것도 금했다. 독일의 극작가 브레히트는 그의 만년에 갈릴레이를 주인공으로 한 희곡을 썼다. 나치의 압제 하에 예술적 신조를 굽히지 않았던 그는 갈릴레이에게서 정신적인 유대감을 느꼈을 것이 틀림없다.

최초의 바이올린

1516년 9월 12일 프랑소와 1세는 여름철을 위한 별궁에서 성대한 생일 축하연을 베풀었다. 넓은 정원의 천막 아래에서 스물 네 명의 아름답게 단장한 젊은 여성들이 모여서 데올프, 루도, 뷔올 등의 악기를 합주했다. 이 악기들은 모두 오래 전부터 전해 오는 현악기이며, 그 그윽한 멜로디의 정감은 귀빈 신사 숙녀들을 매혹시켰다. 그 중에서도 홀로 '뷔올'을 타던 처녀는 솜씨와 용모가 특히 뛰어나 그 자리에 있었던 다빈치의 주목을 끌었다.

다빈치는 곧 그 처녀를 불러,

"로알 강변에 있는 구루의 저택으로 와 주시오. 그대를 모델로 하여 '음악'이라는 제목으로 그림을 그려 프랑스 왕의 궁전을 장식하고 싶소."

라고 말했다.

그러나 처녀는 병들어 있는 오빠의 시중을 들어야 하기 때문에 파리를 떠날 수 없다고 거절을 했다.

그녀의 오빠는 피에도르이며, 대대로 만도우바의 현악기를 만들던 집안의 아들이었다. 피에도르는 파리에서라면 자기가 만들어 내는 악기의 가치를 알아 주는 사람이 있으리라 믿고 시골에서 파리로 올라와 있었던 것이다. 그러나 그가 기대했던 것과는 달리 파리의 명사들은 허명(虛名)을 좇기에 바빴으며, 이탈리아 악기가 제일인 줄로만 알고 젊은 그의 작품에 대해서는 돌아보지도 않았다. 피에도르는 실의와 가난 속에서 쓸쓸한 움막 같은 집에서 병이 들어 세상에서 버림을 받고 있었다.

처녀는 그러한 사정을 다빈치에게 이야기했다. 다빈치는 그 처녀가 아름다운 음악을 훌륭히 연주해 낸 뷔올이 그녀의 오빠가 만든 악기임을 알고는 그 솜씨에 깊이 놀라며, 결코 모르는 척 하지 않겠다고 약속했다. 이리하여,

어느 날 다빈치는 빈민굴 속으로 이 불우한 남매의 집을 찾아갔다. 피에도르는 감격하여 병들어 핼쑥한 두 볼에 핏기를 돋우며 자기의 야심을 말했다. 그는 지금의 뷔올에 만족하지 않고 있는 듯, 뷔올보다 짧고 모양도 훨씬 반듯하며 현이 네 개인 새로운 악기를 만들겠다고 했다. 이 새악기는 뷔올의 음색과 비교가 안 될 만큼 완전한 음색을 내게 될 것이라는 확신을 가지고, 피에도르는 새악기의 설계도까지 내 보이며 열심히 설명했다.

"그 새악기는 내가 사지. 꼭 완성하게!"

다빈치는 이렇게 그 청년을 격려하고 그 자리에서 악기값을 내 주고 돌아왔다. 피에도르는 병든 몸을 채찍질해가며 밤낮 쉬지 않고 새로운 악기를 만들어 내기에 몰두했다. 약속한 날, 다빈치가 찾아가 보았더니 악기는 완성되어 있었는데, 피에도르는 가엾게도 말도 못할 정도로 지쳐 누워 있었다.

그런 가운데에서도 그는 누이동생에게 전날의 그 곡을 쳐 보라고 말했다. 다빈치의 귀에는 가냘프면서도 은근한 새악기의 줄을 타고 멜로디가 흘러들어왔다. 다빈치의 눈에 눈물이 괴였다. 지금까지 들어 본 적 없고 상상조차 할 수 없었던 음색이었다. 졸졸 솟아오르는 샘물의 속삭임, 작은 요정들의 춤, 지나간 봄을 그리는 심혼의 한탄, 모든 것이 그 속에서 들려오는 듯했다.

그런데 곡의 마지막에서 첫째 줄이 요란스럽게 높은 소리를 울리더니 탁 끊기고 말았다. 놀란 다빈치는 문득 피에도르의 얼굴을 돌아보니, 악기줄이 끊어지던 그 순간 젊은 예술가의 혼도 함께 사라지는 순간이었다. 이 새악기가 오늘에 전해지는 바이올린이다.

유토피아

"하루 세 시간씩, 일주일에 사흘만 일하고 월급은 지금의 열배나 주고 나머지 시간은 자유로웠으면 좋겠다."

"그런 유토피아는 바라지도 마라."

유토피아는 우리가 흔히 말하는 꿈, 이상향을 말한다.

이 말을 최초로 쓴 것은 16세기 초엽 영국의 인문주의자인 토마스 모어(1478-1535)이며, 그는 그가 이상으로 삼는 꿈의 나라를 묘사한〈유토피아〉라는 책을 썼다. '유토피아'는 그가 꿈에 생각하고 있는 나라의 이름이며, 그리스말의 '우-(ou)'와 '토포스(topos)'를 합쳐서 만든 말이다. 'ou'는 'no'이고, 'topos'는 'place'의 뜻으로, 'Noplace', 즉 아무 데도 없는 나라라는 의미를 가지고 있다. 있을 수 없는 의미를 가진 이것은 현실과는 너무 먼 세계에 속하고 있다.

토마스 모어는 그의 친구 에라스무스와 함께 당시 전 유럽에 알려진 인문학계의 대학자였다. 법조계에 발을 들여 놓아 대법관이 되었고, 그의 사회적 위세는 당당했으나 헨리 8세의 종교개혁에 반대하여 런던탑에 감금되었다가, 나중에 단두대에서 처형되었으며, 그 목은 거리에 내걸리는 치욕을 당했다.

〈유토피아〉는 1, 2부로 된 소설인데, 이 책이 출판되자 굉장한 반향이 일었으며, 1530년 프랑스를 필두로 하여 독일어, 이탈리아어, 스페인어로 각각 출판되었으며, 영역판은 좀 늦은 1551년에 나왔다.

〈유토피아〉는 안토와브시에서 한 포르투갈 수부(水夫)를 만나 유토피아라는 섬 이야기를 들었다, 라는 형식으로 시작되고 있다. 이 수부는 세번째의 신대륙 탐험선을 타고 갔다가 돌아오는 길에 그 섬에 들렀다고 하며, 시대적

배경을 나타내고 있다. 이 유토피아국에서는 모든 재산과 물건은 국민의 공동 소유이며, 가난이라는 것이 없는 동시에 화폐도 없다. 금은 보석 등 오늘날 값진 귀중품은 그 사회에서는 한낱 장난감의 구실을 할 뿐 아무런 가치도 없으며, 그런 것을 소중히 하는 자는 경멸을 당한다. 그러나 여기서도 태만은 죄가 되었다. 하지만 하루의 노동시간은 6시간이면 충분하며, 나머지 시간은 독서나 음악, 고상한 대화를 나누며 지낸다. 물론 남녀는 평등하며, 신앙도 각자 자유이며, 군비도 병사도 없으며, 전쟁은 않기로 원칙이 서 있다. 부득이 적이 쳐들어오면 외국 용병을 고용하여 나라를 지킨다. 이밖에도 결혼에 대한 구절을 보면, 선을 볼 때는 믿을 만한 연배의 어른이 입회한 가운데 남녀 쌍쌍이 모두 나체로 만나는 것이다.

역사상으로 본다면, 플라톤의 '공화국' 역시 하나의 이상국을 그린 것이며, 성 아우구스티누스의 '신의 도시'도 역시 이상향을 말한 것이며, 모어는 이 두 사람의 영향을 받은 것이 틀림없다.

모어 이후에는 캄파넬라가 쓴 〈태양의 도시〉가 있고, 최근에 이르러서는 사뮤엘 버틀러의 〈에레훤(Erewhon)〉이 있고, H.G 웰즈의 〈현대 유토피아〉 등이 있다. 중국의 무릉도원, 혹은 도원경이라고 하는 것도 일종의 유토피아와 같은 뜻으로, 그리스의 펠로폰네소스 산중의 아르카디아(Arcadia)와 함께 평화로운 목가(牧歌)가 흐르는 전원의 이상향으로서 회자되고 있다.

그러나 사회를 아무리 뜯어 고치고 물자가 아무리 풍부하더라도 지상에 유토피아는 아마 오지 않을 것이다. 왜냐하면 사람의 욕망이란 한이 없는 것이며, 결코 현재에 만족하지 않는 것이니, 그때 다시 새로운 불만을 갖게 될 것이고 그와 동시에 유토피아는 소멸하고 말 것이기 때문이다.

콜럼버스의 달걀

콜럼버스가 천신만고 끝에 신대륙 아메리카를 발견하고 돌아왔다. 스페인의 왕실과 민중은 개선장군을 대하듯 그를 환영했다. 그러나 이와 같은 폭발적인 인기를 질투하고 남의 공을 깎아내리고자 하는 사람은 어느 시대에나 있는 법이다.

그러한 친구들이 어느 연회석상에서,

"신세계의 발견이 뭐 그리 대단한 일인가? 따지고 보면, 배를 몰고 서쪽으로 자꾸자꾸 가는 동안에 우연히 부딪힌 것이 아닌가?"

라고 말하며 그의 업적을 깎아 내리는 말을 했다.

이때 콜럼버스는,

"그건 그렇다네. 나도 이번 발견을 대단한 걸로 자랑하고 싶지는 않다네. 다만 처음으로 그런 생각을 가졌던 것만은 공로라고 생각하고 있지."

라고 대답했다. 그리고는 테이블 위에 있는 달걀을 하나 집어들어,

"이걸 한 번 세워 보게."

라고 말했다.

이 말을 듣고 그 자리에 있던 모든 사람들이 달걀을 세워 보려고 애를 썼으나, 달걀은 세워지지 않았다.

"그다지 어려운 것도 아닐세. 내가 하는 걸 보게."

콜럼버스는 이렇게 말하며, 달걀 끝을 가볍게 테이블 위에 부딪혀서 평평하게 한 뒤 달걀을 세웠다. 친구들은 그것을 보자,

"그럴 것 같으면 문제 없지."

라고 소리쳤다.

콜럼버스가 그들의 말을 받았다.

"물론 아무나 할 수 있지. 그러나 자네들은 한 사람도 이 방법을 생각해 내지 못했고, 나만이 생각한 것이네. 신세계의 발견도 마찬가지야. 아무것도 아니지만, 최초로 생각해 내는 것이 문제일세."

그 자리에 있던 사람들은 모두 아무 말도 하지 못했다.

엘 도라도

'엘 도라도'는 남미 아마존 강변에 있다고 상상되는 '황금의 나라'를 말한다. 이 말의 원어(原語)는 스페인어로 황금사람이란 의미인데, 그 유래는 남미 보고타 고원에 사는 치부챠 종족의 풍습에서 나왔다. 이 부족의 추장은 종교적 의례에 따라 온 몸에 금가루를 칠하고 호수 속에 들어가서 신에게 재물을 바치는 행사를 하고 있었다고 한다. 이것이 유럽에 전해져 그 곳이 황금이 많은 것으로 상상되어 황금의 나라라고 한 것이었다.

15세기에 시작된 유럽 사람들의 신대륙에 대한 환상적인 관심은 마르코 폴로의 〈동방견문록〉에서 크게 자극 받은 것인데, 그때 인도는 황금이 많은 곳으로 알려졌으며, 같은 환상이 이 남미의 황금의 나라로 집중했던 것이다.

황금의 섬 인도를 찾아가다가 우연히 아메리카 대륙을 발견했던 콜럼버스의 뒤를 따르듯 스페인 사람 엘 도라도가 '황금의 나라' 탐험에 나섰다. 잉카제국의 정복자인 피사로도 안데스를 넘어 탐험대를 보냈었는데, 그들은 아마존 강까지 와서 강을 발견했을 뿐 그 이상 발견한 것이 없었다. 거대한 강, 아마존의 이름은 그들이 지은 것이었다. 영국에서는 황금의 환상에 끌려 두 번에 걸쳐 탐험대가 출발하였으나, 그들도 목적하는 황금의 나라는 발견하지 못했다.

원래 '황금의 나라'라는 것은 누가 정확히 목격한 것도 아니고, 인간의 황금에 대한 갈망과 동경이 빚어낸 전설적인 존재였으므로 이에 엉킨 전설과 문학 작품도 적지 않다. 밀턴의 〈실낙원〉에도 볼테르의 〈캉디드(Candide)〉에도 '엘 도라도'의 이야기가 보인다. 19세기 미국의 저명한 작가 에드가 포도 같은 제목으로 쓴 시가 있다. 아름답게 단장한 기사가 노래를 읊으며 '황금의 나라'를 찾아나섰는데, 드디어 찾지 못하고 힘이 빠져 실망하고 만다는 내용이다. 포의 의도는 당시 캘리포니아에서 한창이던 금광 붐(골드 러시)이 일어났을 때, 이를 풍자한 것으로 보인다.

그런데 이 '황금의 나라'의 전설을 전하는 아메리카 대륙의 원시문명은 많은 수수께끼 속에 잠겨 있다. 이들 미국의 원주민들은 그리스나 이집트와 같이 제대로 문자를 갖추고 있지 않았으며, 그 민족도 사방에 흩어져 버렸다. 그들의 문명을 판단할 자료는 겨우 고고학적 유물에 의존하는 길밖에 없다.

미국 대륙의 원시 문명은 중미에서 남미에 걸쳐 번영하였으며, 베링 해협이 육지에서 떨어져 나가기 이전에 시베리아에서 이주한 몽골계 인종으로 추정되는 사람들에 의해 건설된 것으로 보인다. 그들의 문명의 시초는 인류 문화의 여명을 장식하던 메소포타미아나 이집트에 비교하면 4천 년이나 뒤의 일이다.

아메리카의 원시 문명이 이처럼 뒤떨어져 있었던 원인은 우선은 대륙이 고립해 있어 타 민족과 교역이 없었다는 점과, 쌀이나 밀 같은 능률적인 곡식이 자라지 못하고 주로 옥수수가 식량이었다는 점 때문이다. 또 가축으로 이용할 만한 동물이 부족했던 것으로 보인다.

중미 유카탄 반도에서 생긴 마야문명은 6세기부터 수세기에 걸쳐 번영한 흔적이 있는데, '그림문자'를 사용한 마야족들은 독특한 천문대를 만들었으며, 달력도 가지고 있었다는 것이 당시의 유물로 증명되었다. 그러나 그들의 문자는 아직 해독을 못 하고 있다. 그들의 유적 가운데는 그 의미를 파악할 수 없는 괴상한 조각들이 많으며, 만물의 창조신을 비롯하여 군신(軍神), 우신(雨神), 사신(死神) 등 그 밖의 여러 가지 선악의 신이 조각에 나타나 있다. 특히 '옥수수의 신'이 자주 눈에 띄는데, 이는 농업의 중심이 옥수수에 있었다는 것을 나타내고 있다.

마야의 제도는 소위 제정일치로서, 신관(神官)이 동시에 정치적 지배권을 행사하고 있었던 것으로 추측된다. 1200년 무렵, 마야문명은 멕시코 벌판에서 침입한 인디언에 의해 멸망되었다. 그 후 다시 멕시코의 아스테크족이 그 뒤를 이었는데, 스페인의 탐험가 코르테스에게 정복당한 후 크게 세력이 쇠퇴하여 멸망했다. 아스테카왕국의 마지막 왕이었던 목테수마 1세는 스페인의 무서운 살육을 한탄하면서,

"신들은 피에 주려 있다."

고 말했다고 한다.

이 말은 그 후 프랑스 혁명당의 공포 정치하에서 까뮤 템란이 같은 말을 하였고, 현대에 이르러서는 아나톨 프랑스가 공포정치를 소재로 한 소설의 제목으로 썼다.

아스테크족이 세운 문명과 함께 남미의 페루 지방 일대에는 잉카제국이 있었다. 잉카제국은 안데스 산맥의 경사면에 위치했으므로 대규모의 석축 공사를 하여, 농사는 충계식 밭을 이루고 있다. 신전이나 궁전에는 놀라운 만한 큰 돌을 쓰고 있는데, 그들은 수레를 이용할 줄 몰랐으니, 아마도 사람의 완력으로 움직인 것 같다. 문자는 없었으나 실의 색깔과 매듭에 의한 기호로 어느 정도의 표현을 가지고 있었던 모양이다. 토지제도는 삼등분했다고 한다.

국왕은 태양신의 아들로 인정되어 사제의 우두머리 역할을 했으며, 정치, 군사 등 모든 권력을 수중에 넣고 있었다. 잉카를 '태양의 제국'이라고도 부르는 까닭도 여기에 있다. 백성들은 평생 자기 직업에 결박되어 있었으며, 이동의 자유가 없었던 모양이다. 이런 점은 동방이나 고대 아시아 사회와 통하고 있다. 잉카제국도 16세기 전반 스페인의 탐험대에 의해 정복되었으며, 그들 백성들은 사방에 흩어지고 사회 조직 문화도 허물어져 달아났다.

마야와 잉카, 원시 아메리카 대륙을 장식하던 이 두 문명의 기원에 대해서는 두 갈래의 학설이 있다. 하나는 외래설(外來說)이고, 하나는 독립자생설(獨立自生說)이다. 외래설의 근거는 이들의 문명이 태양 숭배와 피라미드를 비롯해, 거석문화(巨石文化), 미이라의 풍습, 그리고 관개(灌漑)에 의한 농사법 같은 것이 이집트 문명과 비슷한 것으로 보아, 이집트 고대문명이 동방

으로 이동하여 인도 동남아를 거쳐 태평양을 건넜을 것이라는 설이다. 매우 흥미있고 대담한 추측인데, 그것을 증명할 만한 자료는 아직 없다. 만약 이것이 사실이라면, 콜럼버스가 처음으로 아메리카를 발견한 것이 아니라 그보다 몇백 년 앞서 잉카인들이나 마야인들이 신대륙으로 이주한 것이 되는 것이다. 그 많은 사람을 태우고 태평양을 건널 만한 큰 배와 항해술을 그들이 갖추고 있었을까? 따라서 현재로서는 독립자생설이 유력하다.

어느 쪽이든간에 그와 같이 역사상 뚜렷한 족적을 남긴 두 제국의 문명이 아직 여러 가지 수수께끼를 담은 채 잠들어 있는 것은 많은 연구 과제를 남기고 있는 것이다.

파늴주의 양떼

'파늴주의 양떼'는 16세기 프랑스의 위대한 작가 프랑수아 라블레(1494-
1553)의 저서 〈가르강튀아와 팡타그뤼엘〉(1595) 제4권에 나오는 일화이
다. '파늴주'는 일화의 주인공으로 작가가 만들어 낸 괴상한 인물이다. 그는
교활하고 사악한데다 거짓말과 비꼬기를 잘 하고 노상 술만 마시며, 죽는 것
이외에는 아무것도 겁을 내지 않는 사나이다. 한편 그는 매우 총명한 두뇌의
소유자이며, 위트가 풍부했지만, 그는 그러한 장점을 건설적인 면보다는 파
괴적인 인간의 악을 충족시키는 데 쓰고 있다.

어느 날 한 상인이 많은 양을 배 안에 실었다. 갑판은 양떼로 꽉 차 있었다.
그 배에는 파늴주가 타고 있었는데, 상인은 파늴주의 인상이 좋지 않아 멸시
하는 말을 했다. 파늴주는 그 상인에게 복수할 마음을 먹었다. 그리고는 시침
을 떼고 양 한 마리를 사겠다고 하면서 그 중에서 두목격인 큰 양을 시가보다
훨씬 비싼 값으로 샀다. 그리고 그 양을 아무 말도 않고 대뜸 들어 물 속으로
던져 버렸다. 그런데 양은 두목의 뒤를 쫓는 맹목적인 습성이 있었다. 아니나
다를까, 갑판 위의 양떼가 모두 울부짖으며 성큼성큼 바다 속으로 뛰어들었
다. 결국 한 마리도 남기지 않고 모조리 물귀신이 되어 버렸다. 상인은 얼굴
이 노랗게 되어 마지막 한 마리의 꼬리를 잡고 늘어지다가 함께 물 속으로 떨
어지고 말았다. 파늴주의 복수는 그렇게도 잔혹하게 이루어졌던 것이다.

플루타르크의 〈영웅전〉에 역시 그러한 양의 습성에 관한 비유가 있다.

"로마인들은 양과 같다. 양은 혼자서는 목동의 뒤를 따르지 않지만, 떼를
지어 있으면 상호간에 애정이 생겨 앞장 서는 자의 뒤를 충실히 따라간다. 그
와 같이 제군들도 떼를 지어 끌려가는 것이다."

라블레의 십오분

레스토랑이나 카페에서 음식을 먹은 뒤 갚을 돈이 모자라거나 없을 때 '라블레의 십오분'이라는 말을 쓴다. 라블레는 '파뉘주'라는 잔인한 기지를 가진 인물을 소설 속에 창조해 냈는데, 그 자신도 매우 위트에 능했던 것을 증명하는 재미있는 일화를 남기고 있다.

라블레는 프랑스 왕 프랑수아 1세의 명을 받고 로마에 갔다가 돌아오는 길이었다. 그가 리온에 왔을 때는 여비가 딱 떨어져서 어느 호텔에 갇히는 몸이 되었다. 자기의 신분을 밝힌다면 호텔 비용쯤은 문제가 아니었겠지만, 라블레는 그러기는 싫었다. 어떻게 하면 이 난국을 돌파할 것인가, 심사숙고 15분 만에 한 가지 계책이 머리에 떠올랐다.

그는 먼저 누구에게도 정체가 밝혀지지 않도록 자기의 신분을 저명한 의학자로 밝혔다. 그는 지금까지의 연구 성과를 발표하겠으니, 의사들을 모두 모이게 하라고 일렀다. 그리고 목소리까지 바꿔 의학상의 매우 어려운 문제에 대해서 강연을 했다. 사람들은 놀라며 그의 이야기를 듣고 있었는데, 라블레는 갑자기 무엇인가 생각이 난 듯 창문을 모두 닫고는,

"결코 누구한테도 이야기를 해서는 안 됩니다."

라는 다짐을 하고서, 지금부터 중대한 비밀을 밝히겠다고 말했다.

청중들은 호기심이 가득해 눈이 동그래서 바라보고 있었다. 그는 두 봉지의 약 같은 것을 꺼냈다. 한 봉지에는 '국왕에게 드릴 것', 또 하나는 '왕비에게 드릴 것'이라고 씌여 있는 그 약을 쳐들며 그는 말했다.

"나는 멀리 이탈리아에까지 독약을 연구하러 갔었는데, 여기 이 두 봉지의 약은 모두 강력한 효력을 가진 독약이며, 극히 소량으로 인명을 빼앗는 힘을 가졌습니다. 또한 어떠한 해독제도 통하지 않는 것입니다. 지금부터 나는

이 독약을 가지고 파리로 가서 국왕과 왕비와 그 자식들에게 먹일 것입니다. 그리하여, 제군을 위하여 그 폭군을 없애려는 것입니다."

이 말을 들은 사람들은 서로 쳐다보기만 하고 말이 없더니, 하나 둘 어느 틈에 밖으로 빠져 나갔다.

라블레는 혼자 뒤에 남아 있었다. 그가 상상한 대로 얼마 지나지 않아 시의 경찰이 호텔을 포위하고 라블레를 체포했다. 그리고 가마에 가두고 엄중한 경계를 하며, 시의 유지들까지 뒤를 따르며 파리로 호송되었다. 가는 도중 그는 중대 범인으로 오히려 정중한 대접을 받았으며, 리온 시에서 낸 비용으로 태평스런 여행을 할 수 있었다.

왕은 중대범인을 체포했다는 말을 듣고 직접 범인을 보려고 그 앞에 이르렀다. 이때 라블레는 변장을 거두고 제 목소리로 자초지종을 이야기했다. 왕은 라블레의 위트를 칭찬했으며, 그와 더불어 주연을 베풀었다. 리온 시의 유지들은 국왕으로부터 그 충성을 칭찬받기는 했지만, 의외의 결말에 어이가 없어서 시무룩해 돌아갔다고 한다.

악화(惡貨)는 양화(良貨)를 구축한다

'악화가 양화를 구축한다' 는 말은 '그레셤의 법칙' 이라고 한다. 품질이 좋은 화폐와 나쁜 화폐가 동시에 유통하기 시작하면 품질 좋은 화폐는 차츰 자취를 감춘다는 금융론(金融論)의 원칙을 말한 것이다.

가령, 여기 백원짜리 은화가 두 종류 있는데, 다 백원의 가치로 쓰이고 있다고 하자. 그런데 그 두 종류의 은화는 비록 같은 값의 표시를 가졌지만, 은의 함량을 보면 하나는 많고 하나는 적다. 이렇게 되면 금융상의 가치는 동일하지만, 실질적으로는 은의 함유량이 많은 화폐가 더 가치가 있는 것은 당연한 일이다. 그러니 무거운 쪽은 양화이고, 가벼운 쪽은 악화이다.

사람들은 양화와 악화가 둘 있으면, 악화를 쓰고 양화는 수중에 둘 것이다. 이리하여 거래 시장에서는 악화만 돌아다니고 양화는 눈에 띄지 않게 된다. 모든 사람들이 양화는 감춰두고 있으니, 결국 악화가 양화를 구축하는 것이 된다.

'그레셤' 은 '그레셤의 법칙' 을 제창한 사람의 이름이다. 그레셤은 16세기경 영국의 재정가로, 엘리자베스 1세의 재정고문을 지냈으며, 런던 거래소와 그레셤대학을 창립한 사람이기도 하다. 이 유명한 말은 그가 1558년에 여왕에게 재정적인 충고 의견을 쓴 편지를 보낼 때 서두에 적은 말이다.

이 말은 악인이 선인을 밀어내는 경우에도 가끔 쓰이고 있다.

나는 영국과 결혼했다

영국은 여왕시대에 발전했다고 한다. 특히 엘리자베스 1세(1558~1603)와 빅토리아 여왕(1837~1901)의 두 시대에 두드러졌다. 엘리자베스 1세는 여섯 명의 왕비를 둔 것으로 유명했던 헨리 8세의 딸이다. 어머니인 앤 불린은 헨리 8세의 사랑을 잃고 런던탑에 유폐되었다가 목이 잘렸다.

헨리 8세가 죽은 후 왕위는 이복 언니인 메리가 차지했다. 메리는 가톨릭의 부활을 꾀하여 신교도를 박해했기 때문에 '피를 좋아하는 메리'라는 악명을 날렸다. 메리 1세는 엘리자베스를 미워하여 그녀 또한 그녀의 어머니처럼 런던탑에 가두었다. 그러나 메리의 죽음으로 엘리자베스의 불행도 끝을 고하고, 그녀는 영국의 여왕이 되었다.

총명하고 학문을 즐기며, 음악을 사랑했던 여왕은 즉위한 지 얼마 안 되어 통일령을 내려 종교의 통일을 꾀했고, 구교도의 신교도에 대한 압박을 거세하는 동시에 외교면에 있어서도 발전적인 적극책을 세웠다. 그리하여 스페인의 무적함대를 격파하여 필립 2세의 야망을 꺾고, 영국이 일류 해군국이 되는 토대를 쌓았다.

이 시대는 문화면에서도 '엘리자베스 시대'라고 불리우는 획기적인 번성기였으며, 문학의 셰익스피어, 스펜서, 존슨 등의 거장이 나왔고, 철학에는 베이컨의 이름을 들 수 있다. 당시의 관례로 유럽 각국의 왕실은 서로 정략적인 결혼을 하고 있었는데, 당연히 이 재기발랄한 여왕에게도 많은 구혼이 있었다. 그러나 여왕은,

"나는 영국과 결혼했소."

라고 말하며 끝내 독신으로 버텨 '처녀 왕'이라고도 불리운다.

여왕이란 특수한 지위에 있는 여성에 대해서 일반론을 적응하는 것은 문

제가 있지만, 엘리자베스가 여성으로서 남성에게 관심을 갖지 않았던 것은 아닌 것 같다.

월터 롤리라는 우아하고 재기에 넘치는 한 청년이 진흙구덩이에 자기의 망토를 펼쳐 놓고 여왕을 걷게 했던 일은 너무도 유명한데, 그가 이와 같은 속 들여다 보이는 수단으로 여왕의 환심을 얻게 된 것을 보면 여왕도 또한 허영에 약한 보통 여성이었다는 것을 보여 주고 있다.

또 하나, 좀더 문학적이며 역사적 진실과는 거리가 있을지는 모르나, 라 파예트 부인이 쓴 아름다운 이야기 〈클레브 공작 부인〉에 나오는 일화가 있다. 주인공인 누물 공은 엘리자베스 여왕의 마음을 잡아끌어 결혼한다는 정략적인 사명을 띠고 영국에 파견되었다. 여왕은 누물 공에 대한 빛나는 소문에 마음이 동하여 공이 도착하기를 바라는데, 공이 출발 직전에 클레브 공작 부인과 운명적인 상봉을 했기 때문에 여왕은 결국 공을 보지 못하고 만다. 이 것이 사실이라면, 여왕은 클레브 공작 부인 때문에 아직 보지 못한 누물 공에게 실연당한 셈이 되며, 어쩌면 이러한 남성의 이미지가 여왕의 생애를 독신으로 살아가게 만드는 원인이 되었는지도 모를 일이다.

극약이지만 약효는 확실하다

엘리자베스 시대의 궁정 신하이며, 군인이자 문필가이기도 했던 월터 롤리는 동부 데본의 명문가에서 태어나 옥스포드에서 공부했는데, 17세 때 프랑스 신교도를 구원할 의용군에 가담하였고, 또 1580년에는 아일랜드의 반란을 진압하는 데 공을 세웠다.

그의 수려한 외모와 시원스런 태도로 처녀 왕 엘리자베스의 두터운 총애를 받았다.

그가 이복형인 길버트를 따라 북아메리카로 탐험을 가서 식민지를 건설하고 그 이름을 버지니아(처녀지)로 정한 것도 여왕의 환심을 사려고 한 것이었다. 그때 본국으로 감자와 담배를 가져온 것도 문화사적으로 중요한 일이었다.

그 후 스페인의 무적 함대를 쳐부수는 데 크게 공을 세웠고, 기니아를 탐험하여 그 곳에 금은 재보가 많음을 보고하는 등 눈부신 업적을 남겼는데, 나중에는 오히려 여왕의 비위를 건드리게 되었다.

그의 말년은 너무나도 비극적이었다. 여왕이 죽은 뒤 제임스 왕으로부터 반역의 혐의를 받고 12년 간이나 런던탑 속에 갇히고 만 것이다. 그러나 그는 그 동안에 〈세계사〉를 써 냈다.

감옥에서 풀려난 그는 왕의 명령으로 남아메리카로 전설적인 황금의 지대(엘 도라도)를 찾아갔다. 그러나 많은 사람이 그러했듯이 그도 목적을 달성하지 못하고 빈 손으로 돌아왔다. 왕의 불신은 더해 갔으며, 드디어 그에게 사형선고를 내리기에 이르렀다.

그가 처형된 곳은 올드 파레스 형장이었다. 여기까지 오는 동안 그도 힘 닿는 데까지 손을 써서 구명을 탄원했지만, 결정적인 순간에 이르자 과연 풍운아다운 행동을 보여 주었다. 그는 사형 집행인이 잡고 있는 도끼를 보고는 미소를 지으며 한마디했다.

"극약이지만, 약효는 확실하겠군!"

일대의 풍운아이자 모험가였던 그에게 걸맞는 최후라고 할까.

너에게 더 필요하다

시드니(Sidney, Philip 1559~1586)는 엘리자베스 1세 때 사관을 지내던 인물로, 문무를 겸하였으며 르네상스가 낳은 영국 신사의 꽃이라고 불리우는 인물이다.

시드니의 외가 쪽 백부가 여왕의 총신 레스터 백작이며, 이 무렵 영국은 당시 강대국이던 스페인과 전쟁 상태에 있었는데, 레스터 백작이 총사령관이 되어 지금의 네덜란드 지방에서 스페인군과 교전하고 있었다. 시드니도 이 전투에 참가하고 있었는데, 1586년 9월 22일 한쪽 무릎에 부상을 당하고 얼마 후에 죽었다.

시드니는 중상을 입고 전장에서 후송되어 오는 도중, 마침 총사령관인 레스터 백작이 서 있는 근방에서 출혈로 인하여 갈증을 견딜 수 없게 되어 물을 달라고 했다. 시드니가 가져온 수통을 입에 대려고 할 때, 역시 중상으로 후송되어 오던 한 병사가 빈사 상태로 말할 기운도 없이 멍하니 그의 손에 들린 수통을 바라보고 있었다. 순간 그 병사의 눈동자와 마주친 시드니는 한 방울도 마시지 않은 수통을 그 병사에게 건네 주며,

"너에게 더 필요하다."

라고 말했다.

약한 자여, 그대 이름은 여자

'약한 자여, 그대 이름은 여자'라는 이 말은 햄릿의 독백이다. 셰익스피어의 모든 작품이 그러하지만, 그 중에서도 가장 많이 알려진 작품은 아무래도 〈햄릿〉일 것이다. 그래서인가, 이 〈햄릿〉에 나오는 대사 중 많은 부분이 사람들에게 널리 알려져 있다.

왕자 햄릿은 부왕의 죽음이 삼촌의 독살에 의한 것임을 아버지의 유령을 통해 알게 된다. 이 사실 한 가지만으로도 햄릿에게는 엄청난 충격이었는데, 그보다도 더 놀란 것은 그의 어머니가 눈깜짝 할 사이에 그 삼촌의 아내가 되어 버린 사실이었다. 어머니가 여성으로서 밟은 육욕의 길이 이상주의자인 햄릿의 마음을 형용할 수 없는 침울한 심연 속으로 몰아 넣은 것이다.

"아아, 이 더러운 몸. 찐득찐득 녹아 이슬이 되어 버렸으면 좋으련만! 다른 것은 고사하고, 자살을 대죄로 하는 하느님의 법도만 없더라도……. 아아, 어찌하면 좋단 말인가? 이 세상을 살아간다는 모든 것이 지긋지긋하게 싫어졌다. 귀찮고, 싱겁고 오로지 무의미할 뿐이로다. 아무렇게나 되어 버려라. 들은 황폐한 그대로이며, 무성한 잡초는 열매를 맺고, 사방은 메스꺼운 악취, 이렇게 될 줄이야, 불과 두달 동안에……. 아니 아직 두달도 못 되지 않았던가? 훌륭한 국왕이시던 아버님에 비한다면 저놈(삼촌)은 하늘과 땅만큼의 차이! 아버님은 어머님을 얼마나 위하셨던가. 바깥바람까지 쏘이지 않게 하시려고 그토록 염려하셨건만, 이 무슨 꼴이던가? 그 무렵의 어머니는 아버님의 가슴에서 넘쳐나오는 사랑의 샘을 한 방울도 남기지 않으려고 그 목에 매달려 떨어지지 않던 어머니, 그것이 불과 한달 사이에……. 아하, 말하면 무엇하느냐. 약한 자여, 그대 이름은 여자이던가? 그처럼 눈물에 젖어 관 앞에 가까이 서서 묘지까지 따라갔던 그때의 신발 뒤꿈치도 아직 그대로

이며, 흙이 튄 자국도 그대로인데 어머님, 어머님은 그것을⋯⋯! 아하⋯⋯ 무지막지한 짐승도 주인이 죽으면 더 좀 슬퍼하고 한탄하건만, 그 삼촌의 가슴에 몸을 맡기다니⋯⋯. 같은 형제라고 하지만 비슷한 데는 털끝만치도 없는 그 따위 사나이와⋯⋯. 그것도 겨우 한달 사이에⋯⋯. 울어 부었던 눈 가장자리도 아직 그대로인데, 이 무슨 되먹지 않은 일인고! 이것을 어찌 용서할 것인가! 성큼성큼 불의의 잠자리로 달려가는 그 천박함이여!"

우리 속담에도 죽은 남편의 무덤 앞에서 부채질하는 여인의 이야기가 있다. 재가를 하기 위해 빨리 묘를 마르게 하려는 것인데, 어머니로서는 강한 여성도 허영에는 약한 것을 찌른 이야기다.

사느냐 죽느냐 그것이 문제로다

'사느냐 죽느냐 그것이 문제로다(To be or not to be, that is the question)' 라는 말도 햄릿의 독백이다. 극 속의 햄릿의 자세는 고개를 숙이고 있을 때가 많고 행동도 소극적이다.

그런데 햄릿은 어머니를 통해 인간의 동물적 정욕을 엿보게 되면서 구역질을 느끼지만, 한편으로는 아버지의 원수를 갚아야 하는 어려운 일을 앞에 두고 산다는 것이 괴로워졌다.

그렇다면, 스스로 목숨을 끊으면 이 고통은 해소되는 것일까? 이 고통이 사라진다는 보증이 선다면 죽음은 햄릿에게는 더 없는 소망의 길이 될 것이다. 그러나 그와 같은 보증은 어디에도 없다. 자칫하면 고뇌만을 영원 속에 매달고 갈 염려가 있다. 죽음의 세계는 그 곳으로 떠난 사람이 단 한 사람도 돌아오지 않는, 절대 불가해한 세계이다. 그리하여 햄릿은 죽을 수도 없었던 것이다.

햄릿과 돈키호테

누구나 다 알고 있는 세계 최고의 비극과 풍자 소설 〈햄릿〉과 〈돈키호테〉는
여러 가지 의미에서 대조적인 성질을 띠고 있는데, 이 두 작품의 주인공을 의
식적으로 비교한 것은 근대 러시아의 〈아버지와 아들〉의 작가인 투르게네프
였다. 그는 '햄릿과 돈키호테' 라는 강연에서 주인공의 성격에 대해서 말하
기를,

"햄릿을 사랑하기는 어려우나, 돈키호테를 사랑하지 않는 사람은 없을 것
이다."
라고 했다.

햄릿은 덴마크의 왕자로서 그의 삼촌이 어머니인 왕비와 밀통하여 부왕
을 독살한 것이 아닌가 의심을 품었다. 결국 그 사실을 밝혀내어 선친의 원수
를 갚게 되는데, 그 자신도 결국은 칼에 맞아 죽는다.

반대로 돈키호테는 평범한 시골 신사인데, 황당무계한 기사의 무용담을
탐독한 나머지 머리가 좀 이상해졌으며, 산초 판사를 데리고 여러 나라를 순
회하는 소위 무사수업에 나섰다가 여러 가지 웃음거리가 되는 모험을 하게
된다. 그 일례를 들면, 커다란 물레방아를 괴물로 잘못 보고 덤비다가 부상을
당한다.

셰익스피어가 만들어 낸 햄릿이란 인물은 '사느냐 죽느냐 그것이 문제로
다' 라는 유명한 대사가 상징하듯 과잉한 의식에 둘러싸여 쉽사리 행동을 못
하는 근대적 지식인의 원형과 같은 내성적인 성격인데 반해, 세르반테스가
만들어 낸 돈키호테는 생각하는 것이 과대망상적이며, 자신이 정의라고 생
각한 일에는 주저하지 않고 곧장 돌진하는 행동적인 성격이라고 할 수 있다.

이와 같은 투르게네프의 정의는 매우 명석한 판단이며, 이에 대해 왈가왈

부할 여지가 없는 것으로 보이겠지만, 그러나 그것을 기계적으로 적용하여 이 두 작품을 해석하는 일은 위험스런 일이다. 왜냐하면, 우수한 작품은 현실의 사회나 인간 군상들, 그리고 매우 다양한 표리(表裏)로 이루어져 있을 뿐만 아니라 모순된 요소까지를 포함하고 있어 단순한 공식만으로 접근할 수 없기 때문이다. 햄릿에 대한 현대적 해석은, 햄릿을 반드시 우유부단한 위축된 인간으로 파악하지 않고 행동적인 타입에서 햄릿을 재파악하려고 한다. 이와 같이 반대 입장에서 작품의 인물을 다시 파악하려는 시도는 앞서 설명한 모순된 요소가 그 인물 속에 있기 때문이다.

햄릿형과 돈키호테형이라는 성격 분류는 의식과 행동 사이에서 역사라는 복잡한 옷감을 짜 나아가는 인간 존재를 분석하는 데 매우 탁월한 시점을 제시한 것만은 부정할 수 없는 일이다.

집시

프랑스의 근대작가 메리메(Merimee, Prosper 1830~1870)의 대표작 〈카르멘〉의 주인공은 자유분방한 정열적인 집시 여자이다. 이와 대조적인 여성을 찾는다면, 체홉의 '귀여운 여인'을 들 수 있다. 한쪽은 억센 형이고 한쪽은 순종형인데, 이 상반된 두 타입은 남성에 있어서는 제각각 여성의 매력으로 다가온다.

그런데 이 '카르멘'이 소속되어 있는 집시 민족이란 유럽 전역에 흩어져 살고 있는 방랑민족이며, 그들에게는 정착지가 없다. 그들은 인도 계통의 피를 이었고, 살결은 까무잡잡하며 눈도 머리카락도 검으며, 치아가 유달리 아름답다. 인도 북서부가 발상지라고 하며, 6, 7세기경부터 차츰 서쪽으로 이동하여 서아시아를 거쳐 발칸 반도로 흘러들어갔으며, 현재는 유럽 각지와 북아프리카, 서아시아, 미국 등지에 널리 퍼져 있다.

집시라는 것은 영국인이 지은 명칭이다. 16세기 무렵 처음 영국에 그 모습을 드러낸 그들을 보고 사람들은 이집트인으로 생각했다. 집시(Gypsy=Gipsy)는 'Egyptian'이 와전된 것이라 한다. 그에 대한 증거로, 셰익스피어의 작품 〈한여름밤의 꿈〉에 다음의 구절이 있다.

광인과 연인과 시인은
상상력으로 그 머리 속이 꽉 차 있다.
넓은 지옥에도 다 들어 찰 수 없을 만큼
많은 귀신을 보는 것이 광인이다.
애인도 이와 못지 않게 머리가 돌고 있으며,
집시의 얼굴도 헬렌과 같이 아름답게 본다.

마지막 구절의 원문은 'Sees Helen's beauty in a brow of Egypt' 로 되어 있어 직역하면 '이집트인의 얼굴' 이지만, 사실은 집시의 얼굴을 의미한 것이다.

프랑스에서는 보헤미안이라고 불리우는데, 이것은 그들이 멀리 보헤미아 땅에서 온 것으로 생각했기 때문이다. 따라서 예술가적인 자유분방한 생활을 하는 그들을 떠돌이들의 습성인 도벽이 있다 하여 경원하는 눈빛으로 대하기도 하지만, 음악이나 무용에는 천성적으로 재능을 가지고 있으며 그 분야에서 세계 문화에 적지 않은 기여를 하고 있다. 집시음악, 또는 집시무용이라 하여 민족예술의 형식으로 알려져 있을 뿐 아니라, 그것들이 재래의 정통적인 예술에 가미된 것이 적지 않다. 예를 들면 바이올린의 명곡 '지고이네르바이젠' 은 집시계통의 명연주가 사라사테가 작곡한 곡이며, 리스트의 '헝가리 광시곡' , 브람스의 '헝가리 무곡' 등에는 집시 멜로디가 풍부하게 삽입되어 있다.

프랑스의 작곡가 비제의 유명한 가극 '카르멘' 은 집시 생활을 무대로 하고 있으며, 따라서 집시의 음악과 무용이 커다란 역할을 하고 있다. 이 가극은 메리메의 소설에서 소재를 얻은 것이다. 푸치니의 가극 '라 보엠' 은 자유분방한 무리를 말한 것이다.

정치나 권력이라는 기준으로 본다면 아무 보잘 것 없는 이 소수 민족이 예술 세계에 있어서는 만만치 않게 쓰이고 있으며, 독특한 무늬를 이룩해 온 것은 부정할 수 없다.

유령선

비교적 근대에 이르기까지 뱃사람들 간에는 곧이 들리던 이야기인데, 폭풍이 몰아치는 날 아프리카의 남쪽 끝 희망봉 부근을 항해하면 돛을 활짝 편 고풍스런 범선이 희미하게 나타나며, 어떤 때는 환영과 같은 그 배 안에 탄 이상한 선원으로부터 고국으로 보내는 소식을 부탁받는다고 한다.

이 유령선 전설은 옛날부터 유럽에 전해 내려오던 것이며, 어느 네덜란드의 배 한 척이 폭풍우 속에서도 무리한 항해를 하다가(혹은 선상에서 살인이 벌어져 신의 노염을 탔다고도 한다) 영원히 바다 위를 헤매는 운명을 짊어지게 된 것이라고 한다.

유령선인 그 배와 선장을 가리켜 '날아다니는 네덜란드인(Flying Dutchman)'이라고 한다. 미국의 작가 에드가 포도 유령선을 모티브로 하여 〈병 속의 수기〉를 써 냈다. 또 독일의 대작곡가 바그너에게도 이 전설을 소재로 한 '방황하는 네덜란드인(Der fliegende Hollander)'이 있다.

유럽에 '방황하는 유태인(Wandering Jew)'이라는 전설도 있다. 아마도 이것이 '날아 다니는 네덜란드인' 전설의 원형이었던 것 같다. 이 전설의 유래는, 예수가 십자가를 짊어지고 형장으로 가던 도중 너무도 지쳐서 어떤 구두가게 앞에서 잠시 쉬어가려고 하자, 구두가게 주인은 무자비하게 예수를 몰아냈다. 예수는 구두방 주인에게 말했다.

"좋구 말구. 나는 당장 떠나겠다. 그러나 너는 내가 돌아올 때까지 방황하지 않으면 안 될 것이다."

그리하여 구두방 주인은 예수가 부활하여 다시 돌아올 때까지 나라 없고 집없는 유랑생활을 하게 되었다고 한다. 현실의 유태민족이 조국을 쫓겨나서 세계 각지를 전전하며 흩어져 살고 있는 데서 생긴 이야기인 듯하다.

은수저와 나무수저

영어에 '은수저를 입에 물고 태어났다'고 하면 그것은 '부귀한 집안에 태어 났다' 혹은 '재수 좋은 집에서 태어났다'는 의미가 된다. 은수저라면 값진 것 이며, 사치품이다. 이것은 동양에서 '비단을 감고 태어났다'는 말과 같은 것 이다.

기독교에서는 아이들이 태어나면 영세를 받는다. 이날 영세에 입회하여 어린아이에게 이름을 지어 주고, 또 부모를 대신해서 종교 교육을 인도해 주 는 것이 대부, 대모이다. 사내아이들에게는 대부, 계집아이들에게는 대모가 서며, 대부와 대모는 영세 때 부잣집 아이들에게는 은수저를 선물하는 것이 관례였다.

'은수저'의 이야기는 여기서 나온 것이며, 반대로 '나무수저(wooden spoon)를 물고 태어났다'라는 말은 가난한 집에서 태어난 것을 의미한다. 이 것은 동양도 마찬가지인데, 수저는 물론 식기에 이르기까지 귀족계급에서 는 은을 사용했고, 빈천한 서민계급에서는 목기와 목수저를 사용하여 동서 양 모두에서 은과 나무는 부귀 빈천을 가리는 표징이 되었던 것이다.

허니문

'허니문' 의 정의를 사뮤엘 존슨은 다음과 같이·내렸다.

'상냥함과 즐거움과 그 밖에는 아무것도 없는 결혼 직후의 한달!'

허니문은 인생이 장미에 덮인 한 순간으로, 그것은 대체로 한달 이상은 계속되지 않는 모양이다. 그러는 사이에 '올바른 결혼의 토대는 상호간의 오해(이해가 아니다)에 있다' 고 한 오스카 와일드의 역설의 의미를 알게 되면서 허니문 밀월은 막을 내린다. 그리고 그 다음의 부부의 길은 보물섬의 작가 스티븐슨의 말을 빌리자면,

"마음 따뜻하게 거닐 수 있는 고운 잔디와 오솔길은 간 데 없어지고, 길고도 곧장 뻗은 먼지에 덮인 큰 길이 묘지까지 뻗어 있다."

는 것이다.

밀월이란 뜻은, 말 그대로 꿀과 같은 달콤한 달(月)이라고 보통 해석되고 있다. 영어 'moon' 은 천체상의 달을 의미하지만, 여기서는 한문의 달(月)과 같은 한 달이란 한정된 시간을 의미하고 있다. 즉 'honeymonth' 의 뜻으로 사용된 것이다.

이 말의 어원을 살펴보면, 두 가지 설이 있다. 하나는, 스칸디나비아의 신혼부부가 한달 동안 꿀로 만든 술을 마시는 습관이 있었다는 것, 또 하나는 옥스포드 사전의 설명인데, '문(moon)은 천체의 달을 의미하며, 부부의 애정도 차츰 깎여서 작아지는 달에 비유한 것으로, 달콤한 꿀맛도 한때' 라는 것이다.

비장(脾臟)을 떼어낸 것처럼 뛴다

우리가 급히 뛰자면 가끔 옆구리가 결려서 뛰지 못하는 때가 있다. 그것은 비장이 급격한 운동을 하면 부어올라 통증을 일으키기 때문이다. 비장은 위 부근에 달린 공 모양의 창자의 일부인데, 뛸 때 허리띠를 단단히 졸라매면 비장이 꼼짝 못하게 하는 효과가 있다고 한다.

옛사람들은 이런 이치를 벌써 알고 있었으며, 당시의 풍습에 뛰는 것을 직업으로 하는 사람은 비장을 떼어 냈다는 기록이 남아 있다. 그러나 그 방법에 대해서는 써 있지 않다.

그 옛날 프랑스에서도 무지한 민중은 비장을 뽑아 내면 몸이 가볍고 민첩하게 되며, 건강에도 좋다고 생각하고 있었다. 그리고 사냥개에게 이 수술을 하여, 옛 전설이 그야말로 전설만이 아님을 증명했다.

그뿐 아니라, 17세기에 이르자 인간의 비장을 뽑아내면 우울증이 낫는다고 주장하는 외과의사들이 나타나기도 했다. 그들은 '비장을 뽑는다'는 말까지 만들어 냈다.

의학사전에 의하면 비장은,

"내부는 해면과 같이 되어 있고, 임파선과 같은 구조이다. 주로 백혈구를 만들어 내고 노폐한 적혈구를 파괴하며, 그 밖의 기능을 갖는다."
라고 했다.

혈액 중의 백혈구와 적혈구의 안배를 조정하는 매우 중요한 기능을 맡고 있는 비장을 뽑아 낸다는 것은 당치 않은 소리지만, 잘 뛰는 사람을 평할 때 '비장을 떼어 버린 것 같이 뛴다'는 말이 있다.

메이플라워호

1620년, 영국의 필그림들 102명이 180톤의 범선 메이플라워호를 타고 대서양을 건너 신대륙인 아메리카로 이주했다. 필그림은 원래 16세기 영국에 생겼던 신교의 일파인데, 죄악으로 물든 세상을 개종시키기보다는 그러한 세상과 분리되어 청순한 신앙생활을 모토로 한, 이상주의적 성격을 띠고 있었다.

16세기 후반 엘리자베스 여왕이 즉위하자, 신구가 대립하고 있던 종교를 통일하고자 영국교회를 세우고 신교도에 대한 압박이 심해졌다. 그리하여 이들 신교도들은 종교 탄압을 피해 네덜란드로 망명할 결심을 했다. 당시 네덜란드는 신교의 일파인 캘빈파의 지배하에 있었다. 1608년, 남녀 어른 아이 합쳐 필그림 102명이 영국을 떠나 암스테르담으로 건너갔다. 그러나 같은 신교도이긴 하지만 네덜란드에서 그들은 과히 환영을 못 받았고, 이주의 생활 또한 궁핍하고 곤란하여 드디어 그들은 신대륙 아메리카로의 이주를 결심했다.

1620년 8월, 일행은 이주 허가와 신교 자유의 묵인을 약속받고 처음에는 라이덴에서 스피드웰호라는 배로 떠났다.

그들의 항해는 본국 정부에서 묵인한 것이니 만큼, 수십 명의 런던 사람이 메이플라워호로 같이 가게 되어 있었다. 두 배는 잉글랜드 남쪽 항구 서전푸톤에서 만나 8월 14일 모국을 떠났다. 그런데 가는 도중에 메이플라워호로 옮겨 탔다. 이리하여 스피드웰호는 인연이 닿지 않아 이 역사적인 장도에 참가하지 못했던 것이다.

메이플라워호는 다섯달만인 12월 11일에 신대륙에 당도했는데, 폭풍우와 조류에 휩쓸려 당초의 목적지였던 버지니아보다는 훨씬 북쪽인 메사추세

츠의 플리마우스에 상륙하지 않으면 안 되었다.

상륙 직후의 그들의 생활은 험악한 자연적 여건과 야만스런 원주민들의 적개심으로 말할 수 없이 고생스러웠다. 이들보다 먼저 영국인으로 신대륙에 건너온 이들도 있었지만, 그들의 대부분은 상류계급의 인사들이었고, 또는 유명한 월터 롤리처럼 모험적 흥미에서 온 것이었다.

그러나 이들 메이플라워호를 타고 온 일행은 신앙의 자유를 찾아 하느님의 나라를 세우겠다는 높은 이상을 가지고 이주했던 것이었다. 그들은 먹고 살기 위해서 우선 육체적 노동을 하면서 교회를 짓고 학교를 설립하는 등 이상의 실현을 위해 힘썼다. 이와 같이 작으나마 신대륙에 뿌려진 한 알의 씨앗은 미국이라는 풍성한 장래의 열매를 위한 토대가 되었다.

그들이 정착한 북동부 아메리카는 그 전통을 이어받은 청교도적 이상주의 문화를 키워왔으며, 남부의 현실주의적 물질문화와 날카로운 대립을 보였다. 이 대립이 노예제도의 시비를 둘러싸고 격화되어 충돌을 빚은 것이 남북전쟁인데, 문제는 그것으로 완전히 해결된 것은 아니었다. 현대의 미국사회는 아직도 이 이질적인 두 요소가 같이 나란히 뒤엉키며 한 통 속에 있다고 보아야 할 것이다.

뉴턴의 사과

1642년 이탈리아의 과학자 갈릴레이가 죽었다. 같은 해에 영국의 울소프라는 조그마한 촌락에서 뉴턴이 태어났다. 소년 뉴턴은 마치 그 손에 톱과 대패를 들고 이 세상에 나온 것처럼 손재주가 있었고, 상상력도 풍부했다.

어떤 이들은 뉴턴을 시계점 점원으로 보내라고 하기도 했다. 그 당시 시계를 만들거나 고치는 직공은 손재주 있는 사람이 하는 것으로 알았다. 어떤 사람은 뉴턴을 가구 만드는 목수감이라고 생각했다. 사실, 그는 매일 해시계와 물시계를 만들었으며, 그것이 지금도 울소프에 남아 있다. 1661년에 케임브리지대학에 들어갔는데, 전염병이 만연하여 한때 대학이 휴교를 하여 시골로 돌아왔다.

그의 유명한 3대 발명, 즉 만유인력의 법칙, 미분적분법, 광선의 분석은 바로 이때 착상을 얻은 것이라 한다. 뉴턴은 평생 독신으로 지냈는데, 그는 언행에도 남달리 기발한 데가 많았다. 도대체 사과가 나무에서 떨어지는 것을 보고 '만유인력'을 연상한다는 것이 보통 일인가. 여간 비약적인 상상력이 아니면 어림도 없는 착상이었다. 달걀을 찌려고 더운 물 속에 시계를 삶은 이야기는 너무도 유명하거니와, 그런 이야기들을 보더라도 뉴턴이 얼마나 한 가지 일에 열중하는 성격인지 잘 알 수 있다.

그의 애견(愛犬)에 대한 일화도 재미있다. 개의 이름은 다이아몬드였다. 다이아몬드는 뉴턴의 서재에 마음대로 드나들고 있었는데, 뉴턴은 별로 신경을 쓰지 않고 있었다. 어느 날 중요한 문제를 해결하기 위한 방정식이 잔뜩 적혀 있는 종이를 테이블 위에 두었는데, 다이아몬드가 그 위에 기어 올라와서 잉크병을 뒤집어 엎었다. 아무리 귀여워하던 개지만, 이때만은 아연실색하지 않을 수 없었다. 그러나 그는 애견을 벌 주지는 않았다.

"아하, 다이아몬드야, 너는 네가 무슨 일을 저질러 놓았는지 모르겠지?"
라고 말할 뿐이었다.

"나는 해변가에서 장난치며 놀면서 조그만 돌과 조개껍질을 줍고 좋아하
는 아이들과 같았다. 진리의 대해(大海)가 눈앞에 놓여있는 것을 보면
서……."

이것은 뉴턴의 회상인데, 그가 자신을 아이에 비유한 것은 결코 우연한 일
이 아니다. 어린아이와 같이 솔직하고 편견없는 눈을 가졌던 까닭으로, 진리
로 향한 길을 발견한 것이 아니겠는가.

나는 생각한다. 그러므로 존재한다

'나는 생각한다. 그러므로 존재한다'는 17세기 프랑스의 철학자 데카르트 (1596~1650)의 명저서인 〈방법서설〉 제4부 1절에 나오는 말이다.

데카르트는 중세기부터 내려오는 전통적인 철학이었던 스콜라의 관념적인 사고 방식에 만족할 수가 없었고, 새로 눈뜨게 된 주아적의식(主我的意識), 즉 근대적 자아를 기점으로 하여 철학을 다시 만들어 보려고 했다.

〈방법서설〉 첫머리에서 그는 '양식(良識)은 이 세상에서 가장 공평하게 배분되어 있는 것이다'라고 말했는데, 여기서 말하는 '양식'이란 '이성'을 의미하고 있으며, '올바르게 판단하고 사물의 진실과 거짓을 가려내는 힘'이다. 이와 같은 '이성'을 올바르게 이끌어 가야 한다는 것이 그의 주장이며, 한편으로는 '모든 과학 분야에 있어서 진리를 탐구해 내는 방법'으로 이미 존재하는 관념을 그대로 받아들이지 않고 일단 의심과 재검토의 도마 위에 올려 놓았다. 그는 자기의 감각조차도 의심하며 믿지 않으려 했다.

이와 같이 회의(懷疑)하다가 그가 도달한 종착역에서 발견한 것이 바로 '나는 생각한다. 그러므로 존재한다'라는 사상이었다. 즉, 이것만은 진리를 향한 확실한 자세라는 것이다. 일체 모든 것을 부정해도, 그 부정하는 작용을 하는 자아(自我)만은 아직도 남아 있다. 따라서 '생각하는 자아'만이 철학의 기반이 된다는 것이다.

데카르트는 이 진리에서 출발하여 물질과 정신 관계에 있어서 정신의 우월성을 주장한 이원론을 내세웠다. 이리하여 데카르트는 근대적 관념론의 선구가 된 동시에, 그의 수학적·유물적 방법론은 근대 과학 발전에 커다란 암시를 주었다.

인간은 생각하는 갈대

'인간은 생각하는 갈대'는 17세기의 철학자 파스칼(1623~1662)의 〈명상록〉속의 한 구절이다. 이 구절에 앞서 '무한한 공간의 영원한 침묵이 나를 두렵게 한다'라는 말이 있다. 파스칼은 우주의 무한한 영원과 비정한 침묵을 두려워했으며, 자신의 존재가 너무도 작은 것과 그 고독에 전율을 느꼈으며, 그와 같은 위대한 자연에 대해서,

"인간은 한 오라기의 갈대에 지나지 않는다. 자연 속에서 가장 약한 것이다. 그러나 인간은 생각하는 갈대다. 인간을 눌러 없애 버리려면 우주 전체가 무장할 필요는 없다. 한 줄기 연기, 한 방울의 물로써도 충분히 인간을 죽일 수 있다. 그러나 인간은 자기를 죽이는 자보다는 숭고하다. 왜냐하면 인간은 자기가 죽는 것을, 그리고 우주가 자기보다 위대하다는 것을 알고 있기 때문이다. 하지만 우주는 그러한 것에 대해서 아무것도 모르고 있다……."
라고 말하고 있다.

"…우리들의 모든 품위는 따라서 사고(思考) 속에만 존재한다. 그러므로 올바르게 생각하도록 노력하자. 이것만이 도덕의 원칙이다."

파스칼은 또 다른 곳에서 '사고는 인간의 위대한 보람이다'라고도 말했으며, 사고에 의한 인간성의 근본적 자각이 인간의 불안정성을 깨닫게 하고, 그것이 바야흐로 하느님 앞에 이르는 길이라고 가르치고 있다.

클레오파트라의 코가 조금만 작았더라면 세계의 역사는 변했을 것이다

'클레오파트라의 코가 조금만 작았더라면 세계의 역사는 변했을 것이다' 라는 말은 파스칼의 〈명상록〉 속에 있다. 파스칼같이 멋없고 딱딱한 사람이 이런 말을 했다는 것은 좀 의외의 느낌이 없지 않다.

이 말의 유래를 보면 다음과 같다.

"인간의 허무함을 충분히 알고자 한다면, 연애의 원인과 결과를 내다보면 된다. 연애의 원인은 '무엇인가 알 수 없는 것' 이며, 그리고 그 결과는 두려운 것이 되어 버린다. 이 '무엇인가 알 수 없는 것' 은 그것을 찾아 낼 수도 없을 만큼 희미한 것이지만, 전 지구를, 황제들을, 군대를, 전 세계를 뒤흔들어 놓는다."

이 말 뒤에 '클레오파트라의 코가……' 라는 멋진 말이 나온다. 클레오파트라가 과히 미녀가 아니었더라면 하는 의미인데, 역사는 좀더 다른 방향으로 흘렀을지 모른다는 것은 역사라는 것이 극히 작은 마디에서 크게 변천하는 것을 의미하고 있다.

클레오파트라는 이집트 최후의 여왕으로서 정략적으로 로마의 카이사르와 안토니우스를 유혹하여 화려한 연애를 하여 나라를 보전했던 것이다. 그런데 계보상으로 본다면 클레오파트라는 이집트 여인이 아니라 그리스의 귀족 프틀레마이오스 집안에서 나왔으며, 그 가문은 대대로 이집트 왕위에 올랐었다. 클레오파트라는 이집트산이 아닌 그리스산의 높은 코를 가지고 있었을 것이다.

가장 강한 자의 말이 가장 옳다

'가장 강한 자의 말이 가장 옳다'는 것은 17세기 프랑스의 우화시인 라 퐁텐 (1621~1695)의 유명한 〈우화집〉 중의 '늑대와 어린 양'이란 이야기 속에 나오는 말이다.

라 퐁텐이 살고 있던 당시는 그 위세가 하늘이라도 찌를 듯한 전성시대를 이루던 루이 14세의 치하였으며, 루이 14세는 태양왕이라는 호칭을 받고 있었다. 태양왕의 위세를 빌린 귀족과 승려들의 횡포는 이루 말할 수 없었고, 민중은 그 압제하에 허덕이며 살았다. 라 퐁텐의 우화시에는 도처에서 학대받는 민중의 원성이 깔려 있다. 즉, 그는 봉건시대 지배자의 압정을 우화를 빌려 날카롭게 풍자하고 있는 것이다.

'늑대와 어린 양'의 줄거리는 이러하다. 어린 양이 냇가에서 물을 마시고 있을 때, 늑대가 나타나서 '내가 마실 물을 더럽히는 무례한 놈'이라고 야단을 친다. 어린 양은 여러 가지로 변명을 하던 끝에, 스무 발자국 밑으로 내려가서 물을 마시겠다고 말했지만 늑대는 듣지 않았다. 늑대는 다시 그 어린 양에게 트집잡기를,

"작년에 내 욕을 한 것은 너지?"

라고 말했다.

"작년에 아직 나는 태어나지도 않았어요."

어린 양은 대답했다.

"그럼, 너의 형이나 어미나 아무튼 너의 집 식구들 중의 한 놈이 했을 것이다."

하고, 늑대는 눈을 부릅뜨고 쏘아 보았다.

드디어 늑대는 무서워 벌벌 떨고 있는 어린 양을 끌고 숲속으로 들어가 잡

아먹는다.

어린 양이 정당한가, 늑대가 정당한가? 그 시비를 가릴 여지도 없이 강한 늑대의 손에서 일방적으로 시비가 가려져 어린 양은 희생이 되고 말았으니, '가장 강한 자의 말이 항상 가장 옳다'는 것이 되는 것이다.

고양이 목에 방울달기

'고양이 목에 방울달기' 역시 라 퐁텐의 〈우화집〉 속에 나오는 '쥐들의 회의' 라는 이야기 속에 나오는 구절이다.

고양이 로테랄쥬스가 많은 쥐를 잡아죽이는 바람에 견디다 못한 쥐들은 그 대책을 강구하기 위해서 회의를 열었다. 여러 가지 묘안들이 나왔는데, 결국은 장로격인 쥐의 의견이 채택되었다. 장로 쥐의 의견은 고양이 목에 방울을 달아 놓자는 것이었다. 고양이가 나타날 때는 방울소리가 날 것이니, 방울소리를 듣고 피하자는 것이다. 모든 쥐는 일단 그 의견에 찬성을 했으나, 다음 문제가 걱정이었다. 그럼 누가 고양이 목에 방울을 다느냐 하는 것이다. 아무도 선뜻 나서는 자가 없었다.

"난 못해, 그러다가 잡혀 먹히게."

쥐 한 마리가 이렇게 말하며 그 자리를 떠났다.

"나도 바보같이 그런 짓은 안해."

하며 또 한 마리가 자취를 감췄다.

결국 모두 회의장을 떠나 버렸다.

의견은 좋았지만, 실행할 수 없는 위험한 일에 대해 '고양이 목에 방울' 이라는 말을 쓴다.

빛나는 것이 모두 금은 아니다

'빛나는 것이 모두 금은 아니다'라는 말은 라 퐁텐의 〈우화집〉 중의 '사슴과 물거울'이라는 우화 속에 나오는 말이다.

옛날에 사슴 한 마리가 샘물에 자기의 모습을 비춰 보며 훌륭한 뿔을 탐스럽게 바라보다가 낚시대같이 가느다란 두 다리가 눈에 들어오자 실망하고 말았다. 그때, 별안간 사슴을 노리는 커다란 사냥개가 나타나서 덤벼들었다. 사슴은 숲속으로 급히 달아났다. 밉게 생각하던 가는 두 다리는 사슴의 목숨을 구하려고 곧잘 뛰는데, 머리 위의 아름답지만 묵직한 뿔이 자꾸 나뭇가지에 걸려 부딪치면서 뛰는 데 방해가 되었다. 고맙고 자랑스럽던 그 뿔이 이제는 거추장스럽고 방해가 되었다. 이때, 사슴은 자기의 생각이 틀렸다는 것을 깨닫고, 그 후에는 그 보기 싫은 두 다리를 소중히 생각했다.

"아름다운 것에 눈이 팔리고 이로운 것에는 눈을 가리는 것이 세상 인심인데, 그 아름다운 것이 가끔 우리의 원수가 된다."

사슴은 이런 생각을 한다. 즉, 빛나는 것이 반드시 황금이 아니라는 것이다.

태양왕 루이 14세의 왕비는 천하에 그 미색과 권위를 자랑했다. 그녀는 여성 중의 여성이었으나 그녀가 친구에게 보낸 편지에 권세의 자리에 앉은 자가 남의 눈에 호화찬란한 생활을 하면서 얼마나 비애와 우울과 공허감에 사로잡혀 있는가를 간절한 글귀로 호소한 일절이 있다.

불 속의 밤을 줍는다

'불 속의 밤을 줍는다' 는 '원숭이와 고양이' 라는 라 퐁텐의 우화 속에 나오는 말이다.

원숭이와 고양이가 어느 주인 밑에서 같이 지내는데, 그들은 제멋대로 굴었다. 원숭이는 무엇이든 훔치려고 했고, 고양이는 쥐 잡는 것보다 치즈를 노렸다.

어느 날 이들은 화롯가에서 밤이 구어지는 것을 바라보고 있었다. 먹고 싶어 죽겠는데, 불속의 밤을 어찌 꺼낼 것인가. 응큼한 원숭이는 고양이를 치켜 올리며 말했다.

"오늘이야말로 너의 솜씨를 보일 때가 왔다. 너 같으면 밤을 꺼낼 수 있을 거다. 만약 하느님이 나에게도 그런 솜씨를 주었다면, 하나도 남기지 않고 다 꺼내서 먹었을 텐데……."

이 말을 들은 고양이는 우쭐해져서 뜨거운 재를 조심조심 헤치며 겨우 밤을 한 톨 끄집어 냈다. 그 밤은 옆에 있던 원숭이가 홀랑 먹어 버렸다.

다시 애를 써서 또 한 개를 꺼냈는데, 그것도 약삭빠른 원숭이의 입 속으로 들어가고, 세개째도 역시 그랬다. 화가 난 고양이는 원숭이와 옥신각신 다투게 되었는데, 그 사이에 식모 아줌마가 나타났다. 둘은 싸우다 말고 도망쳤다.

이 이야기는 치켜올리는 바람에 위험한 짓을 하여, 그 결과의 이익은 송두리째 남에게 빼앗기고 마는 어리숙하고 고지식한 사람을 빗댄 이야기인데, 우화의 마지막에,

"대개 나라의 군주 또한 마찬가지로, 이런 역할을 혼자 맡아가지고는 이익은 다른 왕에게 빼앗기고 골탕을 먹는다."

라고 한 것을 보면, 당시 국가간의 각축을 풍자한 것인 듯 싶다.

테두리 없는 초록색 모자

사업에 실패했거나 혹은 사고로 인해 파산을 하여, 그의 재산을 채권자에게 털어 놓게 된 사나이는 파산자라는 표지로 초록색의 테두리 없는 모자를 써야 했다. 이것은 두 가지 의미가 있다. 채무자를 공공연히 모욕하는 한편, 채무자가 그의 재산을 다른 데로 빼돌리는 것을 방지하기 위한 것이었다. 또 반면, 채무자의 이익도 고려한 것이니, 즉 초록색은 자유의 뜻이며, 초록색 모자는 동시에 파산자가 이젠 채무에서 해방된 것을 의미하는 것이다.

이 두 경우를 소재로 한 이야기 중에 하나는 라 퐁텐의 우화 '박쥐와 넝쿨과 오리' 속에 다음과 같은 말이 있다.

"…그리하여 그들은 신용도 돈도 없어지고, 결국 초록색 모자를 쓰게 된 꼴이니 아무도 그들에게 주머니 끈을 풀지 않았다."

또 하나는 〈이솝 이야기〉.

"나는 만약 나의 몸을 지키기 위해 초록색 모자의 고마운 도움을 얻지 못했더라면 민사재판에 걸려 벗어날 수 없는 헛된 몸부림을 쳤을 것이었다."

이 '초록색 모자'의 규칙은 이탈리아에서 수입되어 1580년의 파리 최고재판소의 선고에 나타나고 있었다고 한다. 18세기 말에는 이 풍습이 없어졌으니, 16세기 말부터 약 2백 년간 지속된 것임을 알 수 있는데, 그 후에도 이 말만은 관용어로서 초록색 모자는 파산자를 가리키게 되었다.

초록색 테두리 없는 모자에 대해서, 붉은 테두리 없는 모자도 있다. 그리스 로마에서는 노예를 해방시킬 때 이 모자를 씌웠고, 전쟁포로도 자유의 몸이 되면 전승장군의 개선을 축하하며 이 모자를 썼다. 그리하여 붉은 테두리 없는 모자는 자유의 표지가 되어, 브루투스는 카이사르를 넘어뜨린 후 화폐에 가위표로 겹친 칼 사이에 이 모자를 새기도록 했다. 또 폭군 네로황제가 죽은 뒤 서민들은 이 모자를 썼었다. 이 모자는 나중에 네덜란드와 미국의 혁명 때도 쓰여졌다.

프랑스에는 1789년에 파리 거리에 이 모자가 나타났고, 1791년에는 자코뱅당이 정식으로 이 모자를 쓰도록 유행시켰다. 단두대에서 목이 잘린 루이 16세도 이것을 쓰도록 강요당했다.

1792년 여름, 혁명당은 이 모자를 당원의 모자로 제정하여 이 모자는 파리 시중에 범람하게 되었는데, 1794년 혁명당의 한쪽 수령이던 로베스피에르가 실각하자 차츰 이 모자도 그 자취를 감추었다.

오줌 누는 아이

벨기에의 수도 브뤼셀의 중심에 있는 그란푸라스 광장에서 조금 가면 4, 5세 가량의 귀여운 사내아이의 브론즈 상이 세워져 있다. 어린아이는 태어났을 때의 모습 그대로이며, '극히 자연스럽게' 액체를 방출하고 있다. 이것이 그 천진스런 포즈로 인해 세계의 모든 사람에게 친근감을 주고 있는 '오줌 누는 아이'의 원형이다.

이 조각이 17세기 전반에 벨기에에서 제작된 것은 분명한데, 무슨 까닭으로 그런 조각이 주문되었으며, 더더욱 시가지 중심에 세워졌는지는 확실치 않다. 어쨌든 16세기 후반에서 17세기에 걸쳐 벨기에를 포함한 네덜란드 일대가 당시의 강대국인 스페인의 지배하에 있던 무렵의 에피소드에서 생긴 것은 틀림없는 것 같다.

일설에 따르면, 이 소년은 현재 동상이 서 있는 부근의 어느 건물에 부모와 함께 살고 있었는데, 어느 날 계단 위에서 동상의 모양과 같은 포즈를 취했다. 소년에게서 방출된 소변은 때마침 그 아래 서 있던 스페인 병사 머리 위에 떨어졌다. 억압자에 대한 반항심이 팽팽해 있던 시대이니만큼 동심의 아무 뜻없는 동작도 하나의 민족적 감정을 대표하는 영웅적 행위로 받아들여져, 그것을 기념하기 위해 동상이 세워진 것이라고 한다.

좀더 극적인 전설도 있다. 이에 따르면, 스페인군의 공격으로 시가에 불이 붙었을 때 어린 아이 하나가 양군이 대치하고 있는 복판으로 아장아장 걸어가더니 타오르는 불길을 향해 오줌을 누었다고 한다.

이 두 이야기는 다 저항운동의 역사적 기념비로서 동상을 해석하고 있는 것인데, 그것과는 관계없는 이야기도 있다.

어느 시회의원의 어린아이가 미아가 되었다. 아이의 아버지는 팔방으로 돌아다니며 찾는 한편, 어린아이를 찾는다면 그 찾는 순간의 모습을 동상으로 만들어 시에 기부하겠다고 약속했다. 어린아이는 무사히 발견되었는데, 발견되던 당시의 포즈가 그러했다고 한다.

이 동상은 또한 후일담도 적지 않다. 18세기 중엽, 오스트리아 여왕 마리아 데레사의 즉위와 이에 대한 프로이센의 프리드리히 대왕의 간섭이 도화선이 되어 일어난, 소위 오스트리아 왕위 계승전쟁은 유럽 전역으로 파급되어 각국이 뒤엉켜 싸우게 되었다. 영국과 네덜란드 간에도 포격전이 벌어졌는데, 그 중에서도 가장 치열한 충돌은 벨기에에서 일어났다. 이 싸움에서 영국은 네덜란드군을 격파하고 그 지방 일대를 약탈 유린하였는데, 이때 '오줌 누는 소년상' 도 그 화를 입어 영국군이 약탈을 해갔다.

동상이 물 건너 영국 본국에 가는 길에 이번에는 프랑스군과 충돌이 생겼는데, 이 싸움에서 프랑스군이 승리하여 동상은 프랑스군의 수중으로 옮겨졌다. 프랑스군은 그 동상을 본국으로 가져 갔는데, 그들은 문화를 알았다. 루이 15세는 브뤼셀의 역사적 미술품이 부당하게 약탈된 것을 알자 이를 유감으로 생각하여 다시 돌려 보냈다. 이때 사죄의 뜻과 함께 호화롭게 수놓은 의상까지 한 벌 같이 보냈다. 이 우아한 인사가 하나의 좋은 관례를 만들어, 이 동상은 때때로 각국에서 보내는 의상을 선물로 받았다. 그 컬렉션만 하더라도 매우 흥미롭다고 한다.

이보다 더 흥미로운 것은 제1차대전 말기에 생긴 일이다.

벨기에는 전쟁 중 줄곧 독일군의 점령하에 있었다. 연합군이 제2차 전선을 전개하여 일대 반격전을 벌이자, 드디어 브뤼셀도 해방이 되었다. 독일군을 몰아 낸 미국군은 자유 브뤼셀을 기념하기 위해 조그만 수병복을 동상에게 선물하기도 했다.

이리하여 이 조그만 동상이 역사의 흐름 속에서 시민의 독립과 자유를 상징하는 것으로 나타나고 있는 것은 재미있는 일이다. 일찍이 예수가 말한 것처럼 어린아이에게는 하느님의 특별한 은총이 깃들어 있는 것 같다.

화필(畵筆)을 들고 시작해 보시오

네덜란드의 대화가 램브란트(1606～1669)는 어떻게 그리면 좋겠느냐는 질문에 대해서,

"화필을 손에 들고 시작해 보시오."

라고 대답했다고 한다.

어떻게 할 것인가, 생각만 하고 있을 것이 아니라 실행하라는 것이었다.

행동을 개시하는 동안에 어떻게 할 것인가 하는 방법도 발견하게 된다. 램브란트는 이 말에서 알 수 있듯이 손을 잡아 주듯이 가르치는 사람이 아니라 스스로 생각하게 하고, 자기 자신이 궁리해 내도록 하는 지도 방법을 썼던 모양이다. 따라서 가르치는 방법도 엄했다.

램브란트의 감독하에 암스테르담의 파크하우스에서 여러 제자들이 일을 했다. 제자들간에는 자유분방한 보헤미안 기질이 있었다. 이것은 젊은 예술 가들 사이에는 흔히 있는 일인데, 하루는 한 제자가 여자 모델이 필요해서 한 처녀를 모델로 고용하여 자기 방으로 데리고 들어갔다. 다른 제자들은 호기 심에서 방문 틈에 눈을 대고 서로 번갈아가며 나체의 소녀를 들여다 보았다. 이때 램브란트도 그 자리에 나타나서 틈 새로 방 안을 들여다 보았다. 잠시 후에 방 안에서는,

"이제 우리는 에덴 낙원의 아담과 이브가 되었다."

라는 말이 들려왔다. 화실 안의 제자도 나체가 되었던 것이다.

그러자 램브란트는 문을 두들기며 큰 소리로 외쳤다.

"그러나 너희들은 벌거벗었으니, 낙원에서 나오지 않으면 안 된다."

결국 그들은 벌거벗은 채 옷도 못 입고 화실에서 쫓겨나고 말았다. 이들은 벌거벗은 채 밖에 나갈 수도 없고, 계단 중턱에서 겨우 몸을 가렸다고 한다.

짐이 국가이니라

백년전쟁(1339~1453) 이래 프랑스에서는 중앙집권의 경향이 갑자기 강화되었는데, 16세기 말에 부르봉왕조가 성립되고 18세기 중간에 루이 14세가 왕위에 오르자, 국왕의 절대적 전제권력은 그 절정에 달했다. 귀족들의 왕권에 대한 저항 세력도 있었으나, 재상 마자랑은 일부 귀족의 반항으로 나타난 프롱드의 반란을 누르고 왕권을 반석 위에 올려 놓았다.

한편, 대외적으로는 독일의 집안 싸움인 30년전쟁에 교묘히 간섭하여 유럽의 지도권을 장악했다. 또 재무장관 콜벨은 중상주의정책을 써서 국고 수입을 많이 올렸다. 이리하여 프랑스는 유럽에서 으뜸 가는 강국이 되었고, 국왕 루이 14세의 위세는 천하를 눌렀다.

루이 14세 자신도 자기의 권위를 충분히 의식하고 아마도 인간에게 허락되는 최고의 전제권을 발휘했다. 국사를 처리할 때, 왕의 전단(專斷)을 간하는 신하가 있었다.

"아무리 군주라 할지라도 나라의 이름으로 하는 일은 대신들의 동의를 얻어야 하며, 전단은 아니됩니다."

이런 의미의 말을 하자, 루이 14는 대답했다.

"나라라구? 그것은 과인을 말함이로다."

또 무슨 일이 선뜻 진행되지 않고 약간 지체된 적이 있었을 때 루이 14세는 다음과 같이 말했다고 한다.

"과인은 하마터면 기다릴 뻔했다."

이와 같은 강력한 절대군주제라는 것은 중세 이래의 귀족계급과 르네상스 이후에 생긴 신흥 시민계급의 균형 가운데에 유지되는 것이었다. 그리고 그들에 대한 지배를 정당화하고, 그들을 납득시키기 위한 이론적 무기로서 제왕신권설(帝王神權說)이라는 것이 만들어졌고, 이 이론은 루이 14 때에 완성되었다. 그 대표적 이론가인 자크 보쉬에의 저서〈성서의 말씀에 입각한 정치학〉에 다음과 같이 쓰여 있다.

"우리가 이미 본 바와 같이 모든 권력은 하느님께서 주신 것이다. 성 바우로는 말했다. '통치자는 너를 이롭게 하기 위한 하느님의 사자이다. 그러나 악을 저지르면 두려워하라. 그는 헛되이 검을 차고 있지 않다. 하느님의 사자로서 악을 저지른 자를 노여움으로 보복할 것이다'라고."

이와 같이 통치자는 지상에 있어서 하느님의 사자이며 하느님의 대리인으로서 행동한다. 하느님은 통치자를 통해서 지상을 지배한다. 따라서 옥좌는 일개 인간의 옥좌가 아니라 하느님 자신의 옥좌인 것이다.

"하느님은 무한이며, 전부이다. 군주는 군주로서의 일개인으로 볼 수 없다. 군주는 하나의 공적 인격이다. 전 국가는 그의 수중에 있으며, 전 인민의 의사는 그의 의사 속에 포함된다. 모든 온전한 것과 모든 권력이 하느님 곁에 집중되어 있듯이 각 개인의 모든 힘은 왕의 인격 속에 집중된다. 일개 인간이 이처럼 많은 것을 나타낸다는 것은 얼마나 위대한 일이던가? 그는 천상의 높은 옥좌에서 전 우주를 다스리는 하느님의 영상이다."

이와 같이 신격화 된 루이 14세의 긍지와 교만은 끝이 없었다. 그는 나라 살림이 부강하다하여 이롭지 못하고 명분도 없는 싸움에 자주 군대를 보냈으며, 이 때문에 국고가 낭비되고, 그 부담은 자연 국민들에게로 전가되었다. 또 만년에 이르러서는 신교도의 보호가 보장되어 있던 랑트 법령을 없애버렸기 때문에 신교도이던 많은 상공업자가 국외로 이주하여 프랑스의 경제는 큰 타격을 받았다. 여기에서 이미 프랑스혁명이 싹트게 될 사회적 모순의 씨앗이 뿌려졌던 것이다.

루이 14세 치하에서 프랑스는 대번영을 이룩했고, 문화면에 있어서도 코르네유와 라신, 몰리에르와 같은 고전파 예술의 꽃을 만발하게 했으나, 프랑스 왕권은 이때 서서히 내리막길로 들어서고 있었다고 할 수 있다.

비록 나는 신앙의 길에 들어섰지만 역시 남자

'비록 나는 신앙의 길에 들어섰지만 역시 남자'라는 말은 17세기 프랑스의 유명한 희극작자 몰리에르(1622~1673)의 희극 〈타르튀프〉의 대사의 한 구절이다.

이 희극은 신앙에 열중하던 사나이가 위선적인 종교가인 '타르튀프'의 꾀임에 빠져 패가 망신한다는 줄거리인데, 당시 전성을 누리던 종교의 그늘에 숨어서 악덕한 승려들의 몰염치한 비행을 폭로했다. 그 때문에 이 극은 승려들의 노여움을 샀으며, 허다한 탄압과 박해를 받았다.

이 대사는 제3막 제3장에서 타르튀프가 유부녀인 앨밀을 유혹하는 말이다. 타르튀프는 법복의 그늘에 속인(俗人) 이상의 방탕한 욕심을 숨기고 종교의 권위와 믿음을 부녀자 유혹의 도구로 삼는 파계승의 전형적인 인물이다.

이 대사는 같은 17세기 프랑스 비극작가인 코르네유의 〈셀토리우스〉제4막 제1장에 보이는,

"아아, 비록 로마인이라 할지라도 나는 역시 인간이다."

라고 한 것과 형태를 같이 한다.

그런데 이런 형태의 대사는 시대를 더 거슬러 올라가 보카치오의 〈데카메론〉제3일, 제8화에 이미 보인다. 어느 승려가 한 부인을 유혹하려고 '나는 승려지만, 나는 역시 다른 사람들과 다름 없는 남자이거든……' 하고 말하는 장면이 있다.

말은 생각하고 있는 것을 감추려고 사람에게 주어졌다

몰리에르는 〈억지 결혼〉에서 '말은 생각하는 것을 표현하기 위하여 사람에게 주어진 것이다. 말은 마음의 대변자이며, 심혼의 모습이다' 라고 했다. 몰리에르는 판그라스 박사라는 인물을 통해서 이렇게 말하게 하고 있는데, 18세기의 정치가 타이란은 이것을 주물러서,

"말이란 생각하는 것을 속이기 위하여 인간에게 주어졌다. 어떤 자들의 말을 빌리면, 생각하는 것을 감추는 데 쓰이고 있는 것이다."
라고 말하고 있다.

타이란에게는 '몬론'이라는 교활한 지혜를 가진 인물이 고문으로 있었는데, 그는 타이란에게 여러 가지 충고를 했다고 한다. 예를 들면,

"최초의 충동은 경계해야 하오. 처음 충동은 대개 선량한 것이니까!"

"무엇이고 기쁜 일이 생기거든 친구들에게 알리시오. 그들에게 고통을 맛보게 하기 위해서."
라는 말들을 끊임없이 타이란에게 했다고 한다. 이런 이유로 '생각하는 것을 속인다' 라는 역설도 그 몬론이라는 사나이에게서 얻은 지혜일 것이라고 전한다.

허영의 시장

불경에 '제행무상(諸行無常)' '색즉시공(色卽是空)' 이라는 말이 있다. 세상사 모든 일이 오래가는 일이 없고 수시로 변하며, 어제의 영화는 오늘의 잿더미로 화한한다는 무상감을 말하는 것인데, 성서에는 '허공 속의 허공이로다. 애오라지 허공이로다' 라고 같은 뜻을 표현하는 말이 있다. 최고급 자가용에 기대앉아 있었어도 또 값비싼 의상을 몸에 칭칭 감고 다녔어도 결국은 허무한 한때의 꿈과 같은 생활이라는 것이다. 이렇게 보자면 세상사 모두가 허공이며, 이 세상은 허영의 잡터에 지나지 않는다.

'허영의 시장' 이라는 말이 처음 나오는 것은 17세기 청교도 작가인 존 번연이 쓴 〈천로역정〉이다. 번연은 또 한 사람의 청교도 작가인 〈실낙원〉의 밀튼과 거의 같은 시대의 사람이며, 영국의 벽촌에서 대장간을 하고 있었다. 아내가 시집 올 때 가지고 온 두 권의 종교책을 읽고 열렬한 신앙심이 솟구쳤으며, 그 후 성서를 몇 번이고 숙독했다.

그러나 그는 당시 국교로 제정되었던 구교에 따르지 않고, 신교 측의 설교사가 되어 사람들에게 신앙을 설교하며 다녔다. 그 때문에 그에게는 반대파 사람들의 감시의 눈길이 쏠렸다. 결국 그는 체포되어 1660년에 투옥되었으며, 그 뒤 12년간 감옥생활 끝에 석방이 되었다. 그러나 또 다시 투옥이 되었다. 이번에는 수개월 간의 감옥생활이었는데, 이 두번째 옥중생활에서 쓴 것이 〈천로역정〉이다.

이 책은 1, 2부로 나뉘어져 제1부는 1678년에, 제2부는 1684년에 출판되었다. 내용은 꿈 이야기의 형태로 쓰여졌으며, 종교적 우의문학(寓意文學)이다.

크리스천이란 사나이가 '복음 전도자' 의 권유로 '괴멸의 거리' 를 지나

'실의의 늪'에 이르러, 다시 '죽음의 계곡'과 '허영의 도시'를 지나 드디어 '하늘의 도시'를 바라보게 된다는 것이 제2부이다.

제2부에서는, 뒤에 남아 있던 크리스천의 아내가 아이들을 데리고 남편의 뒤를 따라오는 이야기다. 기독교의 신앙생활을 나그네에 비유하여 통속적으로 쓴 것인데, 영국에서는 성서 다음에 많이 읽혀졌다고 한다. 다음은 그 원문의 한 구절이다.

"황야에서 벗어났을 때 두 사람은 잠시 후 그들 마음에 '허영'이라는 이름의 동네를 보았다. 그리고 이 동네에서는 '허영의 시장'이라는 이름의 장이 선다. 이 시장은 일년 내내 선다. '허영의 시장'이라는 이름을 가지고 있는 것은 그 동네 자체가 이미 허무한 것이며, 그 시장에서 매매되는 모든 물건과 그 곳에 모이는 모든 것이 허영에 잠긴 것이기 때문이다. 그 시장에서는 허영의 모든 종류가 매매되고 있으며, 집이라든지 토지나 지위, 명예, 그리고 훈장, 왕국, 색욕, 환락, 그 밖에 모든 종류의 쾌락, 예를 들면 창부, 하녀, 진주, 보석, 사기, 요술, 노름, 도박, 악한, 절도, 살인, 간통, 위선…… 이 모든 것을 무료로 볼 수 있다."

19세기의 삿칼레가 당시의 상류 사회를 풍자적으로 그린 〈허영의 시장〉이라는 소설도 널리 알려져 있는데, 그 줄거리는 이러하다.

신분은 낮지만 영리하고 대담한 '펫키샤프'와 부유한 실업가의 딸이며 얌전하고 유순한 '아밀리아 세드리'라는 두 여성을 중심으로 그 주변에 모여드는 인물들을 그린 것인데, 가난하고 배경도 없으면서 자기의 재능으로 상류 사교계에 부비고 올라가는 펫키의 눈부신 행동이 특히 인상적으로 그려져 있다.

그러나 작가는 이 소설을 가리켜 주인공이 없는 소설이라고 말했다. 작가가 의도한 것은 펫키라는 한 여성의 성격보다는 영국 빅토리아 왕조시대의 중류와 상류계급의 작품은 충분히 그 목적을 이루고 있으며, 풍속사적으로 보더라도 당시의 여러 인물들을 통한 그 생활이 흥미롭게 그대로 나타나 있다.

　이 소설의 제목이 〈천로역정〉에 나오는 '허영의 시장'을 딴 것은 물론이려니와 '허영의 시장'은 과거의 것이 아니라, 그것은 살아 있고 언제나 살아갈 것이다.

용감한 자만이 미인을 얻는다

'용감한 자만이 미인을 얻는다'는 말은 17세기 영국 시인 존 드라이든의 유명한 시 '알렉산더의 향연'에 나오는 구절이다.

이 시에는 '음악의 힘'이라는 서브타이틀이 붙어 있다. 그 무렵, 런던의 어느 음악 애호가 그룹이 매년 11월 22일 음악의 수호신 세실리아의 날을 기념하여 음악회를 열고 있었다. 시인은 이 모임의 위촉으로 '성 세실리아 날을 위한 모드'라는 명시를 썼는데, 1697년에 또 같은 모임의 위촉으로 두번째로 써 준 것이 '알렉산더의 향연'이다.

기원전 331년, 페르시아를 정복한 알렉산드로스 대왕은 페르시아의 왕궁에 들어가서 전승 축하연을 열었다. 웅장하고도 감미로운 악기의 음절은 성대한 넓은 연석에 울리며 흘러갔다. 드라이든은 이 화려한 장면을 말로 옮겨 마침내 취주악을 듣는 듯한 한편의 시를 엮어 낸 것이다. 한단 높은 옥좌에는 천하의 용장 알렉산드로스 대왕이 신처럼 앉아 있다. 그리고 그 옆에 시중하고 있는 것은 눈부실 만큼 아름다움에 빛나는 아테네의 으뜸 가는 미녀 '타이스'이다. 이에 드라이든은 읊었다.

용맹한 자만이 능히
용맹한 자만이 능히
용맹한 자만이 능히 미인의 짝이로다.

속담에도 '마음 약한 자가 미인을 얻는 일은 없다(Faint heart ne'er(=never) won Fair lady)'라고 가르치고 있다. 미녀를 얻는 비결은 얼굴이 아니라 용기인 것 같다.

미녀와 야수

어느 상인이 딸의 부탁을 받고 어느 정원에서 장미꽃을 꺾었다. 그 정원의 주인은 야수처럼 흉칙하게 생긴 사람이었다. 야수는 노하여 딸을 바치지 않으면 상인을 죽여 버리겠다고 위협했다. 딸은 아버지를 위해서 희생할 결심을 하고 야수에게로 갔다. 야수와 얼마나 생활을 했을까. 어느새 딸의 마음 속엔 야수를 사랑하는 마음이 싹텄다. 그리고 어느 순간 무섭게 생긴 야수가 갑자기 젊고 우아한 왕자로 변했다. 소녀의 헌신으로 악마의 저주가 풀린 것이었다. 이리하여 둘은 한 쌍의 부부가 되었다.

이 설화는 서구에서 오래 전부터 널리 알려져 있는 것으로, '개구리 왕자', '백조의 호수' 등의 옛날이야기와 비슷한 변신담(變身譚)인데, 여기에는 매우 건전한 교훈이 들어 있다. 즉, 인간의 가치란 외모와는 상관이 없다는 것이다. 괴물 같은 못난 사나이 속에도 왕자와 같은 고귀한 정신이 들어있을 수 있다. 반대로 왕자와 같은 고귀한 외모도 야수의 본성을 숨기고 있을 때가 있다.

그러나 영국의 세기말 작가 오스카 와일드는,

"외관에 따라 판단하지 않는 것은 천박하다."

고 했다.

이 역설도 무시할 수는 없다. '겉 볼 안이라'고, 외양을 보고 그 사람을 짐작할 수 있는 것도 사실이기 때문이다. 요컨대, 우리는 사람 뿐 아니라 어떤 현상을 겉으로 드러난 것 이상의 것으로 판단할 능력이 있는가 없는가가 문제이다. 그 능력을 갖추고 있다고 장담할 사람이 몇이나 될 것인가.

의학상에 다시 없는 비밀

네덜란드의 유명한 의사 풀하페(1668~1738)는 1738년 70세의 나이에 눈을 감았다. 그의 유산은 경매에 붙여졌는데, 그의 유품 중에 단단히 봉을 한 책 한 권이 나왔다. 표제는 '의학상에 다시 없는 깊은 비밀'이라고 되어 있었다.

당시 고인이 된 풀하페는 매우 고명한 의사였기 때문에 이 책은 필경 지금까지 아무에게도 알려지지 않은, 건강을 보전하고 장수하는 의학상의 원칙이나 처방이 씌여 있으리라고 모두들 생각했다. 그래서 경매에서는 많은 학자들이 서로 그 책을 사려고 경쟁이 붙었다. 얄팍한 한 권의 책값은 자꾸 올라가 비싼 값으로 어떤 한 사람에게 낙찰이 되었다.

이것을 산 사람은 세계 최대의 보물이 자기 수중에 들어왔다고 생각했다. 이 속에는 과연 무엇이 씌여 있을까? 책을 펴 보았더니 어느 페이지나 다 백지였고, 다만 한 페이지에 커다란 글자로 다음과 같은 몇 마디가 적혀 있을 뿐이었다.

"머리를 차갑게 하고, 발을 따뜻이 하고, 몸을 거북스럽게 하지 마라. 그러면 너는 모든 의사를 비웃을 수 있다."

글은 그 인간 자체이다

'글은 그 인간 자체이다'라는 말은 18세기 프랑스의 저명한 박물학자이던 뷔퐁(1707~1788)이 1753년 프랑스의 아카데미 회원이 되었을 때 '문체론'이라는 제목으로 취임 연설을 했는데, 그 속의 한 구절이다.

뷔퐁은 32세 때 왕립동식물원장으로 임명되었고, 방대한 저서 〈박물지〉를 써냈다. 이 책은 각종 동물의 습성을 매우 세련된 문학적 필치로 썼으며, 아름다운 에세이로 평가받고 있다. 뷔퐁의 '문체론'은 문장의 질서를 중요시했고, 이해하기 쉬운 표현을 존중했으며, 딱딱한 전문용어를 피할 것을 가르쳤고, 18세기 비평사의 한 페이지를 뚜렷이 박아 놓았다.

그의 말을 들어 보면,

"잘 쓰인 작품은 후세에 자연히 남겨질 것이다. 비록 지식이 풍부하고, 엮어진 사실이 특이하고, 발견이 새롭다는 이러한 요소가 다 포함된 저술일지라도 지나치게 지엽적인 문제에 구애되고 있다면 불멸의 생명을 보증하기는 어렵다. 또 취미로 쓰인 글이나, 고귀한 입장만 생각하고 쓴 글, 재능없는 문장으로 쓴 글들도 생명을 가질 수 없다. 지식이나 사실, 발견 같은 것은 쉽게 남에게 빼앗기기 쉬운 것이며, 더 잘 쓰는 손 끝에서 제작이 되고 말 것이기 때문이다. 이런 것들은 인격 밖에 속한다. 인격과 밀착된 문장은 그 사람 자체인 것이다. 그러한 글은 남이 훔쳐 갈 수도 없고, 뺏지도, 바꾸지도 못 한다. 만약 글이 고상하고 고귀하며 숭고하다면 그 저자는 모든 시대를 통하여 똑같이 존경을 받을 것이다."

우리에게 자유 아니면, 죽음을 달라

미국 독립전쟁 당시 1775년 버지니아의 지사 헨리(Henry, Patrick 1736~1799)가 그 지방 대의원회에서 한 연설의 마지막 구절이다. 자치독립을 열망하는 북미 각 주의 저항과 이를 저지하여 본국을 이롭게 하려는 영국군과의 대립상은 필연적으로 전쟁으로 발전할 운명에 있었다.

당시 각 주는 영국의 기반에서 벗어나기를 원하는 데 있어 적극적인 그룹과 비교적 소극적인 그룹으로 나뉘어져 있었다. 이때 정세는 남쪽 버지니아 식민지도 그 태도를 분명히 해야 할 막다른 골목에 몰려 있었다. 이때 헨리는 간청이나 타협으로 이야기할 시기는 이미 지났으며, 이젠 오로지 무기를 들고 분기하여 자유를 위하여 싸우는 길밖에는 없다고 외쳤다.

"…사태를 가볍게 넘기려고 하는 것은 소용없는 일입니다. 여러분은 평화, 평화를 외칠지 모릅니다. 그러나 평화는 없습니다. 전쟁은 눈앞에 시작되고 있는 것입니다. 북쪽에서 불어치는 바람은 칼과 칼이 부딪히는 소리를 우리의 귀에 전할 것입니다. 우리 동포는 이미 전지에 나서 있습니다. 우리는 어찌하여 팔짱만 끼고 있는 것입니까. 여러분이 바라는 것은 무엇입니까. 생명은 귀하고, 평화는 달콤하고, 쇠사슬에 묶여 노예가 되어도 그것을 바라는 것입니까? 어림도 없는 일입니다. 다른 사람들은 어떤 길을 선택할지 모르나, 여기 나는 이렇게 외칩니다. 우리에게 자유를 달라, 그렇지 않거든 죽음을 달라!"

내가 죽은 뒤에 대홍수가 나든 말든

'내가 죽은 뒤에 대홍수가 나든 말든' 이라는 말은 프랑스 왕 루이 15세가 했다고 전한다. '나 죽은 뒤 죽이 되든 밥이 되든' 식의 말인데, 일국의 왕이 이런 말을 했다는 것이 이 말의 무게를 달리하고 있다.

루이 15세 치하의 18세기 후반의 프랑스는 이미 장차 일어날 대혁명의 검은 구름이 짙어 가고 있었다. 루이 15세라는 위인은 난국을 돌파할 만한 그릇이 아니었다. 처음에는 오를레앙공 필리프의 섭정에 끌려다니다시피했고, 나중에는 퐁파두르 등의 여인들의 농락으로 국정이 오락가락하고 있었다. 그 무능함은 쓰러져 가는 봉건제도 말기와 비슷했던 것이다.

한편, 자유에 눈뜨기 시작한 민중과 약점을 잡고 침입해 오는 외국세력이 부르봉 왕조의 서까래 기둥을 뒤흔들었다.

어느 날 밤, 왕은 애첩 퐁파두르에게 그의 심중을 솔직히 말하기를,

"내 눈이 검은 동안은 이 상태가 계속될 것이고, 태자가 어떻게 잘 수습하겠지만 내가 죽은 뒤에야 대홍수가 나든 말든!"

이라고 속삭였다고 한다.

그런데 어떤 역사가에 의하면, 왕이 한 말이 아니라 애첩 퐁파두르가 한 말로 되어 있다. 즉, 이 말을 할 때 그 자리에 화가 라 드올이 있었는데, 드올의 증언은 퐁파두르 부인이 프랑스군이 독일군에게 패배를 당한 데 대해서 루이 15세가 침울해 있는 것을 위로하기 위해서 이 말을 입에 올렸다고 한다.

댁에서 먼저

1745년 5월 11일, 루이 15세가 이끄는 프랑스군은 삭스 원수를 총참모로 하여 벨기에에서 영국군과 대치했다. 영국군에는 네덜란드군과 오스트리아군이 연합하고 있었다.

처음에 영국군은 상당한 타격을 받고 반격을 가할 목적으로 대열을 삼각형으로 밀집시켜 프랑스 부대의 중앙을 쳐부술 계획을 세웠다. 그리하여 거치는 곳을 쳐부수며 프랑스 근위군 진지로 쇄도했다. 양군은 불과 50보 정도의 사이를 두고 대치하게 되었다. 이때 양쪽의 장교들이 부대의 전면으로 나와서 서로 인사를 교환했다. 이때 영국의 부대장 로드 헤이가 앞에 나서며 모자를 벗고는,

"프랑스의 근위군인 여러분, 그쪽에서 먼저 쏘아 주시기 바랍니다."
라고 말했다.

그러자 프랑스 쪽에서 걸어 나와 큰 소리로 외쳤다.

"아무쪼록 영국분들이 먼저 하시오. 우리 프랑스 사람은 결코 먼저 쏘지 않습니다."

이렇게 사양하고 예의만 찾다가 프랑스군은 갑자기 일제히 사격을 가해 온 영국군 앞에 큰 타격을 입고 일선 부대를 거의 상실했다고 한다.

이것을 보면 옛날 전쟁은 생사를 걸고서도 어딘지 순박한 데가 있으며, 기선을 제하고 기습을 꾀하는 현대전과는 격세의 감이 있다. 중국의 '송양지인(宋襄之仁)'과 같은 뜻이다.

군주는 국가의 첫번째 하인이다

계몽주의를 받들던 프로이센 왕 프리드리히 대왕(1712~1786)은 가톨릭이거나 프로테스탄트이거나 너무 한 쪽으로 치우치는 자를 좋아하지 않았다.

"나의 국가에서는 모든 종교는 관용되지 않으면 안 된다. 나의 국가에서는 각자의 좋은 대로 행복하게 될 수 있다."

라고 말했는데, 그는 자유사상가를 존중했으며 신앙을 속으로는 비웃고 있었다. 특히 대왕이 싫어하는 것은 기적을 믿는 일이었다. 왕의 테이블 위에는 분수가 있었고, 거기서 솟아 오르는 물에서 좋은 향기가 풍겼다. 어느 날 분수가 막혀 물이 나오지 않았다. 궁정의 과자 만드는 사나이가 아무리 고치려고 애를 썼건만 물은 솟아 나지 않더니, 잠시 후에 소리없이 물이 다시 솟아올랐다. 그러자 대왕은 빙긋이 웃으며 사제에게 물었다.

"가톨릭의 나라에서는 이것을 기적으로 인정하겠구먼."

이때 사제는 침착하게 대답했다.

"폐하가 계신 곳에서는 무리한 일일 것입니다."

또 이런 이야기가 있다.

한 병사가 성모 마리아의 제단에 있는 은그릇을 훔치다가 들켰는데, 그는 마리아가 용서하셨다고 거짓말을 했다. 대왕은 그 병사의 속을 알면서도 모르는 척하며 사제에게 물었다.

"그런 기적도 있는 것인가?"

"있을 수 있습니다."

사제는 아니라고도 할 수 없어 이렇게 대답한 것이다.

물건을 도둑맞은 수도원은 기분이 나빴으나 대왕은 모르는 척하고 그 도둑을 용서했다. 그러나 다음과 같이 주의를 시켰다.

"두 번 다시 마리아한테서 그런 선물을 받지 않도록 해라!"

이것을 보면, 대왕은 종교에 대해서 매우 냉소적이었다.

그러나 그는 종교를 박해하지는 않았다. 그는 군비를 증강하고, 산업을 장려하고, 프로이센의 국의 발전에 기여한 바 크다.

"군주는 그 나라의 첫째 하인이다."

라는 것이 프리드리히 대왕의 신조였는데, 당시의 왕으로서 이만한 겸손한 생각을 갖기도 어려운 일이다. '남을 부린다는 것은 쓰이는 일' 이라고 한 말을 연상케 한다.

포촘킨의 벽

러시아로 하여금 유럽 쪽으로 창문을 열게 했다고 하는 표트르 대제가 죽은 후, 그의 사업을 계승하여 러시아를 중앙집권적인 강국으로 키워 낸 것은 여왕 예카테리나 2세(캐서린 2세)였다. 그녀는 좋은 의미로나 나쁜 의미로나 역사상 드문 여걸이었던 것만은 사실이다. 우선 그녀가 왕위에 오르게 된 경위부터가 매우 극적이었다.

그녀는 원래 독일 태생이며, 같은 독일인인 표트르 3세의 황후였었다. 남편은 그녀를 별로 좋아하지 않았고, 마침내 이혼해 버릴 계획이었다. 이것을 눈치챈 그녀는 선수를 쳐서 쿠데타를 감행하기로 결심했다. 그의 남편은 평범하며 귀족 간에 별로 인기가 없었던 데 반해, 그녀는 귀족들로 하여금 지방행정에 직접 간여하게 하는가 하면, 군복무와 세금을 면제시켜 주기도 하고, 결정적으로는 귀족 영지의 농노에 대해 절대적인 통제권을 허용해 줌으로써 귀족들의 신망을 얻고 있었다.

1762년 6월 그녀는 정부인 근위사관 그레고리 오를로프와 짜고 근위연대가 반기를 들고 일어나서 황제를 가두고, 그녀의 제황 즉위를 선포하기에 이르렀다. 표르트 3세는 며칠 후 그레고리의 아우 알렉세이에게 살해됐다. 그리고 이 알렉세이도 또한 그녀의 정부가 되었다.

실로 놀라운 의도이기는 했지만, 황제로서의 그녀는 매우 유능했다. 그녀는 프리드리히 대왕 등에 의해 행해지고 있던 계몽주의 전제정치를 본따서 크게 러시아의 국세를 강화시켰다.

그녀는 프로이센과 오스트리아와 공동으로 폴란드를 분할했고, 터키와 싸워 발칸반도로 진출하는 등 침략적인 강국책을 취하는 한편, 법제를 근대화했다.

그녀의 비호를 받고 있던 디드로는 그녀를 평하여,

"클레오파트라의 외모에 풀스타의 혼을 갖고 있다."

고 했다.

다소 아부를 띤 말이긴 하지만 사실과 전혀 상반되는 것도 아니다.

한편, 그녀의 남성 편력도 더욱 왕성해 갔다. 왕위에 오르기 전에 그녀에게는 오를로프 형제 이전에도 정부가 있었으며, 왕위에 오르고 나서는 포촘킨에게 애정을 쏟았다. 그는 여왕의 애인 중에 특이한 존재였다. 먼저 그는 다른 정부들처럼 잘 생긴 사나이가 아니었다. 아니, 그리스 신화에나 나오는 외눈박이의 추하게 생긴 거인처럼 생겼다는 것이 더 맞을 것이다. 그러나 그는 뛰어난 정치적, 군사적 재능을 가지고 있었다. 그는 1769년 제1차 터키와의 싸움에서 크게 공을 세워, 그 후 수년 사이에 이미 여왕이 가장 신임하는 제일급 신하의 위치에 올랐었다.

정부로서의 위치는 얼마 후에 다시 새로운 인물에게로 빼앗겼지만, 신하로서의 신뢰는 변하지 않았다. 그도 그 재능으로써 여왕의 신임에 보답하고 있었다. 그는 군제를 개혁하여 여왕의 권력을 강화했다. 흑해 함대를 창설하여 이것을 남방 진출의 굳센 발판으로 삼았다. 제2차 터키와의 전쟁 성과는 그의 공이었다. 1789년, 여왕은 포촘킨의 권유로 남방 여행에 나섰는데, 이때야말로 포촘킨의 영광은 절정에 달해 있었다. 그는 여왕을 영접하기 위해 많은 사람을 동원하고 비용을 아끼지 않았다. 그것은 마치 아라비안 나이트를 연상케 하는 한 장면이었다. 아름답게 장식된 연도에는 군중이 환호성을 울리고, 밤하늘에는 꽃불이 폭포같이 솟아 올랐다. 적어도 길가의 여왕의 눈에 띄일 만한 장소는 모두 깨끗이 수리되고 장식이 되어 있었다. '포촘킨의 동네', '포촘킨의 벽'이란 말이 이때 생겼다고 하는 것을 보아도, 그의 여왕에 대한 봉사가 얼마나 지성이었는지를 짐작할 수 있다. 여왕의 만족은 이루 말할 수 없었고, 인신으로서 최고의 영예인 공작의 칭호가 그에게 선사되었다.

그러나 이 대성공을 분수령으로 하여 그의 생애는 내리막길로 향했다. 같은 해, 제2차 터키전쟁이 일어나고, 포춈킨은 전쟁을 지휘하기 위해 오랫동안 여왕의 곁을 떠나 있어야 했다. 그 사이에 여왕에게는 새로운 정부가 분에 넘치는 총애를 받고 있었다. 이미 노령의 여왕은 손자만큼이나 나이 어린 사나이에게 야릇한 애정의 불길을 태운 모양이었다.

포춈킨은 이 소식을 전해 듣고는 젊은 간신배를 물리치고자 페테르부르크에 돌아왔는데, 여왕은 그러한 간섭을 오히려 물리치며 포춈킨을 멀리하고 말았다. 그는 여왕의 명으로 지방으로 가는 도중, 갑자기 병으로 죽고 말았다. 여왕의 새 정부에게 독살된 것이라고도 하며, 열병에 걸려 죽은 것이라고도 전한다.

여왕과 그 정부 사이에 일어난 이야기는 역사의 이면으로 볼 수 있는데, 다분히 흥미 본위의 허구가 들어 있을 것이다. 그러나 이와 같은 인간의 어두운 정열도 역사를 움직이는 하나의 커다란 요소가 되었을 것은 틀림없다.

올드 롱 신(Old Long Since)

'Old Long Since'은 '아주 옛날'이란 뜻으로 '작별의 곡'으로 우리에게 널리 불려지고 있는 노래이다. 이 노래의 원형은 원래 스코틀랜드의 옛 노래인데, 그것을 스코틀랜드의 대표적 민중시인 로버트 반즈(2759~1796)가 자기의 영감을 부어 넣어 새로 살린 것이었다.

반즈는 스코틀랜드의 서남부 시골 소농의 장남으로 태어나서, 어릴 적부터 격렬한 노동에 종사했다. 그것은 노예와 같이 숨쉴 틈도 없는 생활이었다. 과중한 노동은 소년의 육체에도 정신에도 깊은 상처를 남겼다. 그는 얼마 나이도 먹지 않았는데 허리가 굽고, 가끔 두통과 우울증에 시달렸다.

그러나 그와 같은 험한 환경 속에서도, 아니 그 때문에 그의 시인으로서의 재능은 더욱 빛났다. 그의 최초의 시집은 크게 반향을 불러 일으켰다. 드디어 그의 시는 전국 방방곡곡으로 퍼져 입에서 입으로 읊어졌다. 그의 시에는 스코틀랜드의 아름다운 풍물이 소박하면서 깊은 감동을 넣어 읊어져 있었다. 그의 시는 많은 사람들의 환영을 받았을 뿐만 아니라, 농사꾼과 하녀들에 이르기까지 없는 주머니를 털어 그의 시집을 사게 했다.

그는 크게 명성을 얻었으나 생활은 여전히 어려웠다. 그리고 이 가난은 죽을 때까지 그에게서 떠나지를 않았다. 또한 그의 스코틀랜드의 자연과 민중에 대한 애정도 끝까지 변하지 않았다.

'올드 롱 신'도 그러한 그의 시 중 하나이다. 가사의 내용은 어릴 적 친구들과 산과 들을 뛰어 놀던 그립던 시절을 회상하는 것인데, 처음에는 다른 곡으로 불리었다가 나중에 지금의 곡으로 바뀌었다. 이별의 정감이 깃들인 이 노래는 각 학교의 졸업식에도 불리우고 있다.

이 노래는 국경과 풍습을 초월하여 누구의 가슴도 헤치고 들어가 인간의 깊은 정감에 호소하고 있으며, 이 노래를 들으면 고향 생각이 절로 난다. 향토애가 깊은 스코틀랜드 사람들이 즐겨 부르는 것은 너무도 당연한 일이다. 스코틀랜드인들은 가까운 사람들끼리 모였다가 헤어질 때면 이 노래를 부른다. 헤어질 때가 되면 모든 손님들은 왼손을 오른쪽으로, 오른손은 왼쪽으로 가위표로 내밀고 테이블 둘레에서 손들을 잡는 것이다. 이것은 가사의 마지막 구절에,

자아 나의 벗아, 여기에 내 손이 있다.
자네 손을 나에게 다오.

라는 노랫말이 나오기 때문인 것 같다.

샌드위치

겹친 빵 사이에 햄이나 야채를 넣은 이 가벼운 음식은 18세기 영국 켄트주의 4대째 영주이던 샌드위치 백작(1718~1792)에게서 나온 말이다. 샌드위치 백작은 도박을 밥보다 좋아하는 도박광이었다. 어느 정도로 도박을 좋아했는가 하면, 백작이 카드를 한 번 손에 들면 하루 종일 밤이 깊어도 테이블 앞을 떠나지 않을 정도였다. 밥 먹는 것도 잊을 정도였다.

하루는 아침부터 그 이튿날 아침까지 꼬박 24시간을 카드를 들고 앉아 있었다. 아무리 카드에 미쳤기로 온종일 아무 것도 안 먹고 굶고 앉았을 수는 없다. 그러나 밥 먹으러 일어날 시간이 아까워 백작은 하인에게 식사를 가져오게 했다. 그런데 돌아 앉아서 음식을 먹고 있을 시간이 또 아까워 빵 두 쪽 사이에 고기를 넣고, 그것을 한 손에 쥐고 먹으면서 카드를 계속했다.

빵 사이에 반찬을 넣어 먹는다는 간단한 이 발견은 나이프도 포크도 필요치 않고 간편하기 때문에 급할 때 또는 가벼운 식사로 널리 보급되었다. 샌드위치란 말의 기원을 처음 기록으로 남기게 된 것은 1765년 런던 사람 그로스가 쓴〈런던〉이란 책이다. 이 책 속에,

"요즘 샌드위치란 말이 유행하고 있다."

라고 씌여 있다.

그러나 샌드위치 모양의 음식은 백작이 고안해 내기 훨씬 이전에 로마에 있었으며, 로마 사람들에게 '옷프라' 라는 이름으로 애호되었다고 한다.

하와이를 옛날에는 샌드위치 섬이라고 부른 적이 있었다. 1778년 영국의 선장 후크가 이 섬을 발견하여 그렇게 이름 지었는데, 이 이름도 아까 말한 샌드위치 백작과 관련이 있는 것이다. 원래 샌드위치라고 하는 것은 영국 켄트주에 있는 오래된 항구의 이름이다.

3퍼센트의 진실

경구(警句)의 대가 리히텐베르크(1744~1799)의 말 중에,

"매우 소중한 물건은 뚫린 관(管)으로 되어 있다. 남자의 생식기, 펜, 그리고 소총……. 그렇다. 인간은 착잡한 관 이외에 무엇이겠는가?"

이라는 내용이 있다. 아닌 게 아니라 소중한 것은 다 뚫린 관인 듯하다.

리히텐베르크는 어느 해의 신문을 한데 철하도록 하고, 그것을 책처럼 읽어 보려 했다. 그것으로서 전체의 인상을 붙들어 보려고 한 것이었다. 1년분의 신문을 그와 같이 읽고 난 후 그의 소감은 다음과 같았다.

"나는 이런 짓을 두 번 다시 안 하겠다. 애쓴 보람이 없었다. 전체를 개괄해 보면 그릇된 희망이 50%, 그릇된 예언이 47%, 진실은 겨우 3%에 불과했다."

오늘의 신문은 리히텐베르크가 단언한 것과 얼마나 달라졌을까? 시간적으로 150년 전인 그때에 비하면, 오늘의 신문의 신빙성은 높아졌고, 3%의 영세한 숫자에 머물러 있지는 않을 것이다. 이 말은 신문의 진실성이 문제가 될 때에 자주 인용되고 있다. 리히텐베르크는 도처에서 경구를 말하고 있는데,

"그들은 조국애의 이름으로 조국이 깔깔 웃고 말 그런 말을 쓴다."

라고 한 말에도 그것이 나타나 있다.

푸른 꽃

'푸른 꽃' 은 노발리스(1772~1801)의 소설의 제목이며, 낭만파의 신호가 되었다. 이 소설 주인공의 동경에 대해서 다음과 같이 씌여 있다.

"나의 마음 속에 이와 같은 말할 수 없는 소망을 불러 일으키고 있는 것은 세상의 보물은 아니다."
라고 그는 혼잣말을 했다.

"나에게는 욕심이 없다. 그러나 푸른 꽃이 보고 싶어 견딜 수가 없다. 그 꽃이 나에게는 늘 마음에 걸려 있다. 그래서 나는 다른 것은 아무 것도 생각지 않는다."

그리고 정감이 무르넘치는 꿈의 환상에서 이렇게 쓰고 있다.

"그러나 그를 어쩔 수 없는 힘으로 잡아 끈 것은 하나의 기묘한 연푸른 꽃이었다. 그 꽃은 샘터 바로 옆에 피어 있었고, 그를 넓직하고 빛나는 모습으로 건드렸다. 이 꽃의 둘레에는 온갖 꽃이 만발하고 있었다. 그는 푸른 꽃만 보았다. 그리고 오랫동안 그 꽃을 하염없는 그리움 속에서 바라보고 있었다."

이 동화 비슷한 상징을 문학적으로 반대의 입장에 선 하이네는 다음과 같이 매섭게 치고 있다.

그 꽃은 무엇이라 하였더라.
언젠가 푸른 꽃잎을 벌려
매우 로맨틱하게
오후타―텐겔의 노래에 피었던 것은?
그것은 아마도

귀족 양로원에서 죽은
폐병에 걸린 노인의 창백한 코던가?
필경은 기타의
푸른 빛이 있으리라.
궁정의 무도회에서 귀부인의 발에서 떨어졌던 시시한 것이지.

노발리스의 〈푸른 꽃〉은 바라고 바라도 손이 닿지 않는, 항상 현실 저 너머 높은 곳에 있는 비상과 동경을 가리킨 것이며, 이것은 독일에 있는 전설이기도 하다.

영원토록 생(生)이란 것은

세계 문학의 최대 걸작의 하나인 괴테의 〈파우스트〉는 괴테의 인생관과 세계관을 가장 잘 나타내고 있으며, 그 전권을 통하여 명언과 감명 깊은 명문에 가득 차 있다고 해도 좋을 것이다.

'천상의 서곡'에서 신이 악마 메피스토펠레스에게 파우스트의 이야기를 하는데, 그 속에 '인간은 노력할수록 방황하는 법이다'라고 한 말이 있다. 이것은 가장 인간의 본질을 찌르고 있다. 괴테 자신도 노력가였으나, 일생을 통하여 그도 방황한 사람이었다.

그다음의 말이 '착한 사람은 비록 어두운 충동에 끌렸더라도 정당한 길을 잃지는 않고 있는 법이다'라고 하고 있다.

다음 막이 오르면 '밤'이고, 파우스트의 독백이 나온다.

"만만치 않은 노력을 하고, 많은 학문을 하였고, 그런데도 이 꼴이다. 가엾어라. 나라는 이 바보야말로 옛날보다 조금도 영리해지지 않았다."

파우스트는 마술에까지 몸을 맡겨 세계를 그 가장 깊은 곳에서 지배하고 있는 것조차 찍어 내서 인식할 수 있기를 바랐던 것인데, 이것은 파우스트적인 인간의 본질을 간단히 설파한 말이다. 이것은 르네상스 이후의 서구인에게 뚜렷이 나타났던 정신이다.

'서재'의 장면에서 악마가 파우스트 앞에 나타나서 말했다.

"말해 두겠는데, 사색 같은 걸 하는 놈은 귀신에게 홀려서 메마른 벌판을 빙빙 헛돌고 있는 가축과 같은 것이올시다. 그 바깥에 푸른 목장을 두고서 말이죠."

악마의 지껄임에 다시 귀를 기울여 보자.

"알겠는가. 여보게, 모든 이론은 잿빛이며, 푸른 것은 오로지 삶의 황금나무 뿐이네."

그리고 악마는 그 곳에 찾아온 젊은 학생에게 또 말한다.

"특히 여자를 다루는 법을 배우게. 여자가 호소하는 아픈 데 가려운 데는 천태만상이지만, 이것을 고치는 데 있어서는 오로지 그 한 군데에 귀착하는 걸세."

그 한 군데에 귀착한다는 것은 성욕을 가리킨 것이다.

악마에게 유혹된 파우스트는 그 후 마녀의 도움을 얻어 젊음을 되찾아 여러 가지 인생의 쾌락을 맛본다. 거리에서 만난 그레트헨과 연애를 하는데, 그녀는 수면제를 잘못 써서 그의 어머니를 죽이고, 파우스트와의 사이에서 난 어린애까지 죽게 하여 제1부의 비극은 막을 내린다.

제2부는 파우스트가 왕의 재정난을 구출하고 전쟁을 돕는 등, 실제적인 활동을 한다. 그 후 토지를 개발하고 새로운 국토건설을 계획한다. 나이는 백 살이 되고 눈은 멀었건만, 활동을 계속 한다. 그리고 악마와 내기를 걸었다가 지고 쓰러져 죽는다. 이때 천사들이 나타나서 파우스트 속에 남은 불사의 혼을 건지며 운반한다.

"쉬지 않고 노력하고 정진하는 자를 우리는 구원할 수 있다."

이렇게 천사들은 노래를 부른다.

다음에는 '천상의 서곡'에서 신의 말이 들린다.

"모든 무상(無常)한 것들은 오로지 영상에 지나지 않도다."

이것은 괴테의 인생관을 단적으로 나타낸 말이다.

"여성이란 것은 영원토록 우리를 붙들어 올리나니라."

이렇게 합창이 시작되는 이 마지막 말은 괴테의 여성관이 나타나 있다. 성모 마리아나 그레트헨과 같은 여성으로 대표되는, 신의 입김이 깃들인 영원한 사랑이 남성을 구원한다는 것은 괴테의 일생을 뚫고 있는 신념이다.

괴테의 이러한 여성관을 니체는 자못 코웃음을 치며 비꼬았다.

"만약 여성의 그 영원 속에서 지루하고 답답한 것들이—이것은 여성에게 풍부히 있는 요소이다… 나타나면 어떻게 하려는지?"

또 그는 말하기를,

"나는 화장이란 것이 영원히 여성이란 존재에 붙어 다닐 것이라는 것을 안다."

라고 했다.

니체는 괴테 만큼 순수하게 여성을 승화된 눈으로 보려 하지 않고, 가면과 위선만을 보려고 했다. 단테의 여성관도 괴테와 비슷한 데가 있었다.

좀더 빛을…

이것은 괴테가 임종 때 한 말로 알려져 있다. 밝고 따뜻했던 괴테의 인생관의 표현이라고도 볼 수 있고, 괴테의 생애를 통한 그 구도정신을 잘 나타내고 있는 말이라고도 할 수 있다. 이 말은 괴테에게 가장 적절했다.

이 말의 출처는 1833년 베를린에서 발표된 괴테의 주치의사가 행한 병상 보고서이다. 의사는 말하고 있다.

"…내가 임종에 앞서 잠깐 그 방을 떠난 사이에 '좀 더 빛을……' 이라고 말했다. 이 분은 어떠한 어둠도 싫어했다."

괴테의 문학과 그 생활이 늘 밝은 곳을 향하고 있었던 것은 주지의 사실이다. 인생의 어두운 면보다는 밝은 면을, 모순과 반목보다는 조화와 이해를 지향했던 것이었다.

1832년 6월의 '일반문학신문' 에는 괴테가 하인인 프리드리히에게 '서재의 두 창문의 덧문도 밝은 빛이 들어오도록 열어 두어라' 고 말했다고 씌여 있다.

또 다른 설에 의하면, 괴테는 임종 때 아무 말이 없었다고 하기도 한다. 믿을 만한 측근자의 말에 의하면, 괴테의 최후의 말은 그가 귀여워했던 며느리에게 한 다음의 말이라고 한다.

"이리 가까이 온. 내 딸아, 내 손에 악수하여 주렴."

이 말이 사실이라 하더라도, 늘 인간 상호간의 친화를 이상으로 삼았던 괴테의 따뜻한 체온이 감지되는 말이다. 그런데 우리가 괴테의 인간성과 그리고 그 문학에 걸맞는 것은 아무래도 '좀더 빛을……' 이라는 말이 아닐까 싶다.

맥주는 우리를 즐겁게 하고 책은 우리를 괴롭게 한다.

'맥주는 우리를 즐겁게 하고, 책은 우리를 괴롭게 한다'는 이 말은 괴테의 시의 한 구절이다. 괴테는 술을 전혀 입에 안 대는 사람은 아니었으나 그렇다고 폭음이나 과음을 하는 사람도 아니었다. 그는 독한 술보다는 포도주를 마셨고, 한편으로는 맥주를 즐겨 마셨다는 것을 이 시를 통해 알 수 있다.

독일은 맥주의 본고장인 만큼 맥주에 대한 시나 노래가 한없이 많다. 그 중에 몇 가지를 들어 보자.

"새해에 맥주를 마시러 가는 자는 젊어지고, 얼굴이 밝아진다."

오랫동안 가장 좋은 맥주의 산지로 알려졌던 북부 독일 지방에서는 카니발 때 맥주를 마시면 장수한다고 믿고 있다.

"맥주는 살찌우고, 와인은 야위게 한다."

이것은 근대의 격언이다. 맥주에는 확실히 다른 술과 달라 영양가가 있다. 그 때문에 맥주에는 '유동(流動) 빵'이란 명칭이 있다. 즉, 유동식으로서 빵의 대용이 될 수 있는 것으로 맥주를 손꼽았다. 우리나라에서도 시인 변영로가 인후암으로 고형음식을 먹지 못하고 맥주로 영양을 취했다고 한다.

15세기 사육제 때 하는 극(劇)의 대사에,

"자네들은 맥주와 빵을 손에 넣으면, 자네들의 두 볼은 붉어진다."

라는 것이 있다. 빵과 맥주가 있으면 이미 영양면에서 부족함이 없다는 뜻이다. 맥주는 빵과 먹으면 물 대용도 되지만, 반드시 빵과 먹을 필요도 없다. 아무 때나 아무 음식과도 곁들여 먹을 수도 있다.

"맥주 한 병과 소금에 저린 카베츠는 의사의 호주머니에서 금화 오푼을 빼앗는다."

맥주와 소금에 저린 야채는 건강에 좋으니 병에 걸릴 염려가 없고, 의사의 호주머니로 들어 갈 돈이 절약된다는 뜻이다.

함부르크에서는 의사의 처방약을 먹고도 낫지 않는 환자에게는,

"그러나 실망하진 말게. 맥주와 빵이 도와 줄 테니까."

라고까지 말하고 있다.

1875년에 이미 맥주를 찬양하여 다음과 같은 글이 있다.

마시는 것의 세 가지 장점이

맥주에게는 다 있다.

밀크의 영양가와 물 같은 차가운 맛,

그리고 술의 불길.

이 밖에도 독일에서는 맥주가 건강에 좋고 영양이 있다는 것을 선전한 말이 허다하다. 그러나 지금의 맥주는 과거의 것에 비하면 영양면에서나 알콜 함유량이나 다 희박해졌다. 이것은 아마 뚱뚱한 사람이 많아졌기 때문에 그들을 위해서 그렇게 한 것 같다.

마지막으로 사랑의 고민을 위로해 주는 맥주의 효능을 읊은 시의 한 구절을 들어 보자.

큐피트의 화살에 맞았거든,

맥주로 상처를 잘 씻으렴.

IV

근대

18세기도 4분의 3이 경과되었을 무렵, 미국이 독립했고 '자유, 평등, 우애'를 부르짖으며 프랑스혁명이 일어났다. 이러한 사회적 상황을 배경으로 혜성 같은 사나이 나폴레옹이 나타났다가 몰락한 극적인 사건도 벌어졌다.

이 모든 사태는 '근대'를 탄생시키기 위한 진통이라고 말할 수 있으며, 이러는 동안에 많은 고사가 생겼다.

이 프랑스혁명을 전후하여 문학·예술의 세계를 개관하면, 정히 로마주의의 절정이라고 할 수 있으니, 시성 괴테나 바이런 같은 거장이 질풍노도처럼 격정적 문학운동을 전개시켜 서양문화에 꽃을 피워 내려왔다. 그리고 역사는 전환하여 영국의 제패로 자본주의가 약진하며 19세기를 거쳐 20세기, 즉 현재로 흘러 내려오며 쉬지 않고 많은 고사가 계속하여 탄생하고 있다.

반역이 아니라 혁명이다

1789년 7월 14일, 무더운 여름 밤. 파리의 시민들은 일대 폭동을 일으켜 바스티유 형무소를 습격했다. 바스티유 형무소는 주로 정치범들을 수용하고 있었으며, 사람들은 이 감옥의 높은 담을 볼 때마다 이를 갈았었다. 이것이 프랑스 대혁명의 최초의 햇불이었다.

벌써부터 민심은 흉흉하며 불온한 공기가 감돌고 있었으나, 궁정 안의 호화롭고 무위한 생활은 그 날도 변함이 없었다. 이날 루이 16세의 일기에는 '무(無)'라는 단 한 개의 단어가 씌여 있었다. 사냥을 갔다가 아무것도 잡지 못했다는 뜻이다.

밤이 늦어, 왕에게 바스티유 습격 소식이 전해졌다. 보고를 듣고 난 국왕은 깜짝 놀라 큰 소리를 질렀다.

"뭣이라구? 그건 반역이 아니던가?"

그러나 신하는 명확히 대답했다.

"폐하, 이것은 반역(revolte)이 아니오라, 혁명(revolution)이옵니다."

이 일화는 루이 16세가 민중에 대해서 얼마나 무관심하고 무지했던가를 말하고 있으며, 한편으로는 프랑스 사람이 말의 뉘앙스를 존중하는 전통을 가지고 있다는 것을 나타내고 있다고 할 수 있다.

이때, 왕비 마리 앙투와네트는 계몽전제군주의 한 사람으로 이름 높던 오스트리아 여왕 마리 테레지아의 딸로서, 1770년 당시 황태자이던 루이 16세와 결혼하여 남편이 왕위에 오르자 왕비가 되었던 것인데, 그녀의 존재는 마침내 몰락하려는 프랑스 왕실의 마지막 꽃과 같은 느낌이 있었다.

이에 대해서 칼라일은 〈프랑스 혁명〉에서 다음과 같이 쓰고 있다.

"아름다운 왕비는 눈부신 대궐 안을 마치 여신처럼 걸어 다니며 만인의 주목을 끌었다. 그는 국사에는 일체 모르는 척했으며, 내일 일은 걱정하지도 않았다. 미래에 어떤 두려움이 닥칠 것을 미리 겁내는 일도 없었고, 꿈에도 생각지 않았다. 현실이면서도 마법사의 번갯불 같은 환영이여! 왜냐하면 어제까지의 이 호화롭던 여신은 하루 아침에 먹물 같은 어둠이 집어 삼키고 말았으니……."

철없는 행복감 속에 잠겨 있던 왕비 앙투와네트는 그녀가 아름다운 만큼 파리의 민중들에게는 눈엣가시처럼 보였다. 왕비의 사치, 경솔, 무지는 민중의 비난을 샀다. 베르사이유 궁전 밖에서 군중들이 빵을 달라 아우성을 치고 있을 때 왕비는 그 광경을 이상히 여기며,

"빵이 없으면 과자라도 먹지!"

라고 말했다고 전한다.

실제로 그런 말을 했는지, 아니면 풍자작가의 창작인지 어느 쪽이든지간에 그녀가 민중의 생활에 대해서 전혀 무지했다는 것만은 사실이다.

그녀는 혁명이 일어난 뒤 왕과 함께 오스트리아로 망명을 하려다가 운 나쁘게 잡혀 한동안 감옥에 갇혔다가 1793년에 처형되었다. 사형 선고가 내렸을 때에도 그녀는 별로 안색이 변하지 않았다고 한다. 다만, 이따금씩 피아노를 치듯이 손가락 끝을 움직이고 있었다고 한다.

열 다섯 살에 시집 온 그녀는 이때 서른 여덟 살이었는데, 잠깐 사이에 머리가 반백으로 변했고, 루이 16세의 뒤를 따라 길로틴의 형틀 위에서 목이 잘렸다. 옥리는 '공화국 만세' 소리가 진동하는 가운데에 그 목을 번쩍 들어 군중에게 보였다.

라 마르세유의 유래

프랑스의 국가(國歌)는 '라 마르세예즈' 라고 불리운다. 그 뜻은 '마르세유의 노래' 인데, 여기서 마르세유는 프랑스 남쪽 론강 어귀에서 동쪽으로 40km에 있는 지중해 최대의 무역항이다.

그런데 한 나라의 국가가 어떻게 일개 지명(地名)으로 표시되어 있는가. 여기에는 역사적인 이유가 있다.

1792년에 들어서자 프랑스 국내는 대혁명으로 인해 분란은 그 극에 달해 있었다. 유럽의 여러 나라들은 프랑스의 왕실을 옹호하려고 떠들썩했다.

의회는 국왕 루이 16세를 압박하여 오스트리아에 선전포고를 하게 했다. 이때 북프랑스의 도시 스트라스부르에 공병 부대가 주둔하고 있었는데, 그 부대에 루제 드 릴이라는 젊은 장교가 있었다. 그는 시를 짓고 음악에도 소질이 있었다.

때마침 이 지방에서는 의용군 일대대가 출발하게 되었는데, 시장이 그 공병 장교에게 출정하는 청년들을 위해서 새로운 군가를 하나 만들어 달라고 부탁을 했다. 그리고 루제 드 릴은 별실로 들어가서 하룻밤 사이에 지금의 '라 마르세유의 노래' 를 만들어 냈다. 그 당시의 제목은 '라인군의 군가' 였다.

이튿날 아침, 극장의 전속 가수가 이 노래를 연습하여 정오에 광장에 모인 출정 병사 6백 명 앞에서 처음으로 불리게 되었다. 이 노래에 감격한 의용군은 금방 9백 명으로 불어났다.

'라인군의 군가' 는 바람과 같이 부대에서 부대로 퍼졌으며, 8월 10일 루이 16세가 왕위를 물러나던 날, 궁정을 향해 상경해 온 마르세유의 의용부대가 처음으로 소리 높이 그 노래를 부르며, 샹제리제의 큰 거리를 행진했다.

그리고 파리시에 비상한 센세이션을 일으켰다. 파리의 시민들은 마르세유에서 온 의용군에게서 처음으로 이 노래를 들었으므로, '마르세유 사람의 군가'라고 했고, 이것이 '라 마르세예즈'가 된 것이다.

오로지 용기

1789년 7월 14일 바스티유 감옥 습격으로 불꽃을 당긴 프랑스 대혁명은 점차로 그 규모가 확대되어 유린된 인권을 선언하는 동시에 군주제를 넘어뜨리고 공화국 수립으로 전진했다. 그리고 루이 16세는 호화로운 궁전에서 끌려나와 단두대에서 무참히 처형되었다. 혁명세력에는 두 파가 있었다. 상공업, 중산시민을 대표하는 지롱드당과 노동자 농민, 하층 계급을 대표하는 자코뱅당이 그것이다. 혁명을 급진적으로 열을 올리게 한 것은 자코뱅당의 힘이었다. 그만큼 그들의 세력은 강했다.

1793년 6월, 자코뱅당은 의회에서 지롱드파 의원들을 몰아내는 데 성공하고, 의회를 독점했다. 뿐만 아니라 집행기관인 공안위원회와 검찰기관인 보안위원회까지 수중에 넣고, 혁명 재판소를 설치하여 눈에 거슬리는 자는 닥치는 대로 길로틴에 걸며 일대 공포정치 시대를 열었다. 왕비 앙투아네트도 이때 결국 처형되었던 것이다.

자코뱅당을 이끄는 인물은 마라, 당통, 로베스피에르 세 사람이었다. 이번에는 이들 간에 맹렬한 세력 다툼이 벌어졌다. 마라가 왕당파의 한 여성의 손에 죽자, 남은 두 사람은 서로 독재권을 잡으려고 대립했다.

당통과 로베스피에르, 이 두 사람은 성격이 매우 대조적이었다. 당통은 어디까지나 남성적이고 걸걸한 호걸풍의 사나이인데 반해, 로베스피에르는 여성적이며 사무적이며, 결벽증이 있는 타입이었다.

자코뱅당의 독재가 성립하기 일년 전, 혁명 프랑스에서 진행되는 사건에 관심을 보인 최초의 유럽국가들은 오스트리아와 프로이센이었다. 이들 국가는 '필니츠 선언'을 채택함으로써 프랑스 군주의 권리와 질서 회복이 유럽의 모든 군주들의 공동의 이해 관계가 걸린 문제임을 공언했다. 그리하여

1792년 4월 입법의회는 오스트리아와 프로이센에 대해 선전포고를 했다. 그리고 1792년 8월경에는 오스트리아와 프로이센 연합군이 국경을 넘어 파리 함락을 눈앞에 두기에 이르렀다. 곧 의회가 소집되고 대책이 의논되었다.

이때 당통은 그 커다란 몸집을 일으켜 단상에 오르자 이렇게 외쳤다.

"적을 쳐부수는 데 필요한 것은 무엇인가? 오직 용기, 용기만이 이를 해낼 수 있다."

이 연설에서 당통이라는 인물을 단적으로 알 수 있다. 당통과 로베스피에르, 이들 두 사람이 결정적인 대립을 보인 것은 공포정치에 대한 시비에 대해서였다. 당통은 지나친 공포정치에 환멸을 느껴 점차 타협적 경향을 보였고, 로베스피에르는 강경책을 주장했다.

마침내 이들 두 지도자는 의회에서 격렬하게 맞서게 되었다. 당통은 상대를 형식적인 위선자라고 비웃고, 로베스피에르는 상대편을 타락한 공화주의자라고 욕했다. 의회의 결론은 마침내 로베스피에르의 강경론이 이겨 당통은 지고 말았다.

공포정치의 불길은 당통과 그 일파를 살려 두지 않았다. 그들은 곧 혁명재판에 불려갔다. 당통은 이미 처형을 모면할 길이 없다는 것을 깨닫고 있었다. 아내와 친구들은 도망할 것을 권했으나 그는 듣지 않았다.

"어디로 도망치란 말인가? 자유를 얻은 프랑스가 나를 내쫓는다면, 다른 나라에서 나를 기다리고 있는 것은 감옥뿐일 것이야. 신발바닥에 조국을 달고 갈 수도 없지!"

법정에 선 당통은 관례에 따라 성명과 주소를 대야 했다.

"내 이름은 당통이다. 혁명 중에 상당히 알려진 이름이다. 내 주소는 얼마 후에 무(無) 속으로 옮겨질 것이야. 그러나 나는 역사의 기념탑 속에 살고 있을 것이다!"

당통과 그 일파는 모두 사형이 선고되었다. 처형당하는 날, 당통은 형장으로 끌려가는 마차 속에서 태연했다. 그러나 그의 심복은 그럴 수가 없었다.

그는 몸부림을 치며 고민했다. 두 손을 묶인 채 몸부림을 치자 어깨에 걸친 윗도리가 떨어졌다. 당통은 말했다.

"조용해라. 졸장부들이 떠들고 싶거든, 떠들라고 내버려 두는거야."

길로틴 단두대 앞에 서게 되자 짐짓 당통도 절로 목메인 소리가 나왔다.

"오오, 사랑하는 아내여! 이젠 너와 만날 길도 없구나!"

그러나 그는 스스로 한 말을 물리치며 자기를 나무랬다.

"당통, 풀죽을 것 없다."

그리고 친구가 작별 인사를 나누려고 앞으로 다가왔을 때 말했다.

"우리들의 머리통은 저 목 자르는 푸대 속에 같이 담길 걸세."

그리고는 마지막으로 목을 자를 옥리를 돌아보며 말했다.

"사람들에게 내 목을 보여 주시오. 그들에게 보일 만한 값어치가 있을 거야."

이리하여 용기와 긍지, 노여움, 사랑, 혁명적인 에너지 등을 묵직 묵직하게 반죽한 듯한 당통은 저 세상으로 떠났다. 그에게는 많은 죄악이 있었으나, 최대의 죄악인 위선은 없었다. 그는 대자연 그대로의 뜨거운 품에서 태어나 왔던 불 같은 존재였다.

당통이 죽은 후, 공포정치는 한층 도를 넘어 광폭해지더니 반년이 못 가서 로베스피에르 그 자신도 처형이 되고, 이로써 급진파들이 취했던 극단적인 정책들이 무효화되었고, 다시 왕당파가 복귀하고 해외 망명자들이 속속 귀국을 했다. 혁명의 종말이 드러나게 된 것이며, 다음에 기다리고 있는 것은 나폴레옹의 새로운 무대였다.

자유여, 그대 이름 때문에 사람들은 얼마나 많은 죄를 지었던가!

'자유여, 그대 이름 때문에 사람들은 얼마나 많은 죄를 지었던가!' 라는 이 말은 지롱드당의 간부였던 롤랑의 부인이 형장에서 처형당하기 직전에 한 말이다.

프랑스 혁명은 지롱드와 자코뱅, 두 정당에 의해서 추진되었는데, 중산층을 대표하고 있는 지롱드당은 온화한 공화파였고, 이에 반해 자코뱅은 급진적인 것은 이미 다 아는 사실이다. 혁명의 중간 시기까지는 온화하고 분별 있는 지롱드가 주도권을 잡고 있었는데, 혁명의 불길이 뜨거워지자 자코뱅이 두각을 나타내고 지롱드는 거세되고 말았다.

한창 지롱드당이 득세하고 있을 무렵인 1792년 봄, 지롱드당 내각이 섰다. 이때 롤랑은 내무장관이 되었는데, 그의 미모와 재기가 뛰어난 부인은 남편을 따라 정치에도 열렬한 관심을 가지고 있었다. 그녀의 살롱은 마치 지롱드당의 사령부를 연상케 했다. 남편이 장관이 된 후 부인의 활약은 더욱 활발해졌고,

"장관은 롤랑 부인이지, 롤랑이 아니야."

라는 말까지 돌게 되었다.

혁명이 진전됨에 따라 급진적 경향은 강해졌고, 1793년 자코뱅 당파의 주장으로 루이 16세가 사형에 처해졌다. 국회에서는 양당의 대립이 격화되어 그 해 6월 자코뱅파는 드디어 국회에서 지롱드당을 몰아내고 공안위원회와 보안위원회를 수중에 넣었다. 그리고 반대파에 대하여 사정 없는 탄압을 가하며 소위 공포정치를 폈다.

롤랑 부인은 이 난리통에 다른 지롱드당 간부들과 함께 체포되었는데, 그 해 12월에 재판을 받았다. 그녀는 흰 옷을 입고 허리까지 내려온 긴 검은 머

리를 늘어뜨리고 법정에 섰다. 이때는 재판을 했다 하면 사형이 다반사였다.

판결을 받고 감방에 돌아온 부인은 어떻게 되었는지 걱정스럽게 쳐다보는 감방의 죄수들에게 손가락 하나를 들어 보였다. 사형을 선고 받았다는 표시였다. 커다란 검은 눈동자에는 눈물이 어려 있는 듯했다.

사형이 집행되는 날, 롤랑 부인은 길로틴 밑에 당도하자 옥리에게 펜과 종이를 달라고 말했다.

"때마침 문득 가슴 속에 치솟아 오르는 야릇한 상념을 적으려고……"

부인은 그렇게 말했다. 그러나 옥리는 이를 거절했다. 부인은 쓸쓸한 표정을 지으며 중얼거렸다.

"아아, 자유여! 너의 이름 때문에 사람들은 얼마나 많은 죄를 지었던고!"

그녀의 남편 롤랑은 노르만디로 피해 있었는데, 아내의 처형 소식을 듣고 루안 근처의 길바닥에서 자살했다. 아내의 빛으로 빛나고 있었다는 말에 맞는 최후였다.

롤랑 부인에 대한 역사적인 평가는 구구하지만, 현재의 사관(史觀)에서는 준열한 비판의 눈으로 대하고 있다. 그러나 그 마지막 말에서 볼 수 있던 그녀의 재기와 그 희랍 여신과 같은 아리따운 자태는 역사상의 한 떨기 찬란한 명화(名花)임을 잃지 않을 것이다.

신들은 목말라 있다

15세기 말엽, 콜럼버스가 아메리카 대륙을 발견한 후 많은 항해가와 모험가들에 의해 신천지의 탐험이 추진되었고, 특히 스페인의 세력은 아메리카 중남부에 뻗쳐 있었다. 그들의 세력 확대 방법은, 개척 시대에 흔히 있는 일이기는 하지만 몹시 잔인해서 원주민인 인디언들은 마구 살육되었으며, 그들의 땅과 재물을 빼앗았다.

스페인 사람 코르테스가 행한 멕시코 정복은 그 중에서도 가장 두드러진 것이었다. 멕시코 최후의 왕 목테수마 1세는 코르테스에게 항복한 후 살해되었는데, 그가 스페인의 침략에 대한 형용은 그 진실을 가장 잘 전하고 있다.

"신들은(피에) 목말라 있다."

그리고 이 말은 그 후 수백 년 동안 알맞게 적절히 사용되어 왔다.

1794년 프랑스혁명 당시의 일이다. 그 전해 6월 온건파인 지롱드파를 몰아낸 후 독불장군이 된 자코뱅파의 공포정치는 비탈길을 내리지르듯 멈출 줄을 몰랐다. 혁명재판소는 매일같이 조금이라도 의심이 가는 말을 한 자에게는 사형 선고를 내리고, 길로틴의 단두대는 쉴 사이없이 사람의 목을 잘랐다. 이러한 분위기는 자코뱅 당과 당원들에게까지 공포감을 일으켰다.

지도자의 한 사람이던 까뮤 뎀란은 전날,

"시체의 산더미 위에서 자유를 포옹하자!"

라고 외치던 인물이었는데, 그는 지나친 살벌함을 다소 완화하려고 팜플렛을 만들어 냈다.

"이렇게 형벌을 주는 위원회는 수없이 있으니, 자비위원회 같은 것이 하나쯤 있는 것도 그럴 듯한 일이 아니겠는가?"

그는 팜플렛에 이렇게 썼다.

팜플렛은 닷새에 한 번 정도로 자주 나왔다. 그러나 길지 못했다. 반혁명 세력에게 매수되었다는 혐의로 까뮤 템란은 체포되고 말았다. 팜플렛의 최후의 발간일은 1794년 2월 3일로 되어 있었고, 다음의 말로 끝을 맺었다.

"신들은 목마르다."

이 말을 더욱 유명하게 한 것은 아나톨 프랑스의 같은 제목의 소설이다. 몽테뉴와 라 로슈푸코의 흐름을 섭취하여 모럴리스트였던 그는 독특한 회의적인 필치로 공포시대의 한 에피소드를 소재로 삼았다. 물론 목마른 신의 입장이 아니고, 평범한 일상생활 속에서 인생의 아름다움을 찾으려는 측면에서 말이다. 어느 시대에나 광폭한 신들과 평범한 인간들은 존재할 것이 틀림없다.

로제타의 돌

프랑스혁명 말기인 1799년 나폴레옹 장군이 인솔하는 프랑스군은 이집트 원정에서 빛나는 승리를 거두었다. 나폴레옹은 싸움에 앞서,

"병사들이여, 4천 년의 세월이 피라미드 위에서 너희들의 활동을 지켜 보고 있다!"

라고 포고를 내려 병사들의 사기를 고무시켰다고 전하는데, 아마도 나폴레옹은 이때 자기 자신이 역사상에 주어진 과업을 의식하고 영광의 길을 달리기 시작했던 모양이었다.

이러한 역사의 본줄기와는 좀 떨어져서 화려하지는 못하지만, 문화사적으로 매우 중요한 사건이 일어났다. 나일강 어귀에 있는 소도시 로제타 부근에서 프랑스군의 한 부대가 참호를 파고 있었는데, 세로 길이가 1미터, 가로 길이 70센티 가량 되는 돌이 나왔다. 돌은 현무암인데, 평평한 표면은 세 단으로 나뉘어 각각 다른 글자로 글이 새겨져 있었다. 이러한 고고학적 발견이 있을 것을 예상하고 훈시가 있었으므로 담당 장교는 그 돌에 대해서 곧 상관에게 보고를 했다. 이것이 세상에 유명한 로제타의 돌이다.

돌에는 고대 이집트의 상형문자와 그 속자(俗字), 그리고 나머지 한 단에는 같은 글귀가 희랍문자로 새겨져 있는 듯했다. 학자들은 그 돌의 발견에 열광했다. 희랍 말을 열쇠로 해 천고의 수수께끼였던 이집트 문자를 해독할 수 있다고 생각했기 때문이다. 그러나 일은 그리 쉽지가 않았다. 돌의 표면이 몹시 홈이 가 있었을 뿐 아니라, 희랍 글자와 이집트 글자는 구조가 전혀 달랐으므로 오른쪽 것을 왼쪽으로 옮기듯 쉽게 갖다 맞출 수가 없었다.

이리하여 로제타 돌은 오랫동안 쓸모없이 버림을 받고 있었는데, 인류에게 주어진 많은 수수께끼처럼 이 수수께끼도 해결되지 않을 수가 없었다. 프

랑스의 동양학 학자인 실베스톨 드상은 희랍어를 길잡이로 하여 속자의 고유명사를 몇 개 찍어 냈는데, 그 후 영국의 수학자 토마스양은 보통 명사를 구성하는 부호를 고립시켜 속자의 텍스트의 일부를 번역하는 데 성공했다.

그 무렵, 프랑스의 샹폴리옹(Champollion, J. F)이란 청년이 로제타 돌의 수수께끼에 매달렸다. 그는 상형문자의 수가 희랍문자의 3배나 되는 것을 알고 알파벳식의 것임을 증명하여, 이집트 문자 해독을 진일보시켰다.

그후 레푸시우스, 앨망 등이 이집트어의 문법을 해명하기에 이르렀다. 이집트 문자가 해독되기 이전에는 이집트의 역사는 희랍어의 문헌과 구약성서에서 전하는 것에 불과했는데, 여기에 이르러 미이라와 오벨리스크의 수수께끼도 차례차례로 벗겨졌다. 로제타 돌은 지금 런던의 대영 박물관 이집트 조각실에 수장되어 있다.

그야말로 인간이다

괴테는 18세기 후반에서 19세기에 걸쳐 오랜 생애를 살았고, 그간에 자기가 가진 예술가로서의 재능을 충분히 꽃피웠을 뿐만 아니라, 세속적으로 보더라도 바이마르의 재상으로서 사람들의 경앙을 받았다. 무릇 인생에 있어서 패배를 모르는 것 같이 보였지만, 그러한 그에게도 패전국의 시민으로서 굴욕을 참아야 할 일이 있었다.

1806년, 서남 독일제국을 지배하에 넣은 나폴레옹 군은 바이마르에도 진군하여 괴테에게도 박해를 가하려 했다. 그런데 그 후 특별한 지시가 있어, 그에게는 특별한 보호가 주어지게 되었다.

1808년 나폴레옹은 괴테를 만나기 위해 그를 초대했다. 그때로 말하면, 나폴레옹은 40세의 장년이며 '세계의 제왕' 이라 할 만큼 영광의 자리에 있었다. 한편 괴테는 60살로, 말하자면 패전국의 한 노시인이었다. 괴테를 상봉한 나폴레옹은 감동에 겨운 표정으로,

"그야말로 인간이다.(Voila un homme)"

라고 중얼거렸다고 한다. 여기서 '인간' 이란 것은 물론 참된 의미의 인간이라는 의미였을 것이다. 나폴레옹은 시인을 찬미하고 있었을 뿐 아니라, 자기 자신도 그 참된 인간의 한 사람으로서의 높은 자부심이 드러나 있다. 괴테의 마음 속을 들여다 본다면, 나폴레옹이 그 때 지배하고 있던 광대한 유럽의 영토보다도 더 광대한 정신적 영토가 있었는지 모른다.

이 상봉의 시간은 넉넉한 시간이었다고도 하고, 겨우 2분 동안이었다고도 하는데, 나폴레옹은 괴테의 작품 〈젊은 베르테르의 슬픔〉에 대해서 이야기하고 〈줄리어스 시저〉의 희곡을 쓰도록 권하기도 했다고 한다.

그런데 역사는 짓궂다. 프랑스는 두 번이나 독일에 정복을 당하고 있다.

1870년의 보불전쟁과 제2차 세계대전 때이다. 두 번이나 예술의 도시 파리는 독일군의 군홧발에 짓밟혔는데, 프로이센의 수상 비스마르크나 나치의 총통 히틀러가 그때 독일말로 '그야말로 인간이다' 라고 감탄의 소리를 낼 만큼 인간미가 있었던가?

독일 국민에게 고한다

19세기 초의 나폴레옹 전쟁은 나폴레옹의 세계 지배라는 야심에 대해 유럽 제국의 반발·해방 전쟁이었다. 이 전쟁에 가장 적극적으로 참가한 프로이센은 예나전투의 패전, 그리고 치욕적인 틸지트 조약 등으로 자극되어 민족적 자각이 높이 고취되었으며, 사회적으로나 사상적으로 변혁기에 들어섰다.

정치적으로는 슈타인 하이덴베르크 등에 의해 토지제도를 고쳐 농민을 해방하고, 행정면의 개혁도 크게 단행되었다. 이러한 변혁은 영국이나 프랑스와는 좀 형태는 달랐지만, 역시 근대화의 길이었다.

한편, 사상계에는 자유주의적 국민주의가 그 기치를 드높였다. 피히테 등이 그 지도자였다. 피히테는 나폴레옹 점령하의 베를린 학사원에서 1807년부터 이듬해에 걸쳐 연속 강연을 하여 높은 이상주의 입장에서 애국심을 불러 일으켰다. 이 강연의 타이틀이 '독일 국민에게 고한다' 이다.

다음에 그 일절을 인용하면,

"···지금까지는 보통 감각세계가 참된 실재세계라고 생각되어서, 그것이 먼저 교육의 객체로서 학생들에게 제시되었다. 학생들은 먼저 감각세계에서 출발하여 사유(思惟)로 인도되었다. 새로운 교육은 이 순서를 전적으로 뒤집고 있는 것이다. 새로운 교육에 있어서는 사유에 의해서 파악된 세계만이 참된 실재이다. 새로운 교육은 모든 것 속에서 정신만이 살아서 이것을 지도하도록 하려 한다. 견실한 정신은 국가를 받드는 유일한 기반이며, 우리는 바로 그 정신을 모든 사람 속에 태어나도록 하려고 한다. 이리하여 탄생할 정신은 고상한 조국애를 직접 그 자신 속에 갖게 될 것이다. 그리고 그 사랑에서 용감한 조국의 기수이며, 법을 충실히 지키는 마음이 또한 절로 생기는 것이다……."

피히테의 호소는 시의적절했으며, 독일 국민의 해방과 프로이센의 강대화에 커다란 역할을 했다. 그리고 이미 그의 사상 속에 독일적인 국가주의 사상의 싹이 엿보이며, 그것이 나중에 발전하여 카이젤식 제국주의가 한 걸음 더 나아가 히틀러식 국가사회주의로 이상한 성장을 수행하게 된 것도 부정할 수 없을 것이다.

장엄에서 웃음거리는 불과 한 발 차이

프랑스 혁명의 혼돈 속에서 뛰쳐나온 나폴레옹은 우수한 정치적 · 군사적 능력을 발휘하여 국내의 지도권을 잡는 한편, 열강의 간섭을 물리치고 프랑스의 독립을 공고히 한 뒤, 1804년 스스로 황제의 자리에 올랐다. 혁명에 의해 루이 왕실을 넘어뜨린 민중도 그의 천재에 현혹되어 새로운 지배자에게 열광적인 갈채를 보냈다.

혁명 당시 병사들 간에 '꼬마 중사'로 알려졌던 그가 지금은 태양과 같은 신성하고도 높은 존재가 되었다. 그의 팽창해 가는 야심은 침략적인 형태를 띠고 국외로 향했으며, 아우스터리츠, 틸지트 등의 큰 싸움에서 승리를 거둔 뒤 결국 유럽 대륙 전부를 그 지배하에 넣고 말았다. 그러나 도버 해협 건너 영국만은 그의 '장엄한' 권위에 굴복하지 않았다.

1805년 넬슨이 이끄는 영국 해군은 프랑스 해군에게 괴멸적인 타격을 가했다. 나폴레옹으로서도 무력으로 영국을 침략할 것을 단념하고, 대륙과의 교역을 봉쇄하여 경제적으로 영국을 고립시키려 했다. 이 정책은 뜻하지 않은 부작용을 일으켰다. 즉, 영국에 농산물과 제조품과의 교환무역을 하던 러시아가 심각한 경제 위기에 직면하게 되자 프랑스에 반기를 든 것이다.

1813년 6월 나폴레옹은 60여만 대군을 이끌고 러시아로 쳐들어갔다. 나폴레옹 군은 러시아 군을 쳐부수며 러시아 깊숙이 진군하여, 9월 14일 모스크바에 도착했다. 그러나 모스크바 시민들은 명령에 따라 이미 모두 피난을 가 버리고 도시는 완전히 공허 상태에 있었다. 그리고 밤에는 각 처에서 방화의 불길이 올라 수도의 도심부는 완전히 재가 되고 말았다. 러시아는 초토 전술을 썼던 것이다.

이때 나폴레옹은 모스크바 근교 '참새 언덕'이라는 이름을 가진 한 언덕에서 그 광경을 바라보고 있었다. 그 운명의 언덕은 그 후 '레닌 언덕'으로 개명되었고, 지금은 모스크바대학의 건물이 서 있다.

거리에는 먹을 것이라고는 거의 없었다. 나폴레옹 군은 군량 보급이 끊겨 더 이상 전진을 못하고, 약 한 달 후인 10월 19일 총퇴각을 개시했다. 그런데 러시아의 겨울은 빨랐다. 날씨는 나날이 추워지는데 러시아 군은 퇴각하는 프랑스 군을 뒤에서 몰아쳤다. 겨울에 대한 장비가 없었던 나폴레옹 군은 전의를 잃고 러시아 군의 공격에 많은 손실을 입었으며, 겨우 러시아 땅을 벗어났을 때는 60만 대군이 2만이 되어 있었다.

나폴레옹 자신은 12월 18일 파리에 도착했는데, 그의 옆을 따르는 자는 불과 몇십 명에 지나지 않았다 하니, 떠날 때에 비해 그 초라한 모습을 가히 짐작할 수가 있다. 그의 심복이며 능수능란한 외교관인 탈레랑은 부하로부터,

"폐하께서 귀환하셨사옵니다."

라는 보고를 받았을 때 픽 웃으며,

"군대 없이 말이지!"

라고 말했다고 전한다.

물론 이 패전의 모욕을 가장 뼈저리게 느끼고 있었던 것은 나폴레옹 자신이었을 것이다. 그는 철군하는 도중에서 폴란드 대사에게 말했다.

"장엄에서 웃음거리는 한 걸음이야."

이 말은 나폴레옹이 스스로를 변호하는 뜻과 자조하는 두 가지 뜻으로 해석할 수 있다. 그러나 여기에는 다분히 자기 변호의 뉘앙스를 띠고 있다. 톨스토이는 〈전쟁과 평화〉에서 이 점을 날카롭게 비판하고 있다. 자기에게 목숨을 바친 사람들을 버리고 도망쳐 달아난 비열한 짓을 해 놓고도 아직 저 잘난 척만 한다고. 즉, 이 말은,

"자기는 지금 싸움에 져서 웃음거리로 보일지 모르나, 그것은 내가 장엄하다는 증거이다."

라는 의미를 품고 있었다는 것이다. 원칙적으로 본다면 이 비판은 타당한 것이지만, 그러나 나폴레옹이란 복잡한 인간 속에,

"자신을 장엄한 존재로 알았는데, 그것은 생각 외로 웃음거리에 가까웠구나!"

라는 자조가 섞여 있었다고도 할 수 있다. 러시아 원정의 실패로 그의 장대한 몰락이 시작되는데, 그것은 그의 지배하에 있던 유럽 제국에게 러시아에서의 대 패배는 이미 커다란 약점이 된 것과, 한편으로는 민족의 자유와 독립 의식이 높아진 데 원인이 있었다.

이 근대적인 민족의식은 봉건적 억압체제에서 해방의 기수로 나타났던 초기의 나폴레옹 자신에 의해서 눈뜨게 했던 것도 생각하면 얄궂은 운명이었다.

〈적과 흑〉, 〈파르므의 승원〉의 작가 스탕달은 나폴레옹 군의 장교로서 러시아 원정에 따라 갔었다. 경리부에 있었으므로 실전에 참가하지는 않았으나, 모스크바에서 철군하는 도중에 코사크 기병대의 습격을 받으면서도 매일 아침 면도하는 것을 빠뜨리지 않았다고 한다.

스탕달의 그 두 작품은 나폴레옹을 직접 말하지는 않았지만, '장엄' 과 '웃음거리' 의 커다란 그림자를 엿볼 수 있다고 할 수 있다.

조세핀, 오늘은 안 돼!

'조세핀, 오늘은 안 돼!'는 프랑스의 황제 나폴레옹이 황후인 조세핀에게 한 말로 되어 있다. 물론 역사상의 근거는 분명치가 않으며, 과연 나폴레옹이 이 말을 했는지 그 진위를 가릴 수는 없다.

어느 땐가 그 시기는 분명치 않으나, 나폴레옹이 외국 사신들을 모아 놓고 크게 연회를 벌인 일이 있었다. 그때 한참 으리으리하던 궁전의 넓은 살롱에는 전 세계를 망라한 귀빈들이 별하늘과 같이 빛을 내며 눈부시게 모여 있는데, 막상 황제의 자취는 보이지 않았다. 그래서 시종들이 내실로 조심조심 찾아 들어갔더니, 황제는 안락의자에 푹 파묻혀 앉아서 기분 좋게 잠이 들어 있었다. 그런데 어떤 방법으로 깨워야 할지 몰랐다. 흔들어 깨우자니 무엄한 짓이고, 그래서 시종들은 의논 끝에 황제가 즐겨 먹는 치즈를 이용하기로 했다. 그리하여 커다란 은접시에 냄새가 강한 치즈를 담아서 황제의 코 앞에 들이댔다. 그러자 나폴레옹은 잠결에 치즈를 손으로 물리치면서,

"조세핀, 오늘 밤은 안 돼."
라고 말했다고 한다. 일설에는 '오늘 밤은 안 돼'가 아니고, '짐은 피곤하도다'라고 말했다고도 한다.

아무튼 나폴레옹은 그를 군사 지휘관으로 볼 때 보통이 넘는 심리학자이며, 그만한 대군을 좌지우지한 만큼 병사의 마음을 휘어잡고 사기를 고무시키는 기술에 있어서도 제일인자였다.

원정을 가는 군대에 대한 연설을 보더라도 교묘히 사람들의 인정을 찌르고 있다. 이집트 전쟁 때 '이들 피라미드 위에서 4천 년의 세월이 우리를 지켜 보고 있다!'라는 말을 던졌으니, 과연 병사들의 사기를 불태우고야 말았을 것이다. 프랑스 사람들은 원래 영웅숭배사상이 강하며, 특히 이러한 표현

에는 홀딱 반하게 되어 있다. 그가 '불가능이란 나의 사전에는 없다'고 지나친 말을 입에 올렸다고 전하는 것도 이유없는 소문은 아닐 것이다.

그러나 러시아 원정시 60만의 정예병력 중 40만을 눈과 얼음의 벌판에 내동댕이치고 도망쳐 나온 것이 그의 신세를 망치게 했다. 없어야 할 '불가능'이 그의 운명 앞에 커다란 검은 그림자로 다가든 것이다. 그리고 지중해의 엘바 섬에 유배를 당했는데, 1년이 채 못 가서 권토중래(捲土重來), 다시 힘을 몰아 프랑스 본토에 상륙, 파죽지세로 파리로 향했다. 그러나 워털루 전투에서 연합군의 교묘한 전술에 골탕을 먹고 느닷없이 패배를 당하여 멀리 대서양의 세인트 헬레나 섬으로 유배되어 가야 했다.

1815년 3월 20일의 파리 입성에서 6월 16일의 워털루까지 진정 '백일 천하'를 유지하다 말고 그 운명의 불길은 영원히 암흑 속으로 꺼지고 말았다.

영국은 각자가 그 의무를 다할 것을 기대한다

'영국은 각자가 그 의무를 다할 것을 기대한다'는 말은 1805년 10월 21일, 트라팔가르 해전의 불꽃이 터지기 약 30분 전 영국 함대 사령관 넬슨(1758~1805)이 기함 빅토리아호의 돛대에 높이 올린 신호의 문구이다.

스페인의 남쪽 해안 트라팔가르 앞 바다에서 일어난 해전은 나폴레옹 전쟁에 있어서 해상의 결전이 된 것으로, 영국 측 함대는 41척에 프랑스 측은 스페인 함대를 합쳐 38척으로 서로 백중한 세력으로 포화를 주고 받았다. 이 트라팔가르 해전의 승리는 영국 쪽으로 돌아가고, 나폴레옹은 해군력을 거의 잃고 그 후 바다에서는 전혀 무력하게 되었다.

그러나 이 전투에서 넬슨도 전사했다. 적탄은 넬슨의 왼쪽 어깨 살을 뚫고 폐를 거쳐 잔등에 박혔다. 그리고 부상한 지 세 시간 후 함장의 팔에 안겨 숨을 거두었다. 마지막에 넬슨은 함장을 향해 자신의 연인을 잘 부탁한다고 말한 뒤, 한쪽 볼에 함장의 키스를 받고,

"고마운 일이야, 나는 의무를 다했다."

라고 말하며 눈을 감았다고 한다.

'영국은 각자가 그 의무를 다할 것을 기대한다'는 신호의 글귀는 넬슨이 쓴 원안에는 '영국은……'이 아니라 '넬슨은……'으로 되어 있는 것을 부하 장교의 충고를 들어 고친 것이라고 한다.

그러나 이 트라팔가르 해전은 나폴레옹의 야심을 일시적으로 저지한 것에 지나지 않아, 그해 12월 아우스터리츠에서 나폴레옹은 오스트리아와 러시아의 연합군을 쳐부수고 대륙의 패권을 잡았다.

이 패배의 비보를 전해 들은 당시의 영국 수상 빗트는 상심 끝에 병이 중해져서 이듬해 정월,

"오오! 조국이여, 이러한 모양으로 조국과 작별하는가!"
라고 비통하게 외치며 죽었다.

나폴레옹에 맞선 영국의 또 한 사람의 투사는 '쇠공작'이란 별명이 붙은 웰링턴 공작(1769~1852)이다.

1812년 러시아 원정을 떠났다가 모스크바의 초토 전술과 사나운 추위를 만나 참담한 꼴로 총퇴각을 하지 않을 수 없었던 나폴레옹은, 그 후 몰락하기 시작했고, 1814년에는 엘바 섬에 유배의 몸이 되었다. 그러나 그는 얼마 후에 엘바 섬을 탈출하여 다시 프랑스 황제가 되어 연합군에 대하여 반격을 개시했다. 이때 워털루에서 나폴레옹 군을 맞이한 것이 웰링턴 공작이며, 1815년 6월 18일 원군으로 달려 온 프로이센과 합력하여 드디어 나폴레옹을 최후의 결전에서 격파하여 나폴레옹 전쟁의 종지부를 찍었다.

"워털루의 승리는 이튼의 운동장에서 마련된 것이다."
라고 말한 웰링턴의 말도 유명하다. 이 이튼이란 그의 모교를 가리킨 것이다. 물론 그 말은 웰링턴이 재학 중 크리켓과 풋볼 등 운동으로 단련된 정신과 육체가 워털루의 전승을 가져 온 근본이었다는 의미이며, 영국이 이 학교의 교육을 찬양한 말이기도 하다. 런던 트라팔가르 광장에는 넬슨의 탑이 솟아있고, 워털루 브릿지는 웰링턴 공작의 승리를 기념하고 있다.

영국이란 나라는 자유를 존중하고 사랑하는 나라이다. 그 반면 어느 나라보다 질서가 서 있는 나라이기도 하다. 자유와 질서가 같이 사이 좋게 나란히 어깨를 겨누고 있는 나라로서 영국에 비할 나라가 없을 것이다. 자유는 자칫하면 방종으로 흐르기 쉬우나, 영국에서는 자기의 자유를 사랑하는 대신 남의 자유를 존중하도록 어릴 적부터 사회적 교육을 받고 있다. 그러므로 그들의 자유의 이면에는 반드시 의무라는 관념이 따르고 있다. '영국은 각자가 그 의무를 다할 것을 기대한다'라고 유명한 넬슨의 말은 그 당시 급해서 나온 말이 아니라, 그들의 자유에 대한 생각이 뒷받침되어 있는, 뿌리가 있는 말임이 틀림없다.

회의는 춤춘다

1814년부터 15년에 걸쳐 비엔나에는 각 국의 군주와 재상들이 나폴레옹으로 인하여 뒤흔들렸던 유럽을 새로운 질서로 바로 잡을 목적으로 한 자리에 모여 들었다. 이렇게 많은 군주와 재상들이 한 자리에 모이기는 유사 이래 처음이었다. 이때 알렉산드르 1세와 메테르니히가 회의의 주도권을 잡았다. 그러나 각국의 입장과 생각은 제각기 달라 좀처럼 합의가 이루어지지 않고 회의는 허공에 떠 있었다. 그들은 회의보다는 무도회를 즐겼고, 그렇지 않으면 소풍을 떠났다.

회의의 대표자 간에는 동맹국 군주들의 모습을 만평한 그림이 살짝 회람되었다. 이 그림 옆에는 다음과 같이 씌어 있었다.

"러시아의 황제는 사랑을 도맡고, 프로이센의 왕은 생각하는 일을 도맡고, 덴마크의 왕은 변설을 도맡고, 바이에른의 왕은 마시는 것을 도맡고, 뷔르템베르그의 왕은 먹는 것을 도맡고, 오스트리아 황제는 경리를 도맡는다."

이것을 보더라도 이 회의의 모습이 어떠했던가 짐작할 수 있다.

데카브리스트(12월당)

나폴레옹 전쟁 후, 유럽의 사태를 수습하기 위해서 열린 비엔나 회의는 프랑스혁명을 백지로 돌리고, 모든 것을 혁명 이전의 상태, 즉 구체제로 원상복구시키자는 반동적인 것이었다.

그러나 프랑스혁명이 던진 파문은 의외로 컸으며, 자유와 해방의 소중한 미각을 깨달은 각 국의 국민들은 그것에 만족할 까닭이 없으며, 자연히 도처에서 반항의 횃불이 타올랐다. 독일의 학생운동, 이탈리아의 까르보나리의 봉기, 러시아의 데카브리스트(12월당)의 난 등 모두 그러한 것이었다.

원래 러시아는 유럽의 다른 나라에 비해 근대화의 걸음이 뒤져 있었는데, 나폴레옹 전쟁에서 많은 장병들이 유럽의 각지를 전전하며 싸우는 동안 유럽에 대한 관심이 높아졌다. 특히 귀족 출신에 교육을 받은 장교급 청년들은 자유주의 사상에 크게 마음이 흔들렸고, 조국의 뒤떨어진 현상을 한탄하면서 비밀 결사를 조직하고, 과격한 수단으로 정치와 사회적 개혁을 단행하려고 했다.

이 비밀 결사는 남, 북 둘이 있었는데, 북부는 뮈라뷔에프, 남부는 베스테리가 그 리더였다. 남부 결사는 군주제를 뒤엎고 공화제를 실현하려는 급진적인 것이었고, 북부결사는 좀 온건하게 군주제는 그대로 두고 입헌의회제도를 실현하려고 했다. 이 두 결사는 서로 연락을 취하며 기회가 오기를 기다렸다. 러시아의 민족시인 푸슈킨은 특히 북부 결사 사람들과 친교가 있었다.

1825년 11월 황제 알렉산드르 1세가 죽고, 니콜라이 1세가 뒤를 이었다. 이들은 그것을 좋은 기회라고 판단하고 12월 14일 페테르부르그에서 반란을 일으켰다. 그러나 이 반란은 군대와 일반 민중들의 호응이 없었으므로 대번에 탄압에 굴복하고 말았다.

니콜라이 1세는 반란의 지도자들을 용서없이 처단했다. 어떤 자는 사형에 처해지고 어떤 자는 시베리아에 유배되었다. 이들이 거사한 달(月) 12월 (러시아 말로 데카브리)을 따서 이들을 '데카브리스트(12월 당)'라고 부르고 있다.

북부 결사의 지도자 뮈라뷔에프는 반란이 성공하는 날 제정 공포할 헌법의 초안 이외에도 '어느 진기한 회화'라는 문답체의 팜플렛을 남겨 놓았다. 이 팜플렛은 대중 계몽에 쓰기 위한 것이었는데, 미완성이었다. 데카브리스트의 한 시인은 이것을 아깝게 여기며,

"이러한 문서는 여론을 환기하는 데 매우 효과적인 것이다."

라고 말했다.

한편, 니콜라이 1세는 반란 진압 후 그 팜플렛을 보고는 여백란에다 프랑스말로 '이 얼마나 뻔뻔스런 짓이더냐!'고 감상을 써 넣었다.

문답의 일부를 소개하면,

문 : 자유의 기원이란 무엇인가?

답 : 모든 축복은 하느님께서 주신다. 하느님은 스스로의 모양을 본떠서
　　인간을 만들고, 영원한 선물로서 자유를 주셨던 것이다.

문 : 모든 인간은 자유인가?

답 : 천만에, 소수의 사람이 많은 사람을 노예로 삼고 있다.

문 : 자유를 획득하는 일은 필요한가?

답 : 필요하다.

문 : 어떻게 하면 좋은가?

답 : 고대 러시아에 있었던 것과 같은 규칙이나 법률을 제정할 것이 필요
　　하다.

문 : 고대 러시아는 어떠했는가?

답 : 전제군주라는 것은 없었다.

문 : 전제군주라는 것은 무엇인가?

답 : 전제군주, 혹은 독재군주란 토지를 독차지하고 이성의 힘, 하느님과 인간의 법도를 인정하지 않는 것이다. 전제군주는 한 마디의 변명도 없이 제멋대로 통치를 한다.

문 : 하느님이 전제군주를 만든 것이 아닌가?

답 : 하느님은 결코 어떠한 악(惡)도 만들어 내시지는 않았다.

러시아의 문호 톨스토이의 명작 〈전쟁과 평화〉는 이 데카부리스트에 대한 관심에서 생겨난 것이었다. 그는 처음에 데카부리스트의 반란을 무대로 할 예정이었는데, 차츰 시대를 거슬러 올라가 나폴레옹 전쟁에서 시작하여, 이 전쟁을 통해 계몽된 한 지식인이 나중에 데카부리스트 운동에 나서게 되는 필연성을 그리려고 했다.

사람은 항상 첫사랑으로 돌아간다

1814년 '오페라 코믹좌'에서 상연된 애티앤누(1777~1845)가 쓴 희극 '죠콘드'는 다른 이름으로 '여자를 노리는 사나이들'이라고도 하는데, 제3막 제1장에 주인공 죠콘드가 노래하는 로맨스의 제2절에 다음과 같은 시가 있다.

아아, 세월은 흘러도 애절한 마음 가시지 않네.
우리의 가장 즐거웠던 날은 추억 속에 있어라.
사랑했던 여자는 언제까지나 언제까지나 맘 속에 매달리네.
이같이 사람은 항상 그의 첫사랑으로 되돌아가네.

죠콘드는 그의 첫사랑인 애틸이 자기를 배반했다고 믿고 방종한 생활 속에 몸을 던지는데, 첫사랑의 여인을 잊기 어려워 드디어 극의 마지막에서 둘은 다시 맺어진다.

한편, '여자' 측에서도 '여자는 결코 그의 최초의 사나이를 잊지 못한다'라는 속담을 말한다. 처음으로 처녀를 바친 사나이의 이미지는 항상 여자의 머리 속에 붙어 있는 모양이다. 비록 폭력으로 처녀성을 빼앗겼을 때라도 사나이에 대한 미움의 그늘에는 뭐라고 말할 수 없는 그리움이 남아 있다고 한다.

겨울이 오면 봄이 멀지 않다

'겨울이 오면 봄이 멀지 않다'는 말은 영국의 낭만주의를 장식하던 세 사람의 시인 바이런, 키이츠와 함께 유명한 셸리의 '서풍에 붙이는 노래'라는 시의 끝맺음 구절이다.

어둡고 추운 겨울 뒤에는 밝고 따뜻한 봄이 오는 것은 하늘의 이치이다. 우리 속담 '고진 감래'와 같은 뜻이다. 셸리는 옥스퍼드대학 시절에 '무신론의 필요성'이라는 팜플렛을 발간하여 캠퍼스를 쫓겨 났다. 그 해 16세의 소녀 헬리어트와 알게 되어 결혼했다. 그러나 3년간의 방랑 생활 후 그녀와는 별거하게 되었다.

이 무렵, 그는 고드윈의 사회주의에 물이 들어 그 딸 메어리와 가까워졌다. 1816년에 아내 헬리어트는 하이드 파크 연못에 몸을 던져 자살을 했고, 셸리는 메어리와 결혼했다. 같은 해 열혈의 시인 바이런과 알게 되어 친구가 되었다.

1820년 11월에 폐를 앓고 있던 '미의 사도' 키이츠가 로마로 전지요양 왔을 때, 셸리도 바이런도 이탈리아에 같이 살았고, 이듬해 키이츠가 죽을 때까지 영국 낭만주의의 트리오는 다 같이 이탈리아에 모여 있었다.

키이츠가 죽은 그이듬해, 죽음의 신은 뜻지 않게 셸리에게도 찾아왔다. 친구를 만나고 돌아오던 중 셸리는 뱃길에서 스베치아만 근처에서 폭풍을 만나 요트가 전복하여 죽었다. 유해는 바이런이 입회하여 해변가에서 태우고 키이츠와 함께 로마의 신교도 묘지에 묻혔다. 묘비에는 '마음의 마음'이란 귀절이 라틴어로 새겨졌다.

한편, 그 전에 죽은 키이츠의 묘비에는 고인의 희망대로 '그 이름을 물에 썼던 자 이곳에 잠들다'라고 새겨져 있다. 다 유명한 묘비명이다.

한편 바이런은 셸리가 죽은 이듬해 그리스 독립 전쟁에 의용군을 끌고 참가했다가, 1824년 4월 셸리가 죽은 지 2년 뒤에 말라리아에 걸려 눈을 감았다. 이 세 사람은 서로 때를 같이 하여 활약하다가 이 세상을 하직할 때도 서로 손을 잡듯이 황급히 떠났다.

'서풍'을 노래한 셸리의 시는 하늘 높이 저편에 자유 해방의 새 천지를 꿈꾸는 그의 갈망이 들어 있었다. '겨울이 오면 봄이 멀지 않다'는 셸리는 자유 해방의 신천지가 지상의 낙원을 이룰 것을 믿고 있었고, 그는 늘 혁명적 정열을 불태우고 있었다. 그러나 그의 열정은 다분히 추상적이기도 했다. '별을 구하는 나방의 소망'이라고 한 그 자신의 말이 이를 가장 단적으로 나타내고 있다.

하루 아침에 눈을 떠 보니 유명해졌다

'하루 아침에 눈을 떠 보니 유명해졌다'는 바이런(1766~1824)의 말로 널리 알려져 있다. 얼굴이 잘 생기고 절름발이인 이 청년 귀족은 태어날 때부터 정열을 그 몸 속에 가득 안고 있었으며, 일찍부터 자유 분방한 생활에 몸을 맡겼다.

조상에게서 물려 받은 승원(僧院) 건물에 젊은 친구들을 모아 놓고 밤낮으로 먹고 마시는 나날이 계속되었다. 스무 살 때 엉키고 답답한 심정을 안고 스페인, 그리스, 중근동(中近東)으로 나그네길을 헤맸다. 서구의 난숙한 문명에는 이미 곪은 냄새가 나더니 동방에 이르자 이국적인 꿈의 샘이 거기에 있었다. 그리하여 동방의 문물은 바이런의 마음을 뒤흔들었다.

그 인상을 기틀로 하여 쓴 것이 장편시 '차일드 헤롤드의 편력'이다. 이것은 주인공 차일드가 멀리 여행을 떠나 수천 년의 역사의 폐허 속을 소요하면서 먼 옛 생각에 잠긴다는 줄거리인데, 이 시가 한 번 세상에 나오자 그 확 트인 자유스러운 시상(詩想)은 대번에 독서계에 커다란 센세이션을 불러 일으켰다. '하루 아침에 눈을 떠 보니 유명해졌더라'는 말은 바이런이 그 무렵의 감상을 말한 것으로, 친구 토마스 모어가 전한 바 있다.

문예의 형식이 다양화한 현대에서 본다면 한편의 시가 이처럼 크게 사회적인 반향을 일으킨다는 것은 생각할 수 없는 일이지만, 때는 근대 문학의 여명기이며 낭만주의가 막 꽃을 피울 무렵이다. 바이런의 출현은 마치 어둠을 뚫고 솟아 오르는 동녘의 햇살과 같은 빛깔을 띠었다고 할 수 있다.

화려한 사교계는 쌍수를 들고 홀연 혜성과 같이 빛나는 이 천재 시인을 맞이했다. 어느 살롱에서나 바이런의 이름은 마치 주문처럼 사람들 입에 올랐다. 특히 여성들 간의 인기는 굉장했다. 재색을 아울러 갖춘 사교계의 꽃 캐

롤라인 램은 바이런의 소문이 너무도 유난스러운 데 반발을 느끼며, 처음 소개를 받았을 때는 '위험한 좋지 못한 사람이'라고 일기에 썼었다. 그러나 두 번째 만난 뒤에는 '그 아름답고 창백한 얼굴은 나의 운명이다'라고 고백하고, 그 후 광적일 정도로 사랑을 바치기에 이르렀다.

그러나 바이런은 사교계의 유행아로 끝낼 운명에 있지 않았다. 그는 상원 의원으로서 처음으로 의정 단상에 등단했을 때, 당시 가장 비참한 상태로 사회에서 버림을 받고 있는 노동자들을 변호하는 과격한 연설을 하여 국회를 놀라게 했다. 이는 인도주의적 입장에서 기성의 일그러진 질서에 반격을 가한 것으로, 인간의 자유를 구하는 불길이 그의 내부에서 격렬히 불타고 있었던 것을 보여 주는 것이다.

바이런은 계속해서 종횡으로 솜씨를 발휘하여 낭만적인 시를 써 냈으며, 한편으로는 그를 둘러싼 여성들과의 교제도 계속했었다. 그의 질서없는 생활은 사교계의 위선적이고, 형식적인 질서와는 어긋나는지라 빗발 같은 비난의 소리가 그를 더 고국에 있지 못하게 했다.

영국이여! 허다한 결점은 있으나,
나는 역시 너를 사랑한다.

이렇게 노래한 것은 이때였다.

유럽으로 건너가서 '맨프레드(Manfred)' '돈 후안' 등 대작을 낳는 한편, 마음 가는 대로의 분방한 생활은 여전히 세상의 이목을 끌었다.

서른 다섯 살 때, 그리스가 터키의 압정에서 벗어나 독립전쟁을 일으키려는 것을 보자, 사재를 털어 의용군을 모집하여 현지로 향했는데, 말라리아에 걸려 갑자기 죽고 말았다.

바이런은 그 작품이 낭만적이었을 뿐만 아니라 생활 자체가 파란에 가득 찬 하나의 낭만이었다.

립 밴 윙클

'립 밴 윙클'은 미국 초기 작가 워싱튼 어빙의 단편집 〈스케치 북〉속에 나오는 동화의 주인공이다.

립 밴 윙클은 허드슨 강변에 사는 네덜란드계의 이민인데, 사람됨이 숭굴숭굴한 호인으로 좀 느림보이기도 하다. 그는 아내의 종알대는 소리를 들으면서도 애견 울프를 데리고 새 사냥을 떠났다. 그런데 산골에서 길을 잘못 들어 헤매던 중 옛날 네덜란드의 복장을 한 이상한 난쟁이들이 유회를 하며 즐기는 것을 보았다. 옆에 두었던 술을 한 모금 마시자 그는 금세 깊은 잠이 들어 버렸다.

눈을 뜨고 산을 내려 동네에 돌아와 보니 잠시 한숨 잔 줄 알았던 것이 어느덧 20년이란 세월이 지나, 아내는 이미 죽고 딸 하나 있던 것은 결혼을 했으며, 식민지이던 아메리카는 독립국가로 변해 있었다.

독일의 전설에서 뼈대를 얻었다고 하는데, 동양에도 이와 비슷한 설화가 있다. 이런 종류의 설화전설을 찾아 보면 세계 각국 도처에 있을 것이며, 세월이 가고 변함이 눈 깜짝할 사이에 다시 돌이킬 수 없는 데 대한 인간의 영탄에서 생긴 이야기라 할 것이다.

벌거벗은 임금님

멋쟁이 임금님이 사기꾼의 아첨에 속아 어리석은 자의 눈에는 안 보이는 의복을 입었다고 생각하며 벌거벗고 길에 나섰다. 어른들은 임금님이 아무 것도 몸에 걸치지 않은 것을 알지만, 어리석다는 말을 듣지 않으려고 보이지도 않는 옷에 대해서 칭찬을 했다.

한 어린아이가 그것을 보고,

"앗, 임금님이 벌거벗었다!"

라고 소리친 데서 진실이 밝혀진다는 안데르센(1805～1875)의 유명한 동화인데, 여기에는 아이들을 위한 흥미로운 이야기 이상의 의미를 품고 있다. 어른의 허영과 위선, 편견들은 어린이의 눈에 의해 그 가면이 벗겨진다는 것이 이야기의 테마이다.

그러나 현실 속에서 어린아이같이 솔직하게 현실을 보고 또 행동한다는 것이 얼마나 어려운 일인가? 우리가 살고 있는 현실은 너무도 두터운 전통과 관습의 껍질로 둘러싸여 있으며, 그 허(虛)와 실(實)이 혼합된 옷에 의하여 문명사회와 형태가 유지되어 있는 이상, 그것을 모조리 벗겨 버린다는 것은 사회의 파산을 가져 오게 될 것이다.

예수의 '너의 눈에 들어 있는 삼눈을 먼저 고치라'라는 말도 같은 뜻으로 해석할 수 있는데, 그 산상의 교훈은 속인들이 감히 실행하기 어려운 엄한 것이 있었다. 예수의 위대함과 그 비극은 이 점에 있었을 것이다.

톨스토이가 만년에 원시 기독교의 소박함과 순결을 동경하여 그 품안에 돌아가 보려고 노력한 것은 유명한 이야기이지만, 그러던 그가 자기의 생애를 바쳤던 위대한 예술조차도 부정하고 표연히 집을 버리고 헤매다가 눈 속에 쓰러졌다는 것은 짐짓 피할 수 없는 결말이었는지 모른다.

백성의 소리는 하늘의 소리다

1821년 6월 24일의 프랑스 귀족원 의회에서는 당시 정치가로 유명했던 탈레랑(1754~1838)이 신문 잡지 등 출판물의 검열 제도를 존속시키는 데 반대하는 연설을 했다. 그는 이미 20여 년 전의 진정서에서 요구된 언론의 자유가 시대의 요망인 것을 입증하면서, 정치가 이러한 요망에 응하지 않고 거역한다는 것은 매우 위험한 일임을 역설했다.

그의 연설문의 일부를 인용하면,

"정부는 성실성을 위태롭게 해서는 안 된다. 현실은 속임수로 오래 덮어둘 수 없는 것이다. 볼테르보다도 보나파르트보다도 집정관의 그 누구보다도 재기(才機)가 있는 어느 누가 있다는 것을 알아야 한다. 그것은 세상이다. 세상을 괴롭히는 일을 고집하거나 이와 싸우는 일은 큰 잘못이다."

여기 '볼테르보다 재기있는 어느 누가 있다' 고 표현한 말은 '백성의 소리는 하늘의 소리' 라는 이언(俚諺)과 상통하는 말이다. 즉, 우리 속담의 '민심이 천심' 이란 말과도 같으며, 세상의 소리는 하늘의 소리로 들어야 하며, 정치는 이에 반대 태도를 취할 수 없다는 것이다. 탈레랑의 연설은 프랑스 정당사의 한 페이지를 기록했으나, 그의 주장은 통과되지 못하고 검열 제도를 3개월간 더 존속시키는 법안이 통과되고 말았다.

프랑스 같은 나라도 언론 자유를 얻기까지는 허다한 우여곡절이 있었음을 알 수 있겠다.

최대 다수의 최대 행복

'최대 다수의 최대 행복'은 제레미 벤담(Benthan, Jeremy 1748~1832)이 도덕 및 입법의 기초로서 말한 것으로, 그의 공리주의를 요약하는 말로 유명하다.

벤담은 공리주의적 철학에 선 법학자이자 윤리학자이며 경제학자였다. 그리고 그는 쾌락을 유일의 선(善)이라고 하고 고통을 유일의 악(惡)이라 했으며, 선과 악 둘 중 어느 쪽을 낳게 하는 계획과 행동에 따라서 옳고 그른 윤리적인 기준을 삼으려고 했다. 이리하여 그에게 있어서는 도덕과 법의 최고 목적은 '최대 다수의 최대 행복'을 획득하는 데 있다고 했다.

벤덤은 그의 사상을 프리스틀리(J. Priestley 1733~1804)에게서 많은 영향을 받았음을 스스로 인정하고 있다. 프리스틀리는 그리스도 무류설(無謬說)을 반대한 신학자이며, 산소를 발견한 과학자로도 알려져 있는데, 그가 쓴 〈정부론〉이 특히 벤덤에게 영향을 미쳤다.

'최대 다수의 최대 행복'이라는 말이 나오는 것은 벤덤의 저서 〈도덕입법 원리서설〉이다.

존재하는 것은 모두 이성적이다

'존재하는 것은 모두 이성적이다'는 철학자 헤겔의 말로 유명하다. 그의 저서 〈법 철학강요〉에 '이성적인 것은 현실적이다. 현실적인 것은 그것이 이성적이다'라는 문장을 바꿔서 요약한 것이다.

헤겔이란 사람이 얼마나 학문 연구에만 전념하고 지나치게 이성적이었는지를 말해 주는 일화가 하나 있다.

헤겔은 어느 날 서재에서 연구를 하고 있는데, 갑자기 일하는 사람이 뛰어들었다. 이 집에 불이 났다는 통지였다. 헤겔은 잠시 멍한 얼굴로 일꾼을 바라보다가, 이윽고 머리를 휘저으며 큰 소리로 말했다.

"그런 얘기는 아주머니에게 하게. 자네는 내가 집안 일에는 전혀 관여하고 있지 않다는 것을 모르는가?"

헤겔은 침착한 태도로 책상을 향한 채 그의 사색을 계속했다고 전한다. 헤겔의 마지막 말은 다음과 같다.

"나의 제자들 중에 오직 한 사람만이 나를 이해하고 있었다. 그리고 그 한 사람은 나를 잘못 이해하고 있었다."

스페이드의 여왕

1837년 2월 8일, 페테르부르크의 교외에 총성이 울렸다. 네덜란드 대사의 양자이며, 프랑스 귀족의 피를 받은 단테스라는 장교가 러시아의 국민시인 푸슈킨에게 총상을 입힌 것이다. 단테스는 그 배후의 조정으로 푸슈킨에게 모욕을 주어 결투를 하게 만들었다. 이 결투가 있을 것이라는 것은 만인이 알고 있음에도 불구하고, 황제 니콜라이 1세의 헌병은 그 결투를 금지시키려 하지 않았다. 이틀 후 푸슈킨은 이미 이 세상 사람이 아니었다.

푸슈킨은 1799년에 태어났다. 귀족 출신이며, 모계는 흑인의 피가 섞여 있었다. 그는 나폴레옹 전후 곧 문학 활동을 시작했다. 때는 벌써 러시아에 서구적 자유주의 바람이 일기 시작한 때였으며, 푸슈킨의 시는 그 시대 정신을 상징할 수 있는 자유 분방한 것이었다.

파란 많은 그의 생활로 보나 초기의 작품으로 보나 그에게는 바이런적인 면이 있었으나, 후에 바이런을 졸업하고 보다 더 사실적으로 깊은 인생을 알게 되었다. 수많은 우수한 서정시 이외에 서사시 '예프게니 오네긴'을 썼고, 소설로는 〈대위의 딸〉 그리고 〈스페이드의 여왕〉 등이 있다. 이것들은 모두 문학사상 기념비적인 작품들이며, 그로 하여금 러시아 근대 문학의 아버지로 삼게 되었던 것이다.

그러나 푸슈킨은 단지 문학자로 그치지는 않았다. 그 점에 그의 위대함이 있었고, 동시에 그의 비극이 있었다. 그의 자유를 갈구하는 정신은 예술세계에서 숨구멍을 뚫고 나가는 것으로는 성에 안찼으며, 전제군주 정치의 굴레에 얽매어 있는 러시아의 운명을 정치적으로 뜯어고쳐 보겠다는 충동을 받았다.

1825년 12월 니콜라이 1세 정부에 대한 반란을 도모한 데카부리스트들은 모두 푸슈킨의 친구들이었다. 푸슈킨 자신은 자주적인 시를 썼다 하여 추방되어 있었으므로 반란에는 참여하지 못했었는데, 추방에서 돌아오자 시베리아에 유형된 데카부리스트의 친구들에게 '시베리아에 보낸다'는 격려의 시를 썼다.

시베리아 광산의 깊은 골짜기에
자랑스런 인내를 잊지 말 것이며,
그대들의 뼈저린 고생은 헛되지 않으리라.
그 숭고한 의지인들 말할 것 없이.

이보다 앞서 추방에서 풀려 돌아온 푸슈킨은 황제 앞에 불려나갔다. 황제는 그에게 물었다.

"만약 그대가 12월 14일에 페테르부르크에 있었다면 반란에 참가하였겠느냐?"

푸슈킨은 곧 대답했다.

"그것은 틀림 없었사옵니다. 폐하! 제 친구들은 모두 모의에 가담하고 있었사옵니다. 저도 또한 끼지 않을 수 없었을 것이옵니다."

푸슈킨의 거리낌 없는 정직한 이 정열적인 말은 그의 비극적인 운명을 못 박고야 말았다. 그가 쓴 〈스페이드의 여왕〉의 내용은, 혈기 왕성한 주인공이 석 장의 카드의 비밀을 추구하여 결국 노 백작부인을 죽게 한다는 것인데, 그 자신도 이 소설의 주인공처럼 죽음의 상징인 '스페이드의 여왕'을 따라 간 것이 아니겠는가? 그는 이 카드가 상징하는 죽음의 어두운 운명을 알면서도 일부러 피하지 않았던 것이다.

현대의 영웅

푸슈킨이 결투로 죽은 지 얼마 후, 페테르부르크와 모스크바에서는 '시인의 죽음'이란 제목의 시가 사람들 사이에 퍼졌다. 그것은 시인의 죽음을 애도하고 있었다.

　　너희들의 검은 피를 모두 짜 낸다 하기로,
　　시인의 차디찬 피를 씻어 내지 못할 것이다!

이 시의 작자는 레르몬토프였다. 러시아 문학의 빛나는 깃발이 푸슈킨의 손에서 떨어지던 순간 레르몬토프가 집어 들었던 것이다.

한편, 러시아 정부는 새로운 위험 신호를 느꼈다. 헌병 사령관은 그 시의 복사본을 니콜라이 1세에게 보였다. 복사에는 '혁명에의 호소로다' 이렇게 주석이 붙어 있었다.

당시 군적에 있던 레르몬토프는 얼마 후에 위험한 코카서스 전선으로 파견되었다. 일종의 추방이었다. 1년 후 페테르부르크에 되돌아온 레르몬토프는 이미 명성 있는 시인이었다.

1840년 봄, 니콜라이 황제는 다시 그를 코카서스로 보냈다. 출발하는 날 친한 친구들이 그를 둘러싸고 있었는데, 그는 문득 창가에서 구름이 흐르는 하늘을 쳐다보았다. 그리고 연필과 종이를 집더니 썩썩 한 편의 시를 써내어 친구들에게 읽어 주었다.

　　하늘의 구름아, 영원한 나그네야!
　　유리빛 초원인양, 진주빛 쇠사슬인양,

너는 쫓겨가는 나와도 어쩌면 그리 같게
상냥한 북에서 남을 향하여
누가 너를 쫓던가, 운명의 시킴인가?
숨은 질투심인가? 염치 없는 악의인가?
그것도 아니라면, 너에게 죄의 무거움이 있었던가?
그것도 아니라면, 친구의 표독한 중상이던가?
그럴 리 없지. 너는 열매없는 밭에 싫증이 났으며
너는 격한 마음도 없고, 고뇌도 없다.
영원히 냉정하며, 영원히 자유로워라.
너에게는 조국도 없고 유배(流配)도 없다.

코카서스에서는 산골 토착민과의 사나운 싸움이 기다리고 있었다. 그는 놀라우리 만큼 용맹스러웠는데, 그것은 짐짓 허무적인 자세에서 우러나온 것이 틀림없었다.

이 시기에 씌여진 소설 〈현대의 영웅〉의 주인공에겐 의심할 여지 없이 저자 자신의 모습이 깃들어 있다. 페테르부르크에 돌아온 그는 또 얼마 안 가서 세번째로 코카서스로 파견 명령이 내렸다. 그는 코카서스로 가는 도중 옛 친구를 만났는데, 뜻하지 않게 이 친구와 결투를 하게 된다. 여기에는 분명히 권력을 가진 적의 함정이 둘러싸고 있었다.

때는 6월 15일 저녁, 결투자와 입회인의 일행은 산 기슭으로 갔다. 천둥이 치고 굵은 빗방울이 떨어졌다. 입회인은 시작을 서둘렀다. 레르몬토프는 총 구를 위로 향하고 서서 그다지 서두르지 않았는데, 상대인 친구는 권총을 들 자 갑작스럽게 쏘아댔다. 번갯불이 번쩍거리는 속에 시인의 권총은 그 손에 서 튕겨 달아나고, 그 자신은 뒤로 나자빠졌다.

러시아 문학의 여명을 가져 온 두 시인의 운명은 기묘하게도 비슷했다.

여자를 찾아라

'여자를 찾아라' 이 한 마디는 '여자는 어디 있는가?'로도 쓰여지는데, 18세기 파리의 경시 총감 알루치누의 말이라고 한다. '범죄 있는 곳에 반드시 여자가 있다. 여자를 찾으면 범인은 반드시 그 배후에 있다'는 의미이다.

1864년, 파리에서 상연된 듀마(1824-1864)의 '파리의 모히간족'으로 하여 그 한 마디는 결정적인 격언이 되었다. 형사가 하숙집 여주인에게 유괴 사건에 대한 조사를 하는 장면이 제3막에 나오는데, 그 장면을 잠시 소개하면.

　　형사 : 내가 늘 말하는 대로야. '여자를 찾아라'고. 이번에도 여자가 발견
　　　　　됐어!
　　하숙집 주인 : 어머, 여자가 발견됐나요? 이번 사건에 여자가 관계하고 있
　　　　　다고 생각하고 계시나요?
　　형사 : 어떠한 사건에도 여자가 관계하고 있지요. 그러므로 나는 사건이
　　　　　생기면 '여자를 찾아내라'고 말하지요. 그래서 여자를 찾고 여자
　　　　　를 찾아내면…….
　　하숙집 주인 : 여자를 찾아 내면?
　　형사 : 남자는 금방 잡히지요.

물론 범죄 뒤에 여자가 있다는 생각, 여자를 찾는 것이 선결 문제라는 생각은 이때가 처음은 아니다. 로마의 경구가(警句家) 유부에나리스도 그의 풍자시에서 '여자가 중요한 역할로 끼지 않은 소송 사건은 하나도 없다'라고 갈파하고 있다. 또 영국의 작가 리처드슨(1689~1761)이 쓴 〈찰스 그랜디

슨경의 역사)란 책에도 이런 말이 씌여 있다.

"…이와 같은 음모의 뒤에는 반드시 여자가 있지 않으면 안 된다……."

여자란 생각하면 보통 아닌 마력을 가진 존재이다. 특히 죄악을 저지르는 하층 사회에 있어서는 남자는 다만 완력을 부렸을 뿐이고, 머리를 움직이고 지휘자의 입장에 있는 것은 여자일 때가 많은 데서 이런 말이 나온 듯하다.

동양의 여필종부(女必從夫)라 하여, 여자는 반드시 남편을 따른다고 하는 관념과는 오히려 정반대의 현상을 나타내고 있는 것인데, 중산층에 있어서도 여성의 두뇌가 남자를 잡아 끄는 경향이 많은 것 같다.

프랑스 남자들은 여자의 교활한 지능에 '여자의 머리 속은 원숭이의 크림과 여우의 치즈로 되어 있다' 고 말한다.

화산 꼭대기에서의 춤

'화산 꼭대기에서의 춤'이라는 말은 폭동의 기미가 민중의 사이에 충만해 있고, 전쟁의 위협이 눈앞에 닥쳐 있는데도 불구하고, 나라의 지도자들이 그것을 알지 못하고 주지육림(酒池肉林) 속에서 미녀를 안고 춤을 즐길 때 쓰인다.

불을 뿜는 화산 위에서 춤을 춘다니, 언제 어느 때 폭발하여 산지사방으로 찢겨 날려 갈지 모를 운명이라는 의미이다.

이 말은 1830년 5월 1일, 프랑스 왕 샤를르 10세가 의형이 되는 나폴리 왕을 접대하여 성대하게 베푼 연회석상에서 당시의 유명한 작가 살반디가 루이 샤를르 10세에게 한 말이다.

"나폴리적인 성대한 연회입니다마는, 전하, 우리는 분화산 꼭대기에서 춤을 추고 있는 것입니다."

1830년 5월이라고 하면 유명한 프랑스의 '7월혁명'을 눈앞에 바라보던 시기였다. 1815년 나폴레옹의 퇴위 선언 후 열린 빈 회의 후, 유럽 제국은 모두 전제주의를 채택하고 대혁명이 씨를 뿌린 자유주의를 타도하려고 애썼다. 이리하여 각 국마다 사상적으로 전제주의와 자유주의가 대립되어 다투고 있었다.

프랑스에서도 1824년에 샤를르 10세 즉위 후 시대에 역행하여 귀족 중심의 전제정치를 부활했기 때문에 집권층은 민심을 잃고 있었다. 그리하여 1830년, 결국 국회와 충돌하여 국회를 해산하고 총선거를 실시했다. 그 결과는 자유당 측이 절대 다수를 차지했는데, 집권자들은 왕의 명령으로 그 선거를 무효로 돌리고 마음대로 선거법을 뜯어 고치고, 언론과 출판의 자유를 극도로 제약하는 강압정책을 취했다. 이렇듯 정세는 언제 위기가 터질지 모르는 상황이었다.

결국 그해 7월, 파리에 폭동이 일어나 사흘간 정부군과 시민 사이에 격렬한 시가전이 벌어졌고, 정부군이 패배하자 국왕은 영국으로 도망치게 되었다.

왕은 군림하지만 통치는 않는다

'왕은 군림하지만 통치는 않는다' 는 프랑스 19세기의 역사가이며 동시에 혁신적인 정치가이던 아돌푸 체루(1797~1877)의 말이다.

1830년에 자기 손으로 창간했던 기관지 '내셔널' 의 2월 4일 호에 그는 국왕은 왕국의 최고관리가 아니며, 대신을 임명하는 권리는 국회가 갖고 대신은 국왕 마음대로 뽑을 수 없게 하기 위해서 다음과 같이 말했다.

"국왕은 지배하지 않으며, 통치하지 않으며, 군림할 뿐이다. 대신은 지배하고 통치한다. 대신은 자기에게 반대하는 한 사람의 부하도 갖지 않는다. 그러나 국왕은 자기와 의사가 다른 대신을 가질 수 있다. 국왕은 지배하지 않으며, 통치하지 않으며, 군림할 뿐이다."

체루는 국왕의 전통적인 전제주권을 거세하려고 한 것인데, 그의 이러한 주장은 당연히 왕당파나 보수파 정치가들의 맹렬한 반박과 반대를 받았다.

"국왕을 하나의 기계로 만들자는 것인데, 국왕도 인격 있는 존재임을 잊고 있다."

라는 반박의견도 있었다. 당시의 검찰 총장도 이 말은 '국왕을 무력화하려는 음모' 라고 갈파했다.

전제군주 정치는 결국 자유주의의 물결에 쓸려 체루의 말대로 왕권은 거세되고 말았는데, 이것은 체루가 처음 한 말은 아니다. 1605년 폴란드 왕 지그리스문트가 국회에서 왕권을 상징화하자는 말을 했고, 체루는 그 말을 인용했던 것이다.

불안은 살아있다는 증거

실존주의 철학의 선구자로 알려진 철학자 키에르케고르는 그의 저서 〈죽음에 이르는 병〉에서 '병은 사람이 동물보다 우수하다는 점이다' 라고 말했다. 동물에도 병은 있지만, 사람 만큼 각종의 병이 없고 잦지도 않다. 병은 고등 동물의 여건으로 보고 있다.

'불안은 살아있다는 증거' 라는 말과 함께 '불안은 삶과의 관계이다' 라는 말 또한 널리 알려져 있다.

키에르케고르는 헤겔 철학에서 출발하여 인간 존재의 근원을 '불안' 이라고 했다. 살아 있다는 증거가 불안이며, 사는 한 불안과 인연을 끊을 수 없는 것이라면 생의 고뇌는 숙명적인 것이 된다. 그도 불안으로부터 탈출 내지 구원을 신앙에서 찾았으나, 그가 말하는 신앙은 좀 역설적인 것이다.

엉클 톰의 오막살이

미국에 있어서 노예제도의 시비를 둘러싸고 남북간에 대립이 격화하고 있던 1852년 여름, 스토우 부인이란 한 무명 여성이 쓴 소설 〈엉클 톰의 오막살이〉가 보스턴에서 출판되었는데, 그 해 겨울까지 불과 몇 개월 사이에 15만 부가 팔렸다. 이것은 그 당시의 형편으로 보아 지극히 놀라운 현상이었다.

뉴 잉글랜드의 목사 집안에서 태어나 교육자에게 시집을 간 그녀는 노예제도의 비인도성에 비판적이었다. 스토우 부인은 노예를 인정하지 않는 자유의 주(州)인 오하이오에 살고 있었는데, 이웃의 켄터키 주는 노예주였다. 스토우 부인은 켄터키 주에서 목숨을 걸고 도망쳐 오는 흑인 노예의 비참한 모습을 여러 번 목격하는 동안에 마음 속으로 사회적 부정을 널리 세상에 호소하고 싶은 의욕을 싹틔웠다. 그러한 강렬한 인도적 정열에서 나온 작품이 사람들의 마음을 뒤흔든 것은 오히려 당연했을 것이다. 그녀는 작품에 등장하는 한 흑인에게 다음과 같이 외치게 했다.

"나의 조국이라고? 왜? 윌손씨, 당신에게는 조국이 있습니다. 하지만 나 같은 것에게, 노예의 어미에게서 태어난 놈에게 무슨 조국이 있겠습니까? 무슨 법률이 있겠습니까? 그것들은 우리들이 만든 게 아닙니다……. 우리들이 찬성한 것들도 아닙니다……. 우리들은 그것과 아무런 관계가 없습니다……. 그것들은 우리들을 학대하면서 언제까지나 노예로 부려 먹기 위해서 있는 것일 뿐입니다……."

건국 후, 급속한 걸음으로 발전을 거듭해 온 미국에도 여러 가지 골치 아픈 사회 문제가 있었는데, 그 중에서도 가장 큰 것은 남북의 대립이었다. 북부는 자본주의 공업에 입각하여 보호 관세, 중앙집권을 주장했고, 남부는 농원제 농업에 입각하여 자유무역, 각 주의 자립을 요구했다. 흑인 노예문제에 대한 남북의 대립도 이러한 경제적 사정이 다른 데서 오는 원인이 컸다. 즉, 북부의 자본주의 공업은 자유스런 노동력의 흡수가 유리한 데 비해 남부에서는 토지에 고정시킬 노예적인 노동이 농사에 유리했다.

서부지역 개척에 따라 새롭게 생긴 주를 자유 주로 할 것인가, 노예 주로 할 것인가에 대해서 남북의 의견 충돌은 점점 날카로워졌고, 결국 1860년 노예제도 반대를 주장하는 공화당의 링컨이 대통령에 당선되자 남부 여러 주는 연방을 탈퇴하고 따로 아메리카 맹방(The Confederate States of America)을 만들어 그들의 독립을 선포하며 북부와 싸우게 되었다.

남북전쟁이 2년째로 접어들고 승패가 어느 쪽으로 기울 것인지 전혀 예측할 수 없던 1862년, 링컨은 다음과 같은 포고를 내렸다.

"1862년 9월 22일부로 아메리카 연방 정부 대통령은 특히 다음 사항에 관해 선언한다. 즉, 1863년 1월 1일로 여하한 주, 주 내의 국민이 반역 중이라고 지정된 지역이라 할지라도 노예의 신분에 놓여 있는 자는 모두 그 날로부터 영구히 자유인이 된다. 연방정부 및 육해군 당국은 이러한 자들의 자유를 인정하며, 또한 지켜 주며, 이들 중에 어떠한 자가 자기의 진정한 자유를 얻기 위해서 애를 쓰더라도, 결코 그것을 억압하는 행동에 나서지 못한다."

이 선언은 북군의 깃발에 빛을 가했고, 반대로 남군은 그 기세가 몹시 꺾였다. 북군은 우세한 해군력으로 남부를 봉쇄하고, 게티스버그의 승리로 그의 우위가 인정되었다. 그리고 1865년 5월 남부의 수도 리치몬드의 함락으로 남북전쟁은 그 막을 내렸다.

〈엉클 톰의 오막살이〉는 남북전쟁을 일으키고 노예를 해방시킨 책이라고 말하고 있다. 링컨은 이 책의 저자와 처음 만났을 때 말했다.

"당신이 이 커다란 전쟁을 일으킨 조그마한 여성입니다."

또 링컨은 이렇게도 말했다고 한다.

"노예 해방의 싸움에서 부인의 펜의 힘은 북군의 명장 그랜트 장군이 이끄는 10만 군대보다 강했습니다."

그러나 미국의 흑인문제는 노예 해방으로 완전히 해결된 것은 아니었다. 제도상으로 노예는 없어졌지만, 뿌리 깊은 인습과 편견은 아직도 살아 남아 있으며, 사회 평등과 민주주의를 표방하는 미국으로서도 아직 인종차별 문제는 심각한 골칫거리로 남아 있다. 스토우 부인은 자신의 소설을 가리켜,

"하느님이 이 책을 쓰신 겁니다."

라고 말했다고 한다.

인민의, 인민에 의한, 인민을 위하는 정치

'인민의, 인민에 의한, 인민을 위하는 정치(Government of the people, by the people, and for the people)' 라는 말은 민주주의의 이상을 간결하게 표현한 것으로 자주 인용되고 있는 있다. 이 말은 미국 10대 대통령 에이브라함 링컨이 게티스버그에서 한 연설 속에 나온다.

게티스버그는 펜실바니아 주의 남부에 있는 소도시로서, 남북전쟁의 옛 싸움터이다. 여기서 1863년 7월 1일부터 3일까지 대격전이 벌어졌고, 북군이 대승리를 거두었다. 싸움은 그 후 2년이나 계속되었지만, 이때 이미 남북전쟁의 대세는 결정되었던 것이다.

링컨의 이 연설은 두 시간에 걸쳐 열변을 토한 어떤 연사의 뒤를 이어 갑자기 연단에 불려 나가 한 것인데, 먼저 사람의 일대 열변은 사람들의 귀에서 잊혀졌는데 링컨의 불과 몇 마디 되지 않는 이 연설은 영원히 빛을 내며 남았다. 미국의 초등학교 아동들은 그 전문을 외우도록 되어 있다.

링컨은 자유를 수호하고 미래를 위하여 쓰러진 용사들의 공적을 찬양한 뒤에 그의 말을 다음과 같이 맺었다.

"살아 남은 우리들은 여기에 있어 단단히 결심을 굳게 해야 한다. 이들 죽은 사람들로 하여금 개죽음을 시켜서는 안 된다고. 이 국민은 하느님 밑에서 새로이 자유를 탄생시키게 될 것이라고. 그리고 그 인민의, 인민에 의한, 인민을 위하는 정치를 지상에서 없애지 않을 것이라는 점을."

'인민의, 인민에 의한, 인민을 위하는 정치' 라는 이 말은 이로부터 널리 사람들 입에 오르게 되었는데, 링컨도 '그' 라고 했듯이 그도 다른 사람의 말을 인용했던 것이었다.

당시의 설교가이던 쇼도바카라는 사람의 저서 속에 이미 이 말이 보였으니, 링컨은 아마도 이 말을 바카에게서 빌려 왔을 것으로 보인다. 바카 이전에는 정치가이며 웅변가이던 다니엘 웨프스타가 같은 말을 쓰고 있었다고 한다. 그런데 사실은 이 말의 기원은 훨씬 더 이전으로 올라간다. 14세기의 영국에 위클리프라는 종교개혁의 선구자가 있었는데, 그는 성서를 영어로 완전히 번역한 최초의 사람으로 유명하다. 1384년에 출판된 그 영어의 구약성서 머리말에 이 말이 씌여 있다. 종교 개혁과 민주주의가 결부되는 것은 오히려 자연스런 일일 것이다.

여기서 '인민의 정치' 라는 말에 대해서도 인민 주권을 가리키는 뜻으로도 해석하지만, 여기서는 통치를 받는 인민의 수동적인 입장을 말한다고 보는 것이 타당하다. 즉, 정치는 인민의 입장에서 인민의 것이라야 한다는 의미로 해석될 것이다.

"국민 전부를 한순간 속일 수도 있다. 그러나 국민 전부를 늘 속일 수는 없는 일이다."

이것도 링컨이 남긴 말이다.

남북전쟁이 북군의 승리로 돌아가고, 노예제도의 폐지가 선포되자 남부 사람들 사이에서 링컨을 미워하고 암살을 음모하는 자가 있었다.

1865년 4월 14일, 남군의 명장 리 장군이 항복했다는 보고가 들어와 워싱턴은 승리의 환희에 들끓고 있었다. 그리고 그날 밤 링컨은 부인과 함께 워싱턴의 포드 극장에서 '우리 아메리카의 사촌' 이라는 희극을 관람 중이었다. 이때, 링컨은 갑자기 극장 뒤에서 한 자객의 습격을 받았다. 링컨은 귀 뒤에 권총을 맞아 의식을 잃고 그 자리에 쓰러졌으며, 이튿날 아침 세상을 떠났다. 범인은 링컨을 쏘고난 뒤 무대 위로 뛰어올라,

"폭군의 말로(末路)는 으레 이런 것이다!"

라고 라틴말로 소리치며 달아났다. 그 후 극장의 창고 속에서 범인이 발견되었는데, 항복하고 나오지 않아 불을 질렀다. 그리고 달아나는 범인을 쏘아죽였다.

철혈(血鐵) 재상

비스마르크(1815~1898)는 사내다운 태도가 분명한 정치가였다. 1851년에 그는 프로이센의 사절로 프랑크푸르트의 연방의회에 나갈 것을 제의 받았을 때 그 자리에서 수락의 뜻을 밝혔다. 빌헬름 1세는 비스마르크를 보고 말했다.

"그대는 처음으로 맡는 직무를 대번에 수락한 걸 보니 너무도 용감하구먼!"

그러자 비스마르크는 대답했다.

"용감성은 오히려 폐하께 있사옵니다. 제가 직책을 능히 다하지 못할 때는 먼저 제 자신이 소환하도록 청할 것입니다. 폐하께서 저에게 직책을 맡기실 용기가 있다면 저에게도 복종할 용기가 있사옵니다."

이에 대해서 왕은 대답했다.

"그렇다면, 어디 시험을 해 보세."

비스마르크는 걱정이 되는 직책을 충분히 완수하고 돌아왔으며, 결국은 프로이센 전체의 정치를 그 손에 잡게 되었다.

그러나 그렇게 되기까지는 결사적인 의지가 필요했다. 국회의 분위기는 비스마르크에게 매우 불리했다. 왕은 육군의 재편성을 수행하려고 했는데, 국회는 이에 응하지 않았다. 이 소식을 들은 왕은 매우 실망한 끝에 왕위에서 물러나려고 했다. 이 때 비스마르크는 파리 주재 공사로 있던 로렌에게서 전보를 받았다. 전보 내용은 왕이 퇴의할 의사가 있음을 전한 것이었다. 비스마르크는 곧 왕에게로 달려갔다. 그는 왕에게 끝까지 의회의 반대와 싸울 굳은 결심을 피력했다.

"그렇다면 그대와 더불어 싸움을 계속하는 것이 나의 의무이다. 나는 퇴의 않겠다."

왕은 말했다.

1871년 9월 30일, 예산위원회 석상에서 비스마르크는 자신 있는 어조로 다음과 같이 말했다.

"독일의 상태는 다수결로 개선되지는 않는다. 오로지 철과 피로써만으로 된다."

의원들은 크게 분격하며 비스마르크에 덤벼들었다. 의회의 공기는 살벌했다. 빌헬름 왕은 비스마르크라는 사람을 몰랐다. 왕은 어두운 예감을 가지며 호소했다.

"나는 이번 일이 어떠한 결과를 가져 올 것인지 정확히 예견할 수가 있다네. 오페라 광장에서 자네의 목이 달아날 것이고, 얼마 후에는 내 목도 달아나게 될 것일세."

비스마르크는 눈 하나 깜짝 안하고 대답했다.

"우리는 언젠가 죽지 않으면 안 됩니다. 그리고 우리에게 그 이상 더 뜻깊은 죽음의 방법이 무엇이겠습니까? 그것은 저 자신에게는 저의 왕이신 폐하를 위한 싸움에서 죽는 것이며, 폐하 자신을 말하더라도 하늘에서 받은 왕권을 위하여 싸우는 것이오니, 길로틴이 앞에 있는 싸움터가 가로 놓여있다 해도 두려울 것이 무엇이겠습니까. 마땅히 피로써 증명하는 일이 아니겠습니까?"

비스마르크의 결사적인 결의에 왕도 기운을 얻었다. 왕은 생사를 걸고 부서를 지키는 장교의 입장을 스스로 느꼈다.

비스마르크가 철혈 재상이라고 불리우는 것은 그의 의회에서 한 말과, 그의 결사 돌진하는 강한 전투 의욕을 말한 것이다.

운하(運河)는 여왕 폐하의 것이옵니다

디즈레일리라고 하면 빅토리아 여왕시대의 정치가로서, 보수당 측의 영수로 반대당인 자유당의 글래드스턴과 함께 쌍벽으로 알려진 사람이다.

글래드스턴이 소위 진보적 정치가로서 자유의 사도처럼 치켜 올려진 데 반해 디즈레일리는 영국 제국주의의 사도로서 저널리즘의 바람은 거셌지만, 적어도 실제 정치가로서는 글래드스턴보다는 한 수 위이며, 인물도 정치가에 흔히 있는 위선자는 아니었던 모양이다.

수에즈 운하를 매수할 무렵의 이야기는 그의 과단성과 여왕으로부터 받고 있던 신임이 얼마나 두터웠던가를 나타내고 있다.

수에즈 운하는 1869년 프랑스의 기술자 레셉스의 노력에 의하여 개통을 보았는데, 이집트 정부는 재정적으로 곤란에 빠져 그를 타개하고자 운하의 주권을 프랑스 정부에 팔려고 했다. 오늘의 상식으로 생각하면, 프랑스가 얼핏 이를 사지 않았다는 것은 매우 이상한 일이다. 프랑스는 유럽과 아시아를 연결하는 운하가 가진 앞으로의 중요성을 인식하지 못하고 주저하는 태도를 보인 것이다.

이 정보가 디즈레일리의 귀에 들어오자 그는 즉각 비서를 유태계 재벌의 왕자로 군림하던 로스 차일드에게로 보냈다. 디즈레일리 자신도 유태 출신이었다. 로스 차일드는 때마침 아침 식사 테이블에 자리를 잡고 있었는데, 수상의 비서는 헐레벌떡하며 말했다.

"수에즈 운하 주를 매수하는데 2천 파운드의 돈이 필요합니다."

"그런데, 담보는?"

로스 차일드가 물었다.

"영국 정부입니다."

"내지요."

이리하여 수에즈 운하의 지배권은 영국의 수중으로 떨어졌다. 디즈레일리는 일체의 수속을 마치고는 여왕 앞으로 가서 보고를 했다.

"이제 막 돌아왔습니다. 운하는 여왕 폐하의 것이옵니다."

베를린 회의 때 디즈레일리의 언행도 널리 알려져 있다. 이 회의는 러시아가 범슬라브주의의 깃발을 올리고 터키를 쳐부수고 동구 여러 나라를 지배하에 둔 데 대해서 영국과 오스트리아가 이를 저지할 목적으로 독일의 비스마르크 수상의 협력을 얻어 1878년에 개최된 것이었다. 그때 디즈레일리는 해소병의 발작으로 괴로움을 당하여 육체적 조건은 극도로 나빴는데도 불구하고 몸소 이 큰 국제회의에 참석하여 외교의 비책을 다하여 러시아의 야망을 꺾는 데 성공했다.

회의의 주최자는 보불전쟁에서 승리를 거두어 의기충천하던 신흥 제국 독일의 수상 비스마르크였는데, 이 기골이 억센 노련한 정치가는 별과 같이 총총이 앉아 있는 각국 대표의 얼굴을 둘러보고 마지막으로 디즈레일리에게로 시선이 멈추더니, 측근에게 속삭였다고 한다.

"저 늙어빠진 유태인 영감태기, 저 영감이 이 속에서 제일 먹히지 않는 놈이란 말야."

어느 날 비스마르크는 회의장의 영국 대표 대기실 앞에 서서 살짝 그 속을 엿보려고 했다. 안에 있던 디즈레일리는 재빨리 실크모자를 쓰더니 비스마르크 앞을 막고 섰다. 비스마르크는 노기를 품고 말했다.

"나는 독일제국의 수상이오."

디즈레일리는 냉냉하게 대답했다.

"나는 영국제국의 수상이오."

그리고 그는 많은 소설을 써서 작가로서의 역량을 과시했다.

그에 비해 그의 아내는 평범한 여성이었다. 아름답지도 않고 재치도 없었다. 그러나 그는 자기보다 나이가 많은 아내에 대해서 죽을 때까지 상냥했다.

그가 젊은 나이로 정계에 뛰어 들었을 때 이 아내의 재정적 도움에 힘입은 바 많았기 때문이었다.

1870년, 보불전쟁에 대패하고 나서 일체의 정치적 야망을 꺾이고 제황의 자리에서 물러나온 나폴레옹 3세는 실의의 몸으로 영국에 망명했다. 하루는 디즈레일리 내외가 그를 호수의 뱃놀이에 청했다. 폐왕(廢王)은 노를 잡고 저었는데, 그런 일은 서툴렀던 모양인지 보트가 무엇엔가 걸려 움직이지를 않았다. 나이가 위인 디즈레일리 부인은 어린아이를 야단치듯이,

"그대는 스스로의 힘에 겨운 일을 하셔서는 아니됩니다."

나폴레옹 3세는 배를 쥐고 웃음을 터뜨렸는데, 부인은 깜짝 놀란 표정이었다. 냉정하기 찬물 같은 디즈레일리 쪽에서도 킥킥거리는 웃음소리가 들려왔다. 요컨대 디즈레일리는 좋은 의미로나 나쁜 의미로나 영국 제국주의의 챔피온이었다.

"식민지가 독립했다고 식민지가 없어져 버리는 것은 아니다."

이러한 말 가운데에도 정치가로서 그가 복잡한 현실을 날카롭게 투시하고 있었다는 것을 알 수 있다.

리빙스턴 박사가 아닙니까?

아프리카 탐험으로 유명한 리빙스턴은 1813년 스코틀랜드에서 태어났다. 집이 가난했으므로 독학으로 기초 교육을 마치고, 글래스고대학에 입학하여 의학과 신학을 이수했다. 졸업 후 런던 전도교회의 의료전도사가 되어 1841년에 아프리카 남부 베추어날랜드로 전도를 위해 길을 떠났다.

1849년부터 아프리카의 깊은 골짜기를 탐험하기 시작했는데, 칼리하리 사막을 넘어 느가미호수에 이르러 잠베지강 상류를 탐색하고, 1855년 빅토리아 폭포를 발견했다. 그리고 본국으로 돌아와서 〈남아프리카 전도 여행기〉라는 책을 냈다. 1858년에서 1863년에 걸쳐 또 다시 탐험 여행에 나섰으며, 1864년에 귀국하여 〈잠베지강과 그 지류 탐험기〉를 저술했다.

1866년 왕립지리협회의 의뢰로 잠베지와 나일강 수원지의 탐험을 계획했는데, 그 뒤 한 5년간 전혀 소식이 끊겨 생사가 의심되었다. 그러다 1871년에 이르러 미국의 탐험가 스탠리 일행에 의해 탕가니카 호반 우지지 부근에서 열병에 걸려 알아 볼 수 없게 쇠약한 늙은 백인으로 발견되었다. 스탠리가 가까이 가서,

"리빙스턴 박사가 아닙니까?"

하고 물었다. 노인은 고개를 끄덕였다.

리빙스턴은 스탠리와 헤어지고, 1873년 병에 걸려 뱅귀울루호에서 죽었다. 영국 정부는 리빙스턴이 암흑 대륙의 전도 사업과 탐험에 바친 공적을 찬양하여 웨스트민스터 사원에 유해를 묻었다. 잠베지 강변에는 그의 이름을 쓴 동네가 있고, 박물관에는 유품이 전시되고 있다.

리빙스턴은 소위 암흑 대륙과 관계를 맺은, 유럽인 가운데에 가장 인도적이고 양심적인 타입을 대표하는 인물이라고 할 수 있다. 그에게도 백인 우월

의식은 있었으나, 기독교적 인도주의 입장에서 원주민의 구제를 생각했고, 결국 그 사명을 위해서 생애를 바쳤다.

'리빙스턴 박사가 아닙니까?(Dr. Livingstone, I presume?)' 라는 말은, 영국이나 미국에서는 뜻하지 않게 오래간만에 만났거나, 오랫동안 찾던 사람을 갑자기 만났을 때 쓰이는 표현이다. 우리 말에 속된 표현으로 '죽지 않고 살아 있었군?' 하는 말과 같은 뜻이지만, 품위를 갖춘 말이다.

지킬 박사와 하이드

'지킬 박사와 하이드'는 영국의 전기작가 스티븐슨의 작품 제목인데, 아마도 작가 자신이 의도한 이상의 의미가 이 말에 첨가된 것 같다. 이야기의 줄거리는 영미에서는 거의 모를 사람이 없을 정도로 널리 알려져 있다.

지킬 박사라는 주인공은 인간성에 대해서 심원한 연구를 기울이던 중 기이한 효과를 내는 비약을 만들어 냈다. 그것을 먹으면 육체적으로나 정신적으로 전혀 다른 사람으로 변하는, 악마의 약이었다. 박사가 스스로 실험실에 올라 그 약을 먹었더니 하이드라는 전혀 새로운 인간이 나타났다. 이 인물은 박사를 뒤집어 놓은 듯한 존재로서, 외모가 추악할 뿐 아니라 인간적인 양심은 조금치도 찾아 볼 수 없는 그런 괴물이었다.

그런데 기묘한 일은, 박사가 하이드로 변신한 뒤에는 남 모르게 기쁨을 느꼈다. 상식을 풍부히 갖춘 신사로서의 박사는 그 명성이나 사회적 체면 때문에 여러 가지 행동의 제약을 달게 받으며 그에 추종하고 있었다. 현대 정신분석학의 용어를 빌리자면 박사의 마음에는 그러한 정신적인 억압에 싸여 있었던 것이다. 그런데 하이드라는 완전한 가면을 씀으로서 그러한 구속에서 벗어나는 것이다. 하이드는 밤 거리를 헤매면서 갖은 악덕 속에 몸을 빠뜨린다. 그러나 일단 집에 돌아와서 환원제를 마시면 하이드라는 인물은 소멸하고 만다. 박사는 이렇게 하여 매일 밤 비밀의 환락을 찾아 헤맨다.

그러는 중, 일종의 중독 증상 같은 것이 나타났다. 박사의 몸 안에서 하이드적인 요소가 차츰 늘어나기 시작한 것이다. 환원제의 분량을 점점 더 많이 써야만 약효가 나더니 드디어 무서운 사태에 이르고 말았다.

어느 날, 집에서 박사의 모습으로 졸고 있었는데 문득 정신을 차려 보니, 약을 먹지도 않았는데 저절로 하이드로 변해 있었다. 한편, 환원제의 원료는 이미 떨어지고 없었다. 박사는 비밀이 발각되는 것이 두려워서 자살을 하고 만다.

이 이야기는 그것이 매우 공상적인 것임에도 불구하고, 야릇한 실감을 주는 데가 있다. 그것은 이 작품 속에서 인간의 마음 속에 스며 있는 선과 악, 미(美)와 추(醜)의 갈등이 상징적으로 표현되어 있기 때문일 것이다.

이 작품에는 앞에서 말한 대로 정신분석학적인 요소가 많이 포함되어 있는데, 이 작품이 쓰여지게 된 과정도 프로이드를 연상케 한다.

어느 날 아침, 스티븐슨은 자면서 무서운 소리를 질렀다. 놀란 아내가 급히 그를 흔들어 깨웠더니,

"마침 잘 깨워 주었어! 소름끼치는 괴상한 꿈을 꾸었어."

라고 그는 말했다.

이 꿈이 〈지킬 박사와 하이드〉로 열매맺은 것이다.

그럴 듯한 재미 있는 일화가 있는데, 사실은 이 작품에도 모델이 있었던 것 같다. 1700년 무렵, 윌리암 부로디라는 인물이 있었다. 그는 시(市)의 명사의 한 사람이었다. 독신이고 근엄한 신사로서 존경을 받고 있었는데, 그의 생활은 낮과 밤이 전혀 달랐다. 몰래 두 정부를 숨겨 두고 있었을 뿐 아니라, 수십 개의 비상용 열쇠 뭉치를 가지고 다니면서 교묘하게 도둑질을 했으며, 그 돈으로 도박장에 출입하며 깡패들과도 접촉하고 있었는데, 나중에 그 비밀이 드러나서 망신을 당했다고 한다.

약을 먹고 변신한다는 초현실적인 부분을 뺀다면, 지킬 박사는 거의 윌리암 부로디와 같다. 스티븐슨이 이 인물에게서 암시를 받은 것은 틀림 없을 것이다.

어느 쪽이든지간에, 하이드가 되고 싶어 하는 욕망이나 꿈이 건전한 사람의 마음 한 구석에 숨어 있지 않다고 말할 수는 없을 것이다.

알타미라의 동굴

1879년, 스페인의 북부에 알타미라라는 마을이 있는데, 한 마리의 여우가 사냥꾼에게 쫓겨 구멍으로 도망을 쳤다. 그 구멍 입구에서 선사시대의 것으로 생각되는 유물이 발견되었다. 그 곳의 영주인 자작이 고고학에 취미가 있어 다섯 살 난 딸을 데리고 동굴 속을 들어가 보았다. 자작이 여기 저기 파 보는 동안, 그의 어린 딸은 촛불을 들고 따라 다녔는데, 갑자기,

"소가 있어, 소가 있어!"

하고 소리쳤다.

자작은 놀라 딸 아이가 가리키는 천장을 보았더니, 거기에는 소와 말과 사슴 등 동물의 약동하는 모습이 점묘법(點描法)·농담(濃淡)에 의한 음영법 등의 수법으로 그려져 있었다. 그림은 동굴 안을 휘덮듯이 가득 차 있었다. 자작은 이 그림이 매우 오랜 옛 시대 것임을 믿고 이것을 학계에 발표했다. 그러나 학자들은 그 그림이 너무도 교묘하게 잘 그려졌기 때문에 자작이 자기의 명성을 위해 위작(僞作)한 것이 아닌가 하고 의심했다.

그 후 1895년에 이르러, 프랑스 서남부의 도르도뉴 강 지류인 베제르강 하곡에 있는 라스코 동굴에서 구석기시대와 신석기시대의 유물이 발을 디딜 수 없게 쏟아져 나왔다. 여기서 동굴생활을 하던 고대에 동굴미술이 있었다는 것을 인정하기에 이르렀다.

그 후 프랑스 남부와 스페인에서 동굴 안에 그려진 그림이 연달아 발견되었고, 현재까지 스무 군데 정도가 되고 있다. 그러나 알타미라의 동굴에서 본 그림 만큼 미술적으로 뛰어난 것은 아직 없었다.

이들 동굴미술의 주체는 주로 동물이며, 그 중에는 맘모스나 그 밖에 지금은 멸종한 원시시대의 거대한 동물도 있었다. 채색은 대개 갈색, 붉은색, 노

란색, 파란색, 녹색 등을 사용했는데, 명암과 음영, 색의 농담은 말할 것도 없고, 원근법까지 구사하고 있었다.

주목할 것은 동굴 그림이 주로 일광이 통하지 않는 석회암 굴의 구석진 곳에 그려져 있었다는 점이다. 이것은 그 그림들이 사람들에게 감상되기 위해서 그려진 것이 아니고, 아마도 수렵에서 많은 성과를 바라는 푸닥거리의 목적으로 그려진 것이 틀림없는 것이다. 이러한 여러 정황들로 동굴회화는 홍적세 말기 인류의 수렵 생활과 관련 있는 것으로 보게 되는 것이다.

보이콧(Boycott)

'보이콧'이라는 말은 보통 노동자가 단결해서 자본가와의 관계를 끊는다든지, 혹은 소비자가 단결해서 상품을 사지 않는 불매운동 등을 의미할 때 쓰이는 말인데, 그 밖에도 광범위하게 쓰여져 독일어, 프랑스어를 비롯해서 여러 나라 말에 흡수되었다.

이 말은 1880년대 아일랜드의 소작인들로부터 배척당한 지주의 마름 보이콧(1832~1897)이라는 인물의 이름에서 생긴 것이다. 육군 대위의 이력을 가진 이 마름은 사람됨됨이가 몹시 짜고 인색해 농민들 중 누구 하나도 그를 좋게 보는 사람이 없어서 배척을 당했다고 한다. 뿐만 아니라 업자들 간에도 그와의 일체의 거래를 끊고 말았다.

이것이 오늘의 보이콧이란 말의 유래이다.

초인(超人)

니체는 인간을 의지가 강하고 정신력이 왕성한, 그리고 향락적인 귀족주의로 보았다. 즉, 기독교적 · 민주주의적 윤리사상을 약자의 노예 도덕이라 배척하고, 강자의 자율적 도덕인 군주 도덕을 찬미했다. 그의 이상은 이같이 고답적이었으므로 인간의 일반적인 수준에 대해서는 반대의 입장이었다.

초인이란 무엇인가? 〈짜라투스트라는 이렇게 말했다〉의 머리말에서 그는 이렇게 쓰고 있다.

"나는 너희들에게 초인을 가르쳐 주마. 인간이란 넘어설 수 있는 어떤 물건이다. 인간을 극복하기 위해서 너희들은 무엇을 했던가? 지금까지의 모든 생물은 자기 자신을 뛰어넘는 무엇인가를 창조했다. 그런데 너희들은 이 위대한 밀물의 썰물이 되겠다고 생각하는가? 인간을 극복하는 것보다 오히려 동물로 돌아가려 하는가. 인간에 있어서 원숭이의 존재는 무엇인가? 웃음거리가 아니더냐? 그렇지 않으면 고통스런 수치다. 인간은 초인에 대해서 바로 이래야 한다. 다시 말하면 웃음거리거나 고통스런 수치다."

이 초인이란 말은 그 이전에도 있었던 것으로, 1527년에 어느 신학책에 보였고, 괴테의 파우스트의 초고에도 씌여 있다.

니체는 〈선악의 피안(彼岸)〉에서 도덕에는 '군주도덕' 과 '노예도덕' 이 각각 있다고 했다. 군주도덕은 군주적인 인간의 것이고, 노예도덕은 노예적인 인간을 위한 것이다. '군주적인 인간' 에게는 '군주적인 권력' 있고, '정복 및 군주적인 인종' 으로는 아리아인이 있다고 함으로써 나치의 이론에 흡사한 우월 인종론을 펴고 있다. 같은 저서 속에 축군적 인간(蓄群的 人間)을 군주적 인간의 반대라고 말하고 있다.

니체는 '이 사람을 보라' 속에서 〈짜라투스트라는 이렇게 말했다〉의 3부의 각 부를 열흘 간에 써 냈다고 하는데, 니체도 확실히 초인이었다.

나중에 그는 미쳤는데, 처음 그는 발작을 일으키고 길거리에서 일대소동을 벌인 일이 있다. 지쳐서 길바닥에 서 있던 늙은 마차의 말의 목을 끌어 안았던 것이다. 그의 마음 속에서 넘쳐 흐르는 동정심이 그러한 기행을 하게 했는지도 모른다.

니체는 초인을 설명했을 뿐 아니라, 남성과 여성에 대해서도 견식을 가지고 있었다. 니체가 젊었을 때, 학창 친구들과 남성과 여성의 차이에 대해서 떠들고 있었다. 이때 그는 이에 대하여 멋진 정의를 내렸다.

"남성의 최대의 행복은 내가 그를 원한다. 여성의 최대의 행복은 그가 나를 원한다."

〈짜라투스트라는 이렇게 말했다〉의 서문 속에 수록되어 있다.

삼각관계

노르웨이의 작가 입센(1828~1906)의 희곡은 세계적으로 읽혀지기도 하고, 무대에 오르기도 하여 그가 쓴 드라마의 제목이나 극 속의 대사들은 자주 인용되고 있다.

1877년의 드라마 '사회의 기둥' 이라는 타이틀도 그렇다. 또 '유령' 속에 오스왈드의 말로,

"어머니, 나에게 태양을 주세요!"

라는 말도 널리 알려져 있다.

'들오리' 라는 작품의 주인공인 애크달은 게으름뱅이고 욕심이 많은 사나이인데, 다른 사람들에게 재치있는 인간이라고 인정을 받도록 하면서 자기 편리한 대로 자기의 이익을 위해서 남을 이용하는 타입의 인간이다.

'헷타 가부라' 에 나타나는 '삼각관계' 란 말도 매우 널리 퍼졌다. 오늘날 흔히 쓰는 삼각관계란 말도 이 희곡에서부터 널리 일반에게 퍼진 것이었다.

그러나 입센보다 먼저 리히텐베르크가 '지복(至福)의 삼각형' 이란 말을 썼는데, 입센은 거기서 이 말을 얻은 것 같다. 리히텐베르크의 설명에 의하면 '지복의 삼각형' 이란 이탈리아에서 '남편, 아내, 애인' 의 관계라고 한다.

이 극의 5막 끝에,

"아름답게 죽는다."

라는 말이 있는데, 이것도 널리 인용되고 있다.

인생은 예술을 모방한다

'인생은 예술을 모방한다' 라는 말은 연극의 탐미파의 거장급 시인이던 오스카 와일드(1854~1900)가 말한 유명한 역설의 하나이다. 아리스토텔레스 이후로 '예술은 자연을 모방한다' 라고 하는 것이 세상의 상식이었는데, 와일드는 이를 뒤집어 엎고 인생이나 자연이 예술을 모방한다고 말했다. 그의 '거짓말의 쇠퇴' 라는 대화체로 된 논문 속에 이 말이 나온다.

그가 말한 '거짓말' 이란, 문학적으로 해석하면 상상 또는 시적인 창조에 해당한다. 그는 당시 한창 깃발이 거세던 자연극 만능 풍조에 반발하여 그가 말하는 '거짓말' 의 예술을 선양했던 것이다. 그는 '예술을 위한 예술' 의 주창자로서 영국에서 최고위로 인정받고 있다.

그런데 그가 진정 말하고 싶었던 것은 예술 앞에 인생이 있다는 것이 아니라, 인생 앞에 예술이 있으며, 예술이야 말로 인생을 변혁시키는 원동력이라는 것이다.

파랑새

벨기에의 극시인 마테를링크는 1909년 '파랑새'라는 아동극을 발표했다. 가난한 나무꾼의 자식인 치르치르와 미치르는 크리스마스 이브에 똑같은 꿈을 꾼다. 둘은 선녀의 부탁을 받고 병든 선녀의 딸을 위해서 파랑새를 찾으러 나선다. 선녀가 빌려 준 요술 모자를 쓰고 '추억의 나라', '밤의 나라', '죽은 자의 나라', '미래의 나라' 등을 차례로 돌아다녀 보는데, 여러 가지 기이한 일과 모험에 부딪친다. 그러나 그들이 찾는 파랑새는 결국 찾지를 못했다. 실망하며 눈을 떴을 때, 파랑새는 자기 집 조롱 속에 있었다는 줄거리다.

마테를링크는 상징파의 작가로서, 우화적이고 환상적인 작품을 많이 써 냈는데, 이 아동극도 역시 그렇다. 다시 말할 것도 없이 '파랑새'란 행복이라는 붙들기 어려운 것을 상징하고 있다. 그리고 인간은 그 행복을 멀고 먼 곳에서 찾아 보려고 애를 쓰는데, 사실은 그것이 바로 우리 주변에 있는 것이다. 이것이 이 작품의 테마이다.

줄거리만 뽑아 본다면 통속적인 교훈극과 다를 것이 없는 것 같지만, 작품을 읽고 느끼는 감흥은 그렇게 얕은 것이 결코 아니며, 그 속에도 인생 관조의 깊은 눈이 반영되어 있다.

'파랑새(Blue bird)'라고 하면 북부 아메리카 산의 티티새를 가리키는데, 유럽에서는 옛날 이야기 속에 자주 등장하는 가공의 새이며, 마테를링크는 그 이미지를 빌린 것이었다.

동(東)은 동(東), 서(西)는 서(西)

'동(東)은 동(東), 서(西)는 서(西)' 라는 말은 〈정글북〉의 작자인 키플링 (1865~1936)의 시의 한 구절이다. 그 의미는 동양과 서양은 근본적으로 이 질적이며, 결코 융화될 수 없다는 것이다. 그 뒤에 계속하여,

"그러나 두 사람의 강한 사나이(휴머니티한 참된 인간)가 손을 마주 잡는 다면 '동' 도 '서' 도 없고, 국경, 종족, 신분도 해소되고 말리라."
라고 희망적인 말을 하고 있다.

이것을 보면, 키플링은 반드시 동서가 융합하는 것은 전적으로 불가능하 다고 단정을 내린 것은 아니지만, 양자간에 놓인 단절은 숙명적으로 깊은 것 이라고 생각하고 있었던 것은 틀림없다.

전 세기 말에서 20세기 초두에 걸쳐 제국주의적 식민정책이 활개를 치던 시대에 동방에 대한 서방, 유색 인종에 대한 백색 인종의 극단적인 우월감에 대한 비판이 키플링의 말 속에 숨어 있을 것이다.

'백인의 무거운 짐' 이라는 시가 있는데, 이 말은 백인종의 우월의식을 은 근히 찌른 것이며, 백인종은 유색인종들을 지도 계몽할 책임이 있다고 했다. 즉, 침략과 경멸의 요소를 인도주의적인 면에서 지도와 계몽의 요소로 바꿔 야 한다는 것이다.

재능이 끝나면 형식이 시작된다

독일의 화가 리이베르만(1847~1935)은 렘브란트를 곧잘 '하느님' 이라고 부르며 이렇게 말했다.

"이봐, 난 렘브란트를 보면 그림을 그만 두고 싶어지거든."

어느 날 리이베르만은 전람회장에서 사람들에게 둘러싸여 있었다. 그 속에는 화가도 섞여 있었는데, 젊은 화가 한 사람이,

"당신은 이 그림을 단단한 연필로 그렸습니까, 아니면 연한 연필로 그렸습니까?'

하고 질문을 했다. 그러자 그는 그 질문에 대답하기를,

"여보게, 그건 오로지 재능으로 그린 것이야."

또 언젠가 젊은 화가가 리이베르만을 찾아와서 자기의 그림을 몇 장 보였다. 리이베르만은 여러 가지 결점을 지적했다. 그러자 청년이 물었다.

"그러면 선생님은 제가 제 눈으로 본대로 그려선 안 된단 말씀입니까?'

이에 대해서 리이베르만은 이렇게 대답했다.

"자네는 물건을 그리고 싶은 대로 보고 있는데, 그것은 그렇지 않아."

또 리이베르만이 전람회에 가 있는데, 몇 폭의 그림이 문제가 되어 토론이 벌어졌다. 그 속에 '형식' 이란 말이 나오자 리이베르만은 입을 열었다.

"재능이 끝나면 형식이 시작된다."

한때는 재능에 따라 작품을 창작을 해 낼 수 있지만, 재능의 샘이 고갈하기 시작할 때는, 즉 새로운 상념이 떠오르지 않게 되는 때에는 작가는 내용보다 형식미에 치중하게 된다는 뜻인데, 이같이 리이베르만은 즉석에서 곧잘 함축성 있는 말을 할 줄 아는 사람이었다.

천재는 1%의 영감과 99%의 땀으로 이루어진다

에디슨은 1847년 오하이오주에서 태어났으며, 일곱 살 때 국민학교에 들어 갔는데 저능아의 딱지가 붙어 중도 퇴학을 했다. 교사가 둘과 둘은 합치면 넷 이라 한 말이 그에게는 도저히 이해가 안 갔다. 그 후 어머니가 손수 교육을 시켰는데, 열 한 살 때는 지하실에 실험실을 만들어 놓고 실험에 몰두하기 시 작했다. 열세 살 때 신문팔이가 되었고, 그 밖에 몇 가지 직업을 전전했다. 그 뒤 1869년에 최초의 발명인 '자동 중계기(自動中繼機)'를 완성했다.

그로부터 그의 연구 활동은 과연 발명왕의 이름을 들을 만큼 눈부셨으며, 주요한 발명품만 꼽더라도 백열전등(1879), 전기철도(1881), 축음기 (1887), 활동사진(1891), 토키(1912) 등을 들 수가 있다.

그는 여러 가지 점에서 대표적인 미국 사람이라 할 수 있다. 그는 과학자 이기는 했으나, 진리의 탐구자와 같은 학구적인 사람은 아니었다. 그의 연구 의 모든 것은 실용과 결부되고 있었다. 프랭클린에서 비롯하여 에디슨, 포드 등에 연결되는 일련의 인간상이 미국의 거인적인 물질 문명을 쌓아 올린 하 나의 커다란 받침 기둥이 된 것은 확실하다.

에디슨은 다른 사람이 그의 천재적인 영감을 찬양했을 때 '천재란 1%의 영감과 99%의 땀을 말한다'라고 대답했다. 그의 발명은 어느 날 아침 갑자 기 하늘에서 떨어진 것이 아니라, 한 가지 일을 집중적으로 파고드는 실험의 결과였다.

이 말은 에디슨보다도 앞서 18세기 프랑스의 철학자 뷔퐁이,

"천재란 인내에 대한 위대한 능력이다."

라는 말을 하고 있었으며, 러시아의 작가 체홉도 이렇게 말했다.

"천재란 노력이다."

승리없는 평화

1914년 6월 28일, 보스니아헤르체고비나의 수도 사라예보를 여행 중이던 오스트리아의 황태자 페르데난트 부처가 세르비아의 민족주의적 비밀 결사 단원인 가브릴로 프린키프가 쏜 흉탄에 쓰러졌다.

이것은 페르데난트 황태자가 합스부르크제국의 재조직화 계획을 지지했기 때문이었다. 이 계획은 실질적으로 자치를 행사하고 있던 기존 게르만인의 오스트리아와 마자르인의 헝가리 외에, 슬라브인이 거주할 제3의 준독립 지역을 만드는 것이었다. 만약 이 계획이 실현되면 슬로베니아 및 크로아티아계 슬라브인들이 합스부르크의 통치를 받아들일지 모른다는 우려 때문에 세르비아계 극렬 민족주의자들의 반발을 부른 것이었다. 이 '사라예보 사건'이 도화선이 되어 제1차 세계대전이 일어나게 되었다.

오스트리아가 세르비아에 전쟁을 포고하자 배후의 큰 나라들이 움직여 러시아가 나섰고, 독일이 또한 일어나니 프랑스와 영국도 참전하게 되어 연쇄 반응으로 제1차 세계대전의 불길이 올랐던 것이다.

미국은 전통적인 중립정책을 고수하고 있었는데, 이 전쟁에서 미국은 많은 경제적 이익을 얻었다. 교전국에서 주문이 쇄도했기 때문이다. 그러나 당시의 미국 대통령 윌슨은 이상주의적 성격의 인물로, 이와 같은 인류의 비극을 미국만이 방관하고 있는 것은 인도적인 견지에서 옳지 않다 하여 적극적으로 평화를 호소키로 결의했다. 그 구체적인 표현이 1917년 1월 22일 상원에서 행한 이름 높은 '승리없는 평화'라는 연설이었다.

"…현재의 전쟁은 먼저 멈추게 하지 않으면 안 된다. 전쟁을 끝맺게 할 조약이나 협상은 평화를 낳게 할 조건을 갖추지 않으면 안 된다. 그 평화라는 것은 확고하고 보전할 만한 가치가 있는 평화, 인류의 찬성을 얻을 만한 평화이며, 단지 교전국 중의 어느 한쪽의 이익이나 어떤 목적에 이로운 그런 평화가 되어서는 안 된다. 세력의 균형이 아니라 세력의 공동소유가 필요하다. 조직된 전쟁이 아니라 조직된 공동의 평화가 있지 않으면 안 된다. 즉, 평화는 승리가 없는 평화가 아니면 안 된다. 승리라는 것은 패배한 자 위에 강제된 평화, 패자에 부과된 승자의 조건을 의미한다. 그것은 치욕을 당하며, 협박을 당하며, 견디기 어려운 희생을 바쳐서 받아들이게 될 것이다. 또 나중에 분노와 고통의 추억을 남길 것이다. 그리고 그 위에 평화의 조건이 가로 놓이게 된다. 그러한 것은 영구성이 없으며, 모래 위에 지어 놓은 누각밖에 안 된다. 평등한 자끼리의 평화만이 영속할 수 있다. 평화의 대원칙은 평등하고, 공통된 복지를 위해서 공동으로 참가하는 것에 있다."

이 이상주의자의 머리 속에는 국제연맹(UN)과 같은 집단 발전 보장의 이념이 이미 싹트고 있었던 것이 틀림없다.

서부 전선 이상없다

'서부 전선 이상없다'는 레마르크(Remarque, Erich Maria 1898~1970)가 1928년에 낸 소설의 제목이다. 이 소설은 제1차 세계대전의 전방 병사가 체험한 전쟁을 사실적으로 그린 것이다.

레마르크 자신이 독일군의 한 병사였으며, '서부 전선 이상없다'는 아무리 많은 병사가 죽어도 '이상 없다'는 뜻이다. '장군의 공 세우는 데 만인(萬人)의 해골이 구른다'는 말 그대로, 전쟁은 많은 인민들을 비참한 죽음으로 몰아 놓는 것이다. 연달아 쓰러지는 새파란 젊은 생명들! 이것이 전쟁인데, 전시에는 이 상태가 평상이며 아무런 이상감도 주지 않는다.

보불전쟁 당시 독일군에 오이겐 안톤 데오휠 폰포트빌스키(1814~1879)라는 기다란 이름을 가진 장군이 있었는데, 그는 전장에서 보낸 두 번의 전보에서 모두 다음과 같은 말로 끝을 맺었다.

"파리 전방 이상 없다."

역시 보불전쟁 때 어느 프랑스의 장교가 1870년과 1871년에 걸쳐 독일의 야전병원에 들어가 있었다. 이 장교는 이렇게 말했다.

"당신네들의 육군은 지독스럽지만, 외교는 웃음거리입니다."

이 말도 유럽에서 자주 인용되고 있다.

페이비언 협회

영국은 자유당의 로이드 조지를 수반으로 한 거국일치 내각으로 제1차 세계 대전을 무사히 넘겼는데, 전시 후 보통선거법이 실시되자 자유당의 세력은 급속히 쇠퇴하고 말았다. 이를 대신하여 노동당이 현저히 진출하여 보수당과 맞서게 되었다. 그리고 1924년에는 노동당의 지도자 램지 맥도날드가 수상이 되어 노동당 내각을 조직했다. 이후 영국의 정치는 이 두 정당 간에 정권이 교대되면서 오늘에 이르고 있다.

영국의 노동당은 1906년에 발족했는데, 이처럼 눈부신 약진을 한 데에는 사회구조가 달라지고 노동자의 세력이 강해진 데 주요 원인이 있겠지만, 한편 노동당을 이론적으로 무장시키고 뒤에서 미는 역할을 했던 페이비언 협회의 존재를 무시할 수 없다.

페이비언 협회는 1884년에 조직된 정치적 사상 단체로, 사회 조사관인 시드니 웹과 그의 아내인 베아트리스 웹, 소설가인 웰즈, 극작가 조지 버나드 쇼 등이 그 중심 인물이었다. 이들은 급진적인 혁명 수단을 밟지 않고 점진적으로 사회주의를 건설할 것을 주장했다.

협회의 명칭도 옛날 로마의 장군인 파비우스가 느긋한 장기전으로 한니발의 예봉을 살짝살짝 비껴가며 결국 로마에 승리를 가져 오게 한 고사를 거울로 삼은 것이었다. 다음의 것은 '페이비언 협회의 입장'이라는 타이틀을 가진 이 협회에서 간행한 문서의 일부이다.

"페이비언 협회는 사회주의자에 의하여 구성된다. 따라서 우리가 목적하는 바는 토지 및 산업자본을 개인 혹은 계급의 소유에서 해방하며, 그것들을 일반의 이익을 위해서 공유화함으로써 사회를 재조직하려는 데 있다. ···이상의 제 목적을 달성하기 위해서 페이비언 협회가 바라는 것은 사회주의가 보급되고, 그 결과로 남녀 평등권이 확립되는 이외에 제반의 사회적 정치적 변혁을 가져 오자는 데에 있다. 그리고 본 협회는 개인과 사회와의 관계에 있어서 경제적 · 윤리적 · 정치적 인식을 넓혀 이들 목적 실현에 힘쓴다……."

그리고 마지막 구절은 다음 말로 맺어졌다.

"…현재의 사회조직에서 고생하는 사람 뿐만 아니라 그 덕분에 부자가 되어 잘사는 사람이라도 이 조직의 폐단을 생각하고, 그것을 고치는 수단을 환영할 줄로 안다……."

이 페이비언 협회의 사회주의와 오늘날 공산 진영이 표방하는 것과는 두 가지 점에서 차이를 발견할 수 있다. 하나는 수단에서, 또 하나는 지배권의 조직에 대해서이다. 공산주의는 폭력과 무력으로 강점하려는 것이고, 페이비언 협회의 주의는 사회 여론에 의하여 점진적이며 비강압적인 수단으로, 즉 평화적으로 그 목적을 달성하자는 것이다. 그리고 공산주의는 소위 프롤레타리아 독재라 하여 당에 의한 독재 체제를 실현하고자 하는 것이고, 페이비언의 주장은 어느 당의 편중된 독재를 허용하지 않고 있다.

이와 같은 점진적인 사회주의 사상이 영국에서 건전한 발전을 보인 것은 결코 우연한 일이 아니다. 영국이란 나라는 본래 절대군주제에 대한 저항이 가장 빨리 나타났던 나라인데, 프랑스와 같이 길로틴을 만들어 왕과 왕비의 목을 잘라 군중에게 쳐들어 보이고, 군중은 환성으로 이에 화답한 피비린내 나는 혁명 소동을 거치지 않았다. 완고한 영국의 봉건 조직이 근대화의 계단에 오르는 과정은 어디까지나 평화적이며, 점진적이었다. 대헌장, 권리청원, 명예혁명 등이 그것이다.

이러한 역사 속에 키워진 영국 사람들의 양식이 페이비언 사회주의를 환영한 것은 오히려 자연스러운 일이었던 것이다. 우리가 흔히 쓰는 온고지신(溫故知新)의 교훈을 누구보다도 그 생활과 역사 속에 갖추고 있는 국민이라고 하겠다.

제왕(帝王)과 부정(父情)

19세기 말, 러시아는 서구의 영향으로 자본주의의 발달과 함께 봉건제도에 항거하는 자유주의 사회주의 운동이 매우 성했다. 전제적인 차르 정부는 이를 준열히 탄압했다. 제1차 세계대전이 발발하고 전세가 러시아에 불리하게 되자 그 틈에 불온한 기미가 다시 싹텄다.

1917년 3월, 러시아의 혁명은 프랑스 혁명처럼 계속적으로 급진전되는 양상을 보였다. 3월 6일 수도 페트로그라드에 폭동이 일어나고, 노동자들도 총파업을 단행했다. 드디어 군대는 이에 동조하여 그들간에 소비에트가 조직되었다. 정부는 물러나고 국회에서 뽑은 임시 집행위원회가 가정부(假政府)로 들어앉았다. 위원회는 선후책을 협의한 끝에 황제를 물러나도록 결의했는데, 일선의 각 지휘 장성들도 이에 동의를 했다.

3월 15일 저녁, 가정부의 대표자 두 사람이 황제를 찾아갔다. 두 사람은 페트로그라드의 정세를 보고하고, 황태자인 알렉세이에게 왕위를 넘길 것을 종용했다. 황제는 이에 동의하고, 다음과 같은 퇴위서를 냈다.

"신의 은총에 의하여 러시아의 황제인 나 니콜라이 2세는 나의 충량한 백성에게 선언한다. 러시아의 운명을 결정할 시기에 당하여 나는 승리를 조속히 하고 우리의 인민이 그 힘을 한 데 모으기 쉽도록 하는 것을 나의 의무로 생각했다. 이리하여 나는 국회에 동의했고, 국가를 위해 좋게 되도록 염원하면서 러시아의 제위를 물러나고, 최고 권력을 버릴 것을 결심했노라. 나는 사랑하는 자식과 헤어지기를 원하지 않는고로, 제위를 아우인 미하일 알렉산드로비치 대공(大公)에게 넘기노라. 나는 조국의 모든 충량한 적자(赤子)들이 이 국가적 시련의 고난 시대에 차르에 복종함으로써, 조국에 대한 성스러운 의무를 다하고 인민의 대표자와 더불어 러시아 국가를 승리와 번영의 길로 인도하도록 차르에 협력할 것을 바라노라. 주이신 하느님은 러시아를 도우실 것이로다……."

여기서 보듯이 니콜라이는 국회의 희망과는 달리 아우인 미하일에게 황위를 넘겨 주었다. 그는 사랑하는 자식을 위험한 자리에 앉히고 싶지 않았던 것이다.

이때 니콜라이는 음성을 낮추어,

"제군은 나의 아버지로서의 감정을 이해해 주기 바라네."

라고 말했다고 한다.

니콜라이 2세는 러시아 황실의 최후의 황제이며, 가혹한 전제군주의 대명사처럼 저주의 적이 되었으나, 그도 인간이고, 자식을 생각하는 부모의 정은 오히려 그 같이 가냘플 정도였던 것이다.

한편, 미하일 대공은 '인민의 의사'가 원한다면 황위를 수락하겠다고 했는데, 결국 인민의 의사는 이를 원치 않았고, 로마노프 왕조는 니콜라이 2세의 퇴위와 더불어 그 종말을 고하게 되었다.

역사는 엉터리

현대는 어느 의미에서 '흐름작업' 시대라고 할 수 있다. 모든 공업 생산물은 일정한 리듬을 따라 물줄기가 흐르는 듯한 공정을 거치는 동안에 제품이 되어 버린다. 그 속에서 일하는 인간이란 관리하는 주체라기보다는 '흐름작업' 속에서 한 개의 부속과 같은 위치에 놓여 있다. 이것은 생산공장 뿐만 아니라 사회 전체가 거대한 공장이며, 인간은 흘러가 버리는 하나의 부속이나 제품화되고 있다고 해도 억지는 아닐 것이다.

그런데 이 위대한 '흐름작업'을 발명한 것은 다시 말할 것도 없이 헨리 포드다. 그는 현대의 신화 속 인물처럼 되어 있다. 그가 위대한 '흐름작업'을 발명했다고 그가 위대한 것은 아니다. '흐름작업'은 그것이 마침내 생길 만한 시대적 여건이 성숙했기 때문에 생긴 것이다. 급격히 팽창해 가고 있던 미국의 산업은 대량 생산에 불가피한 '흐름작업'을 요구하고 있었던 것이다. 그것은 포드가 아니라도 어느 누군가는 발명해 냈을 것이다.

그렇다고 포드의 가치를 부정하려는 것은 아니다. 그에게는 보통 사람보다 뛰어난 적응 능력이 있었다. 그는 고도로 공업화되어 가는 사회의 흐름 위에 멋지게 올라 탄 것이었다. 그러나 그의 적응 능력도 만능은 아니었다. 소위 거대기업(Big business)의 경영면에 있어서는 아주 형편없이 무능력했다고 한다. 그의 경영방침은 그때 그때 부딪치는 상황에 따라 갔다고 한다. 결국은 수습할 길이 없는 혼란을 빚어낸 것도 이 때문이며, 그가 만년에 있어서 중반의 높은 명성과는 동떨어지게 매우 불우했던 것도 피치 못할 결말이었다고 한다.

'역사는 엉터리(History is bunk)', 이 말은 포드가 한 말인데, 이런 말을 하게 된 그의 심정은 그가 자부하고 있는 생산계의 기술적 성공에 대하여 사회의 비판이 비교적 냉담했기 때문이었다.

1919년, 시카고 트리뷴지에 포드 회사의 사회적 역할에 대한 비판적인 기사가 실렸다. 그 기사의 내용은, 어느 한 회사의 커다란 성공은 그 자체의 전적인 공이라기보다는 사회 발전의 배경 아래에서 떠받들려 이룩된 것이다라는 것이었다. 그 비판의 각도는 시야를 넓혀 역사적 사회적 관점에 서 있었던 것이다. '역사는 엉터리'라는 이 말은 포드의 불만이 깃들인 말로 알려져 있다.

포드의 역할을 높이 평가한 사람도 있다. 영국 작가인 헉슬리는 극도로 기술화된 시대를 풍자적으로 다룬 작품 〈눈부신 신세계〉에서 새로운 기술시대의 기원 연대를 '포드 XX년'으로 표현하고 있다. 헉슬리의 표현이 과장이라고 할 수 없을 만큼 포드는 한 시대를 매듭지은 역할을 한 것만은 틀림없는 사실이다.

역사의 평가에 대해서 회의적인 입장을 가진 사람으로는 18세기 프랑스의 모럴리스트의 한 사람인 라 로슈푸코가 있다.

"역사는 진실의 한 부분에 불과하다."

그가 이렇게 말한 것은 인간의 인식의 한계를 깨닫고 있었기 때문이다. 만약 맑은 신의 눈으로 역사를 살핀다면, 그 속에 벌어진 울긋불긋한 드라마는 웃어야 할 착오나 왜곡이 적지 않게 있을 것이다.

죽음의 키스

현대 미국의 정치가 알프레드 스미스는 프랭클린 루스벨트의 정치적 친구이며, 1944년 뉴욕 지사 선거에 출마하여 적수인 공화당 후보자 오그덴 밀스를 격파했다. 그때 선거 운동 당시의 일이다. 매스컴의 횡포의 대명사처럼 알려진 하스트계 신문이 밀스를 지지했다.

알프레드 스미스는 어느 선거 연설에서,

"허스트계 신문이 밀스를 지지한 것은 죽음의 키스를 한 것이다."

라고 말했다. 즉, 악명 높은 허스트계 신문이 지지한다는 것은 도움이 되지 않고 오히려 해치는 결과가 될 것이라는 뜻인데, 아닌 게 아니라 결과는 공화당 측의 밀스의 패배로 돌아갔다. 허스트의 응원은 밀스를 죽이는 역할을 했을 뿐이었다.

알프레드 스미스가 사용한 'dleath'란 말은 사신(死神)의 뜻으로, 일반적으로 서양의 사신은 동양의 그것보다는 공격적인 형태로 나타난다. 동양의 죽음의 신은 살며시 데려가는 것으로 인식되지만, 서양의 사신은 대개 소복 차림을 한 해골 바가지이며, 커다란 낫을 들고 가까이 와서 벼를 베듯 싹뚝 사람의 목을 베어 가는 것이다. 여기에는 죽음에 대한 격심한 공포와 생에 대한 열렬한 집착이 있다. 동양의 죽음이 되돌아가는 것으로, 조용한 체념 속에 수동적으로 받아들이는 것과는 매우 대조적이다.

네 가지 자유

미국의 32대 대통령 루스벨트(1882~1945)는 젊어서 정계에 입문했는데, 불행하게도 소아마비에 걸렸다. 그러나 기적적으로 다시 일어나 제1차 세계대전 후 미국을 엄습한 일대 경제 공황 속에서 대통령에 뽑혔다. 그는 대담하게 사회주의적인 요소를 가미한 뉴딜정책을 생각해 내어 파탄에 가까운 경제를 바로잡았다.

계속해서 제2차 세계대전이 일어나자 미국의 여론을 통일하여 연합국 측에 가담케 하고, '민주주의 병기장'으로서 대량의 무기를 공급했다. 이윽고 일본의 진주만 기습에 의한 선전포고와 함께 자신도 참전하여 독일과 일본의 군주주의를 꺾는 데 압도적인 역할을 했다. 그는 승리를 눈 앞에 두고 과로로 쓰러졌는데, 다시 말할 것도 없이 그는 현대사의 눈부신 주역이었다.

루스벨트는 여러 가지 점에서 정치가로서의 능력과 재질을 갖추고 있었다. 외모나 풍채부터가 의젓했고, 변론이 또한 능변이었다. 그러나 그의 웅변은 선동적이고 절규하는 히틀러식이 아니고, 차분히 설득시키는 현대적 웅변이었다. 그 자신도 자기의 소질을 살리는 방법으로 연설을 했다. 그 당시 TV는 아직 없었고, 매스컴의 중요한 한쪽 날개는 라디오였는데, '노변담화(爐邊談話)'라는 타이틀로 그는 라디오를 통하여 대중과 접촉했다. 그는 타이틀 그대로 난롯가에서 허물없는 이야기를 주고 받듯 대중에게 이야기를 했으며, 드디어 국민의 마음을 사로잡았던 것이다. '노변담화'의 그 구수한 이야기를 '백만 불의 목소리'라고 평한 신문도 있었다.

그의 정치적인 발언으로 유명한 구절은 '네 가지 자유'라는 말이다. 이 말은 1941년 1월 6일 조회에서 한 연설인데, 독일과 이탈리아의 전체주의적 파시즘 국가들과 대립하는 자유세계의 기본적인 인간의 자유를 말한 것이었다. 구체적으로 말하면 '언론 표현의 자유', '신앙의 자유', '가난에서 벗어날 자유', '공포에서 벗어날 자유' 이 네 가지였다.

　프랑스 혁명이나 미국의 독립 당시에 내건 자유 민권의 원리를 되풀이해 표현한 데 지나지 않지만, 이와 같이 누구나 알 수 있는 기본적인 요점에서 전체주의와 대결할 것을 호소한 점이 그가 민중정치가로서 유능했다는 것을 보여 주고 있다.

　루스벨트는 처칠, 스탈린과 함께 20세기 전반을 주름잡던 지도자의 한사람이다.

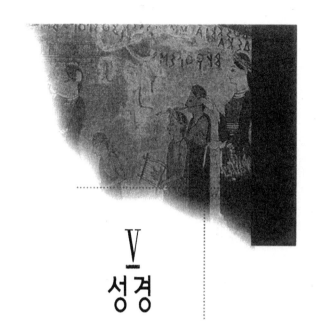

V
성경

유럽의 문화를 세운 두 개의 기둥으로 하나는 그리스·로마의 고대문명. 다른 하나는 구·신약성서에 나타난 기독교의 종교 사상이었다. 기독교의 발상지가 유럽의 울타리 밖이라 해서 이를 제외한다면 유럽의 정신문화를 이해할 길은 막히고 만다.

　헬레니즘은 현세(現世)와 현생(現生)을 인지하는 인간 중심의 세계관인데 비해, 헤브라이즘은 현세와 현생을 뛰어넘는 진실을 추구했고, 오로지 선을 원하며 영성(靈性)을 동경하여 신의 나라를 지향하려는 것이었다.

　현실적이고 과학적인 것과 미래적이고 형이상학적인 것이 어울어져 서양문화의 근거를 이루고 있다. 유럽 문명의 이 정신적인 뒷받침을 무시하고는 그 문화를 도저히 이해할 수 없을 뿐 아니라, 유럽인의 생활 자체도 이해하지 못한다.

　구·신약성서 속에 수록되어 있는 1언 1구는 유럽인들의 정신의 양식으로 오랜 역사 속에서 인용되고 정신 생활의 규범이 되어 왔던 것으로, 여기서는 주로 '고사'와 관련이 있는 것만을 뽑았다. 무궁한 계시를 품고 있는 성경의 일단을 엿보는 셈이다.

사람이 혼자 있으면 좋지 않다

"여호와께서 흙으로 사람을 만들며, 생명의 입김을 그 코 속에 불어 넣었도다. 사람은 그때로부터 산 몸이 되었느니라."

"여호와께서 에덴의 동쪽으로 동산을 마련하여, 그 만든 사람을 그 곳에 두었도다."

사람은 자연 속에 쓸쓸히 놓여졌다. 그것을 본 하느님은 사람이 혼자 있는 것은 마땅치 않은 일이라고 생각하여 사람을 깊이 잠들게 한 뒤, 그 늑골에서 뼈 하나를 뽑아 살을 붙인 뒤 한 사람의 여자를 만들어 사람 옆으로 데리고 갔다. 이 때 사람은 말했다.

"이야말로 나의 뼈의 뼈, 나의 살의 살이로다. 이는 남자에게서 얻은 것이니, 이를 여자라고 이름짓겠노라."

"이러하므로 사람은 그 부모를 떠나 그 아내와 만나며, 이인일체(二人一體)가 되었노라. 아담과 이브는 둘이 다 벌거벗었으며 부끄럼이 없었다."

주가 천지를 창조하셨을 때 땅에는 아직 나무도 풀도 없었다. 그것은 주가 아직 땅에 비를 내리지 않았으며, 땅을 가꿀 사람도 없었기 때문이다. 그러나 땅에서 샘이 솟아 땅의 표면을 적시고 있었다. 주는 그 열매를 먹을 수 있는 모든 나무를 자라게 했고, 다시 에덴의 동산 복판에는 생명의 나무와 그 열매를 먹으면 선악(善惡)을 알게 되는 나무를 자라게 했다. 그리고 주는 그 나무의 열매를 먹지 말며, 만져서도 안 된다고 아담과 이브에게 일러 놓았다. 이른바 '금단의 열매' 란 바로 이것이었다.

그러던 어느 날, 뱀이 두 사람 앞에 나타나서,

"그 열매를 먹었다고 죽을 까닭은 없습니다. 오히려 하느님처럼 선악을 가릴 줄 아는 지혜를 얻을 것입니다."

라고 이브를 유혹했다. 유혹에 약했던 이브는 뱀이 시킨 대로 그 열매를 따 먹고 옆에 있던 아담에게도 먹였다.

"그로부터 그들의 눈은 함께 뜨여 그들이 벌거벗음을 알았고, 곧 무화과 잎을 엮어서 옷을 만들었노라."

너의 얼굴에 땀 흘려 먹어라

금단의 열매를 먹고 지혜가 생긴 아담과 이브는 나체가 부끄러워져서 무화과 잎으로 허리를 둘렀는데, 그것으로 끝나지 않았다. 하느님은 유혹자인 뱀을 모든 동물 가운데서 가장 저주받을 자라고 욕하며, 배로 기어다니게 했고 먼지를 먹고 살도록 명령했으며, 또 여자에 대해서는,

"나는 너에게 생산의 고통을 크게 하리라. 너는 고생하면서 아기를 낳는다. 하지만 너는 남편을 따르며 그는 너를 지배하리라."
라고 말하고, 또 남자에게는,

"땅은 너 때문에 저주를 받을 것이며, 너는 일생을 고생하면서 땅에서 먹을 것을 구한다……. 너는 얼굴에 땀 흘려 빵을 먹고, 결국 땅에 돌아간다. 너는 땅에서 만들어 냈던 것이니까."
라고 말했다.

카인의 저주

이브는 금단의 열매를 따 먹은 데 대한 벌로 임신하고 아기를 낳지 않으면 안 되었는데, 먼저 카인을 낳고 다음에 아벨을 낳았다. 카인은 경작하고 아벨은 양을 키웠다.

카인은 토지에서 거둔 열매를 여호와에게 바치고 아벨은 양의 첫 아기와 살찐 양을 가지고 가서 여호와에게 바쳤다. 여호와는 아벨의 공물은 기뻐했으나, 카인의 공물에 대해서는 냉담했다. 카인은 기분이 나빠 고개를 푹 숙였다. 그것을 본 여호와는,

"어찌하여 너는 고개를 숙이고 화가 나 있느냐? 만약 네가 선(善)을 행동한다면 누가 너를 떠받들지 않겠느냐? 그러나 선을 행하지 않는다면 죄가 너를 따라다닐 것이며, 결국 너는 그것의 지배를 받게 될 것이다."
라고 나무랐다.

불평에 가득 찼던 카인은 아벨과 둘이 들에 나갔을 때 아벨을 죽여 버렸다. 그것을 안 여호와는 카인을 향해,

"너의 동생 아벨은 어디 있느냐?"
라고 물었다.

카인은 대답했다.

"어디 있는지 모릅니다. 나는 아벨을 지키는 사람은 아니니까요."

"그럼 너는 그에 대해서 무슨 짓을 했더냐?"

여호와가 말했다.

"네 동생의 피의 외침이 지하에서 내 귀에 들려왔다. 너는 저주를 받으며 이 땅을 떠나지 않으면 안 된다. 그 땅은 너의 동생의 피를 빨아 먹었으니 말이다. 너는 이제 이곳의 토지를 경작하여도 수확을 거두지 못한다. 너는 지상

의 방랑자가 되는 것이다."

이에 대해 카인은 대답했다.

"나의 죄는 너무 커서 도저히 짊어질 수 없습니다. 그리고 오늘 당신은 나를 이 땅에서 내쫓았고, 내가 방랑길을 떠나면 도중에서 만난 자가 나를 죽일 것이외다."

"그런 걱정은 없다."

여호와가 말했다. 여호와는 만나는 자가 카인을 죽이지 않도록 그에게 표지(標識)를 주었다. 카인은 여호와의 곁을 떠나 에덴의 동쪽 땅에 가서 살며 거기서 아내를 얻고, 에녹을 낳았다.

'카인의 저주'는 인류 최초의 살인이며, 형제를 죽인 저주이다. 그런데 이 이야기에서 두 가지 의문이 생긴다. 여호와는 자신의 모양을 본떠 아담을 만들고, 아담을 재운 뒤에 그 늑골 하나로 이브를 만들었으며, 그리고 아담과 이브는 카인과 아벨 형제를 낳았는데, 카인이 아벨을 죽인 뒤에는 지상에 남은 인간은 셋 뿐이라야 한다. 그런데 방랑길 도중에서 카인의 목숨을 노리는 자가 있다 했고, 또 카인이 아내를 맞이했으니 그들은 어디서 나온 것인가 하는 점이다.

노아의 방주

하느님은 남자와 여자를 만드셨을 때 두 사람을 축복하며,

"낳고, 늘리고 땅에 가득하여라."

고 하셨다.

그러나 인간이 점차 늘어나면서 착한 사람보다 악한 사람의 수효가 많아졌고, 그들의 세력 또한 강해졌다. 그리하여 하느님은 의인(義人)으로 이름 높은 노아의 집안을 빼놓은 모든 인간을 몰살시킬 계획으로 지상에 대홍수를 내렸다.

대홍수가 일어나기에 앞서 하느님은 노아에게 앞으로 대홍수가 일어날 것을 살짝 알리고 소나무로 거룻배(方舟)를 만들고, 송진으로 안팎을 칠하도록 일러 놓았다. 노아는 그 분부에 따라 거룻배를 만들었는데, 그 배의 길이는 3백 큐비트(1 큐비트는 18∼22인치) 폭은 5십 큐비트, 높이는 3십 큐비트이며, 삼층으로 되어 있었다. 배가 건조되자 하느님은 노아의 부부와 그 자식들, 그리고 산 짐승을 한 쌍씩 태우는 것을 허락했다.

그리고는 하느님은 40일 40밤 동안 계속 비를 내리게 하여, 스스로 만든 여러 창조물들을 손수 멸망시키고 말았다. 모든 것이 파괴된 것을 보자, 그제서야 하느님은 비를 그치게 했다.

비가 내리기 시작한 것이 2월 17일. 그로부터 40일을 계속 내렸으며, 비가 그친 뒤에는 150일이 지나 겨우 홍수의 물이 걷히기 시작했다고 한다.

노아의 거룻배는 7월 17일에 아라랏 산에 도착했는데, 10월이 되어서 주위의 산봉우리가 나타나기 시작했다. 다시 40일이 지난 뒤 노아도 창문을 열고 새와 비둘기를 날렸더니 앉을 자리가 없어 물 위를 헤메다가 돌아왔다. 그로부터 7일이 지난 뒤 다시 비둘기를 날렸더니 이번에는 돌아오지를 않았

다. 그리고 이듬해 정월 초하룻날, 물은 드디어 지상에서 깨끗이 걷혔다.

　노아는 배 안에서 나와 신에게 공물(供物)을 올리고 감사했다. 하느님은 두 번 다시 인간들에게 이런 봉변을 주지 않기로 서약을 하셨다.

　노아는 홍수 때 6백 살이었는데, 홍수의 충격이 컸던지 얼마 후에 망녕이 나고, 술에 취해 벌거벗은 채 쓰러져 버렸다. 그것을 본 자식들은 얼굴을 붉히며 손에 옷을 들고 뒷걸음질을 쳐서 가릴 데를 덮었다.

바벨탑

대홍수 뒤, 사람들은 시날 평야에서 살았다. 땅은 비옥해졌고, 수확도 늘어 살림이 윤택해졌다. 그들은 벽돌을 굽고, 길을 만들어 그들의 마을을 건설했으며, 탑을 올려 하늘나라에까지 미치게 하려고 했다.

이것을 본 신은 놀라고 당황했다.

"백성들이 그와 같이 엉뚱한 생각을 갖는 것은 그들이 하나로 단결되어 있기 때문이다."

이렇게 생각한 신은 단결하고 있는 몇 종류의 인종을 서로 통하지 못하게 서로 다른 말을 하도록 하여 언어를 혼란케 한 뒤 그들을 흩어지게 했다. 이 때문에 도시와 탑의 건설은 중지되고 말았다.

이 고사(故事)로 하여 바벨은 '가공의 건조물' 또는 '언어의 혼란'을 의미하게 되었다.

소돔과 고모라

소돔과 고모라의 주민이 신에 대해서 죄를 지었으므로 신은 불태워 버리려고 했다. 아브라함은 당황하여 신과 교섭하여 그 마을에 열 사람이라도 올바른 사람이 있으면 불태우지 않겠다는 약속을 받았다.

그런데 신의 사도들이 소돔의 로도라는 사나이를 찾아갔을 때 소돔의 주민들이 그들에게 폭력을 쓰려고 했기 때문에 처음 생각대로 두 마을을 불 질러 버리기로 했다. 신의 사도는 로도를 구명하고자 아내와 두 딸을 데리고 도망하라 일러 주었다. 그리고는 도망가는 도중에 뒤를 돌아보면 안 된다고 충고했다. 로도는 그 충고에 따라 동네를 빠져 나왔다.

신은 유황과 불을 내려 두 마을과 그 주민들을 멸망시켰다. 그런데 로도의 아내는 뒤를 돌아보지 말라는 충고를 어기고 뒤를 돌아보았기 때문에 '소금 기둥'으로 변해 버렸다. 인간이 다른 물체로 변형하는 것은 많은 신화에 보이는데, 성서에서는 드문 일이다.

야곱의 사다리

이삭의 아들 야곱이 외가 동네에 가서 신부감을 찾고 있을 무렵이다. 어느 날 외출하여 숙소를 얻지 못하고 노숙을 하게 되었는데, 그는 돌베개를 베고 잤다. 그 때 그는 꿈을 꾸었다. 사다리가 땅에 서더니 그것이 하늘까지 닿았으며, 그 사다리로 하늘의 사신이 오르내리는 모습을 보았다. 그 사다리 위에 여호와가 서 있는데, 여호와가 말하기를,

"나는 너의 조부 아브라함의 신이며, 아버지의 신인 여호와이다. 네가 누워 있는 그 땅은 너와 너의 자손에게 줄 것이다. 너의 자손은 땅의 모래와 같이 늘어서 동서남북에 퍼지리라. 그리고 천하의 모든 종족은 너와 너의 자손에 의하여 행복을 얻으리라. 나는 네가 어디를 가든지 같이 따라 가서 너를 보호하고, 결국 이 땅에 돌아오도록 하리라."

야곱은 잠이 깨어,

"여호와가 이곳에 와 계신 것을 미처 몰랐다. 여기야말로 신의 궁전이며, 하늘의 문간이었도다."

라고 읊조렸다.

그는 아침 일찍 일어나 베개로 삼았던 돌을 세워 기둥으로 하고, 그 위에 기름을 붓고 그 곳의 이름을 벧엘(神殿)이라고 했다.

그 후 그는 신의 가호를 굳게 믿게 되었다. 참고로, 야곱의 사다리(Jacob's ladder)라고 이름 지어진 식물이 있다. 우리말로는 '꽃고비'이다.

아론의 지팡이

모세는 이스라엘의 백성을 데리고 성약(聖約)의 땅, 즉 젖과 꿀이 흐르는 풍
요한 땅 가나안으로 가고자 서둘렀는데, 이집트를 탈출하는 일이 쉽지 않았
다. 이집트 왕은 노예로 부리고 있는 6십만의 이스라엘 남자가 도망쳐 버리
면 큰 손해이기 때문에 쉽사리 허락할 이유가 없었다.

그래서 모세는 어찌할지 몰라 신에게 물었더니, 신은 이집트 왕을 응징하
여 승낙케하는 도리밖에 없다고 생각하고, 그 도구로서 먼저 아론의 지팡이
를 사용하도록 했다. 아론은 모세의 형이며, 그때 모세보다 세 살 위인 83세
였다.

신은 아론의 지팡이를 이집트 왕 앞에서 내던지면 그것이 뱀으로 변한다
고 일러 준다. 그래서 아론은 가르쳐 준 그대로 했더니 지팡이는 뱀이 되었
다. 이집트 왕의 신하인 마술사의 지팡이도 뱀이 되었다. 하지만 그 뱀은 대
번에 아론의 뱀에게 먹히고 말았다. 그래도 이집트 왕은 항복을 하지 않았다.

다음에 신은 다시 그 지팡이로 강물을 두들기면 강물이 피가 된다고 가르
쳤다. 아론이 그렇게 했더니 과연 강은 물론 호수와 연못물까지 피가 되어 물
고기는 죽고, 사람들은 먹을 물이 없어졌다. 그래도 이집트 왕은 항복하지 않
았다.

'아론의 지팡이'에 의하여 그 후 이집트 전체가 개구리로 덮이고, 이와 벼
룩에 싸이고, 가축들이 모두 고름이 나는 병에 걸려 허덕이고, 우박이 쏟아져
서 가축이 죽고, 우박과 벼락이 동시에 내려 세상을 뒤덮으며 초목과 전답을
불태워 버렸고, 또 수많은 메뚜기가 내습(來襲)하여 땅이 보이지 않게 되었
건만, 그래도 이집트 왕은 고개 하나 까딱 하지 않았다.

드디어 신은 마지막 수단으로 사흘 동안 계속해서 이집트 전토를 암흑에

몰아 넣었다. 이집트 왕은 이때만은 하는 수 없이 손을 들었다.

"항복했다. 신이 하시는 일이라면 하는 수 없으니, 너희들은 이집트를 나가도 좋다."

이렇게 모세에게 허락해 주었다.

이리하여 총사령에 모세, 부사령에 아론이 되어 60만의 이스라엘 백성의 대이동이 시작된다.

여기까지가 '출애굽기'에 나오는 '아론의 지팡이' 이야기인데, 후일담이 있다. 다음에 나오는 '민수기'에서 또 지팡이 이야기가 나온다.

여호와는 이스라엘 가문의 장이 되는 자가 각기 지팡이를 하나씩 갖고 모일 수 있도록 모세에게 명령했다. 아론의 지팡이도 그 속의 하나였다. 그런데 그의 지팡이는 다른 지팡이와 달라 싹이 트고 드디어 꽃봉오리가 생기고 꽃이 피어 열매가 맺었다. 신은 아론의 지팡이에 특별한 힘을 주었던 것이다. 여러 사람들이 놀라는 가운데 신은 모세에게,

"너는 아론의 지팡이를 율법이 든 상자 앞에 갖다 놓고, 나나 너의 명령을 어기는 자를 경계하라. 어긴 자는 그 지팡이에게 죽으리라."

아론의 지팡이(Aron's rod)라는 식물 이름도 있다. 또 로렌스의 소설에 〈아론의 지팡이〉가 있다.

만누

모세에 이끌려 이집트를 떠난 이스라엘의 백성 수는 남자만 육십만이라 했으니, 여자까지 헤아린다면 120만 명이 된다. 그 많은 사람이 황야를 이동하게 되니 당연히 식량이 부족하게 되었다.

그들 속에는 이집트에 있을 때 마음대로 먹을 수 있는 고기와 빵을 생각하고 이럴 줄 알았더라면 죽어도 이집트에 있을 걸 잘못했다고 불평하는 자가 나왔다. 그 소리를 들은 신은 이들을 위로하고 고생을 덜어 줄 생각을 했다. 어느 날 저녁, 그들의 천막 주변에 콩 같은 것을 뿌렸다. 색깔은 마치 서릿발이 뭉친 것처럼 희고 모양은 동글동글했다. 사람들은 새벽에 일어나 사방에 깔린 이상한 것을 보고 무엇인지 물었다. 모세가 그들 앞에 나서며,

"이것은 하느님이 너희들에게 주신 빵이다. 너희들은 자기 먹을 만큼 줍되, 더 이상은 줍지 마라."

고 명령했다.

사람들은 매일매일 그들의 양식을 줍기에 바빴다. 그것은 희고, 그 맛은 꿀을 넣은 과자와 같았다. 이스라엘 사람들은 이것을 '만누'라고 불렀다. 그리하여 엿새가 되고 이레가 되니 지상에는 아무 것도 없었다. 7일째가 안식일이기 때문이다.

사람들은 만누를 주워 배를 채우며 '젖과 꿀이 넘쳐 흐르는 나라' 성약의 땅을 찾아가는 40년간의 식량으로 삼았다. 모세는 여호와의 명령으로 하루치 양식의 만누를 단지에 넣고 자손들에게 전하기로 했다. 이집트를 떠나서 황야를 방황하는 동안에 양식이 되었던 것을 기념하기 위해서였다.

이상은 '출애굽기'에 보이는 만누에 대한 기사를 대강 추린 것인데, '민수기'에도 만누의 이야기가 계속되는데, 그것은 다른 의미로 씌여져 있다.

가나안을 찾아가는 대이동은 긴 나그네 길이었으니 만큼, 여러 가지 사고와 시비가 벌어졌다. 당초 모세를 신임하던 백성들이었지만, 끝없는 황야에서 식량은 부족하고 고생이 막심하자 모세와 가까운 사람들마저 이집트를 그리워하며 돌아가고 싶어 했다. 모세가 밤마다 야영하는 천막 사이를 거닐면, 이곳 저곳에서 울음소리가 들렸다. 그들은 편했던 이집트 시대의 잠자리와 맛있는 음식들을 생각하며 현재의 환경을 슬퍼하고 있었다. 그들은 그들 앞에 벌판과 만누, 이것밖에 없다고 한탄했다.

이러한 고난의 묘사 끝에 만누라는 열매에 대해서 다음과 같은 설명이 보인다.

"사람들은 돌아다니며 만누를 주워 모았고, 돌절구에 찧어서 혹은 맷돌에 갈아서 이것을 솥에 쪄서 떡을 만들었는데, 그 맛은 기름에 튀긴 과자와 같았다."

십계

이스라엘의 백성이 이집트를 떠난 지 석달이 되었다. 그들은 유목을 해 가며 황야를 이동하여 시나이 광야에까지 당도했다. 이때 여호와는 구름 속에서 인솔자인 모세에게 말을 걸었다.

"지금으로부터 사흘 후에 나는 시나이 산에 내려가서 백성들 앞에 나타나리라. 그러니 너는 경계선을 치고 백성들이 산에 접근하지 못하도록 해야 한다. 발칙스럽게 산에 오르는 자가 있다면 때려 죽일 것이다. 그리고 나팔 소리가 길게 울리거든 백성들을 산기슭에 모이도록 하라."

모세는 백성들 곁으로 와서 몸을 깨끗이 하고 의복을 세탁할 것을 지시했다. 사흘째 되던 날, 아침부터 천둥이 치고 번개가 번쩍거리며 두터운 구름이 산 위로 나타나더니, 나팔소리가 높이 울렸다. 백성들은 두려움에 떨었다. 모세가 백성들을 데리고 시나이 산 기슭까지 갔더니 시나이 산 전체에서 연기가 자욱히 돌았다. 여호와가 몸에 불을 두르고 산에 내려왔던 것이다. 연기가 아궁이 속처럼 자욱해지자 산이 진동을 했다.

나팔소리가 한층 높이 사방에 울린 뒤, 여호와 신은 시나이 산 꼭대기에 내려 모세를 불렀다. 모세가 올라갔더니 여호와는,

"백성이 나를 보려고 몰려들겠는데, 그런 짓을 한다면 때려 죽이고 말 테다. 사제라도 용서하지 않을 테다."
라고 엄중하게 경고했다.

"너는 산을 내려가서 아론을 데리고 다시 올라오너라."
여호와는 말했다.

아론은 모세의 형이며, 이집트를 떠나 오랜 나그네 길을 계속하는 동안 모세를 도왔던 사람이다. 둘이서 산에 올라 여호와 앞에 이르자, 여호와는 이스

라엘의 백성이 지켜야 할 계율을 일러 주었는데, 그 죄목은 5백에 달했다. 그 중에서 맨 먼저 말하고 가장 중요하다고 생각되는 것을 뽑아 '십계'라고 부르게 되었다.

여호와가 이야기하는 동안 뇌성이 울리고, 그 속에서 나팔소리가 요란스럽게 들려왔다. 산이 연기에 자욱이 감싸여 있으니 백성들은,

"여호와께서 말씀하신 것은 무엇이든지 듣겠습니다. 그런데 우리들은 죽을 것 같습니다."

라고 말했다.

그러나 모세는 태연하게,

"저것은 여호와가 너희들을 시험하고 있는 것 뿐이다. 혼을 내서 너희들이 죄를 범하지 않도록 하려고 하신 일이다."

라고 말했다.

눈에는 눈, 이에는 이

모세는 사람이 만약 다른 사람의 생명을 빼앗을 때는 그 생명으로써 갚게 하고, 눈을 상하게 했을 때는 눈으로써 갚게 하고, 이를 다치게 했을 때는 이로써 갚게 하는 법을 만들었다.

그러나 예수는 그렇게 한다면 원한이 언제까지나 계속된다고 생각했다. 예수는 법귀에 비록 정해져 있다 하더라도 복수를 인정하지 않았다. 살인자에 대한 사형은 법이 대신 복수해 주는 것이라고 하지만, 예수는 이 또한 시인하지 않았다. 예수는 모든 것을 자비로써 해결하려고 했다. 그래서 예수는 이렇게 말했다.

"'눈에는 눈, 이에는 이'라고 한 말을 너희들은 들었노라. 하지만 나는 너희들에게 말하노라. 악한 자에게 맞서지 말라. 사람이 만약 너의 오른 뺨을 치거든 왼쪽을 내 놓아라. 너를 소송하여 하의(下衣)를 뺏으려 하는 자 있거든 상의(上衣)도 내어 주어라. …너의 원수를 사랑하고, 너를 책망하는 자를 위해 기도하라. 이는 하늘에 계신 너희들의 아버지의 자식이 되고자 함이로다. 하늘의 아버지는 그 햇빛을 악한 자의 위에도 선한 자의 위에도 비춰 주며, 비를 올바른 자에게도 올바르지 못한 자에게도 내리도록 하시도다."

이러한 예수의 박애정신을 실행하기란 쉬운 일이 아니다. 예수도 이것이 거의 불가능하다는 것을 알면서 이렇게 가르친 것은 하나의 이상의 지표를 내세운 것이 아닐까?

사람은 이 예수의 '자비'를 온전히 실행은 못 할 망정, 접근하려는 노력은 이 사회를 평화롭게 하는 데 힘이 될 것을 내다보았던 것이라 할 것이다. 사실, 이 기독교의 정신은 서구 사람들의 마음의 방식이 되었고, 많은 악(惡)에 대하여 브레이크 역할을 하게 했다고 보아야 할 것이다.

삼손과 데릴라

다곤 부족에 마노아라는 여인이 있었다. 그 여인은 불행하게도 아이를 못 낳았다. 그런데 어느 날 신의 사신이 그의 앞에 나타나서,

"너는 잉태하여 사내애를 낳게 되리라. 거기에 대해서 꼭 일러 두어야 할 일이 있다. 결코 포도주나 진한 술을 마시거나, 지저분한 것을 먹어서는 안 된다. 또 사내애를 낳거든 머리에 칼을 사용하지 말라. 그 아이는 드디어 팔레스타인으로부터 이스라엘을 구제할 것이다."

라고 했다.

아이가 태어나자 어머니는 삼손이라고 이름을 지었다. 그는 성장하여 힘센 사나이가 되었다. 어른이 되자 그는 팔레스타인의 처녀를 사랑하여 양친에게 밝혔는데, 양친은 반대했다. 그러나 삼손이 듣지 않으므로 일단 어떤 처녀인가 보고자 찾아갔다.

그런데 그 집 주인 즉, 처녀의 아버지는 삼손을 업수이 여겨 그를 노하게 했으므로, 삼손은 자리를 박차고 일어섰다. 그 후 그 집 주인은 자기 딸을 다른 남자에게 시집보냈다. 삼손은 화가 나서 여우의 긴 꼬리에다 횃불을 달고 그 처녀 아버지의 보리밭과 올리브밭을 불 태워 복수를 했다.

그 소문을 들은 이스라엘 사람들은 놀라며 겁을 냈다. 당시 이스라엘은 팔레스타인의 지배하에 있었으므로 그들의 복수를 두려워 했던 것이다. 사람들은 팔레스타인의 감정을 달래기 위해 선수를 써서 삼손을 결박하여 바위 틈 사이에 버려 두었다.

아닌 게 아니라 팔레스타인은 떼를 지어 삼손을 죽이러 왔는데, 이때 신이 결박한 밧줄을 태웠으므로 삼손은 몸이 자유로워졌다. 그는 발 밑에 구르고 있던 나귀의 턱뼈를 주워, 그것을 휘둘러 1천 명의 팔레스타인을 때려 죽였

다. 이때 몹시 목이 탄 삼손이 신에게 갈증을 호소했더니, 신은 땅을 파 헤쳐 그 속에서 물이 나오게 했다. 그 물을 마시자 삼손의 지치고 흐릿해졌던 정신은 다시 맑아졌고, 원기를 회복했다.

삼손은 어느 날 가자에 가서 화방(花房)의 여자집에서 잤다. 그것을 안 가자의 사람들은 그 화방녀(花房女)의 집을 둘러싸고 성문을 단단히 잠그고, 삼손이 아침에 일어나 나오면 죽이려고 기다렸다. 그러나 삼손은 밤중에 한 잠 자고는 일어나서 밖으로 나와 성문으로 향했다. 역발산의 삼손에게 사람들은 감히 덤비지를 못했다.

잠긴 성문은 그가 가볍게 손을 댔더니 양 기둥에 무겁게 걸렸던 문짝이 대번에 못이 빠졌고, 그것을 등에 짊어지고 어이없어 놀라 바라보는 사람들을 뒤로 하고 헤브론의 건너편 산으로 올라갔다.

그 후, 삼손은 데릴라는 여성을 사랑하게 됐다. 그것을 안 팔레스타인들은 은 3천을 주고 데릴라를 매수하여, 삼손의 역발산 힘이 어디서 나오는가 그 비밀을 알아내게 했다. 데릴라는 그의 사랑을 이용하여 끈질기게 캐 물어 결국 비밀이 그의 머리카락에 있는 것을 알아 냈다. 그녀는 그 머리를 잘라 내면 삼손은 무력하게 될 것이라고 팔레스타인에게 알려 주었다. 그리고 데릴라는 팔레스타인과 모의하여 어느 날인가 자기 무릎 위에 삼손을 재우고, 잠든 틈에 사람을 불러 머리를 깎았다.

삼손은 고통을 호소하다 드디어 힘을 잃었다. 팔레스타인들이 왔을 때 그는 아무 저항도 못하고 맥없이 결박을 당했다. 팔레스타인들은 삼손의 두 눈을 도려 내고 가자로 끌고 가 청동으로 만든 굵은 족쇄를 발에 채운 뒤 감옥에서 큰 맷돌을 돌리게 했다.

일단 잘린 그의 머리털은 곧 다시 자라기 시작했으며, 역발산의 힘이 소생했다. 그런 줄 모르는 팔레스타인들은 다곤 신을 위해 축제를 벌이며, 신이 삼손을 잡게 해 주신 은덕에 감사하며 많은 재물을 바쳤다. 그리고 여흥으로 삼손을 감옥에서 끌어 내어 놀이갯감으로 삼았다.

눈이 먼 그는 이리 저리 끌려 다니며 팔레스타인들의 구경거리가 되었다. 삼손은 마침내 자기가 어느 집 굵은 기둥 옆에 서 있음을 깨달았다. 그는 그의 손을 잡아 끌어주던 청년에게 그 집 대들보를 바치고 있는 중심 기둥 있는 데로 데려가 달라고 했다. 청년은 그대로 했다.

그 집에는 남녀가 잔뜩 모여 있었고, 팔레스타인의 우두머리 사제들도 모두 와 있었다. 집 안에 들어오지 못한 다른 팔레스타인 약 3천 명이 그 집 지붕 위에 올라가서 눈먼 삼손을 구경하고 있었다.

삼손은 기둥을 손으로 더듬어 만지며 큰 소리로 신에게 빌었다.

"오호, 여호와! 아무쪼록 나의 일을 생각해 보아 주사이다. 오호, 신이여! 한 번만 더 나에게 힘을 주시어 잃은 두 눈 중에 한 눈 몫의 원수만이라도 팔레스타인에게 갚게 해 주사이다!"

삼손은 그 거대한 건물의 중심이 되는 두 기둥을 좌우 손을 벌려 하나씩 잡고서,

"나는 팔레스타인과 함께 같이 죽는다."

하며 힘을 다해 몸을 조였더니, 두 기둥이 와지끈 부러지고 지붕이 가라앉았다. 집 안에 있던 팔레스타인들은 모두 깔리고 말았으며, 지붕 위에 있던 사람들도 굴러 떨어져 죽는 자 부지기수였다. 삼손은 살았을 때보다 죽을 때 더 많은 팔레스타인들을 저승길로 끌어 들였던 것이다.

솔로몬의 지혜

'열왕기' 상편 제4장에 다음과 같이 적혀 있다.

"…신, 솔로몬에게 지혜와 총명을 매우 많이 주시다. 또 넓은 마음을 주시다. 해변의 모래와 같더라. 솔로몬의 지혜는 동양 사람들의 지혜와 이집트의 모든 지혜보다 크도다."

솔로몬은 식물학에 정통했으며, '초목을 논하여 레바논의 향백(香栢)에서 울타리에 나는 이끼에 미치었더라' 했으며, 또 동물에 대해서도 자세히 알았다. 그래서 여러 나라 사람들은 솔로몬의 지혜를 듣고자 몰려 들었으며, 여러 나라의 왕들도 사신을 보내어 솔로몬의 말을 들어오도록 했다. 솔로몬은 또한 문학의 재능을 갖췄으며, 시가(詩歌)를 1천5백 수, 잠언을 3천이나 만들었다고 전한다.

구약성서의 '잠언' 속에는 솔로몬이 지은 것으로 알려진 것이 상당히 많이 들어 있는데, 학자들의 연구에 의하면 그가 지은 것이 아닌 것도 많다고 한다. 또 '구약'의 '아가'는 '솔로몬의 노래'로 알려진 장(章)인데, 전부가 사랑의 노래이다. 그 중에는 젊은 남녀들의 한숨을 자아 내는 열렬한 것이 있다.

솔로몬의 지혜에 관한 일화를 하나 소개하면, 어느 한 집에 두 사람의 창녀가 살고 있었다. 그런데 그들은 똑같이 생각지도 않던 임신을 하여 사흘 차로 제각기 아이를 낳았다. 나중에 아이를 낳은 여자는 매우 잠버릇이 고약하여, 어느날 밤 끼고 자던 자기 아이를 눌러 죽이고 말았다.

그런데 이 여자는 죽은 자기 아이를 옆에 자던 친구의 옆으로 밀어 놓고, 친구의 아이를 자기 품으로 옮겨다 놓았다. 아침에 눈을 떴을 때, 친구는 자기 아이를 찾으려고 했더니, 아이를 바꿔친 여자는 친구에게 뒤집어씌웠다.

"제가 제 애를 죽여 놓고, 남의 애를 빼앗으려고 든다."

고 버티며, 그녀는 아이를 돌려 주지 않았다.

두 여자는 한참 옥신각신 하던 끝에 솔로몬 왕에게 직접 소송을 걸었다. 솔로몬 왕 앞에서도 두 여자는 옥신각신 다투었다. 끝이 없는 싸움이었다.

그것을 묵묵히 듣고 있던 솔로몬은 이윽고 조용히 입을 열어 신하에 말했다.

"칼을 들여라."

신하가 칼을 가지고 오자,

"그 검으로 그 아이를 두 쪽으로 잘라서 이 두 여자에게 나눠 주어라."

라고 왕은 말했다.

좌중은 숨을 삼키며 어떻게 될 것인가 긴장했는데, 가장 기겁을 하고 놀란 것은 그 아이의 진짜 엄마였다. 그 여자는 아이의 일을 생각하니 가슴이 탔다. 그 여자는 왕에게 탄원했다.

"왕이시여, 제발 그 아이를 베지는 마옵시고, 이 여자에게 주도록 하옵시오."

그런데 상대방의 여자는,

"아닙니다. 그대로 둘로 잘라서 나눠 주옵시오."

라고 쌀쌀하게 말했다.

그 말을 듣자 솔로몬 왕은,

"살아 있는 아이는 베지 말라고 한 여자에게 주어라."

라고 판결을 내렸다.

백성들은 이 재판에서 보여준 솔로몬의 지혜를 '신의 지혜'라고 탄복했다.

산곡간의 백합

나는 시아론의 들꽃,
산곡간의 백합이라네.
나를 벗하여 찾아 주는 아가씨들은
가시덤불 속에 백합이 있는 듯하여라.
내가 사랑하는 자, 총각들 속에 있음은
숲속 나무 사이에 능금 열매가 있는 듯하여라.
나, 깊은 즐거움으로 그 그늘에 앉았노라.
그 열매는 내 입에 달았고,
그는 나를 거느리고 술상이 있는 방으로 들어갔노라.
이때, 나는 펼쳐진 사랑의 기폭 속에 있었노라.
청컨대, 그대여, 건포도로 나의 힘을 더하여라.
능금으로 나에게 힘을 보태어라.
나는 사랑으로 인하여 병들어 누웠네.
그의 왼손은 나의 머리 밑에 있으며,
그의 오른손은 나를 껴안았도다.
예루살렘의 아가씨들아,
나는, 그대들에게 들의 노루와 사슴을 찔러 맹세하며 청하노라.
사랑이 절로 솟구칠 때까지는
일부러 불러 일으키며 식히지 말지어다.
내 사랑하는 이의 목소리 들리누나.
보라, 산을 뛰고 언덕을 훌쩍 넘어 오지 않던가.
내 사랑하는 이는 사슴과 같이 날쌔어라.

보라, 그는 우리들의 바람벽 뒤에 서서,

창문으로 엿보며 그 숨소리 가쁘지 않던가.

너에게 말하되 그는 나의 사랑하는 임.

일어나서 오너라고.

보라, 겨울은 갔고 비는 그치고, 이미 사라졌노라.

만가지 꽃은 땅 위에 나타나고,

새가 지저귀는 시절이라네.

산비둘기 소리도 가까이 들리며,

무화과는 그 푸른 열매를 붉혔고,

포도나무는 꽃피어 그 향기 넘치며,

나의 벗이여, 나의 사랑하는 자여,

일어나 오라.

산곡간의 비탈진 그늘 속에 있는 나의 비둘기여.

나에게 너의 얼굴을 보여 주렴.

너의 목소리를 들려 주렴.

그 목소리 사랑스럽고,

그 얼굴 아름다워라.

나의 사랑하는 자여,

날이 선선해질 때까지

그림자가 꺼질 때까지,

몸을 가볍게 누비며 걸어서

거치른 산 위에서 노루와 같아라. ('아가' 2)

'산곡간의 백합' 은 발자크의 소설 제목이 되었다. 솔로몬의 '아가' 는 젊고 싱싱한 맛이 있으며, 옛날 옛날 그 옛날의 인류의 사상이 어떠했던가를 엿보는 의미가 있다.

사랑은 죽음과 같이 강하다

'아가'는 일명 '솔로몬의 노래'라고 불리우며, 모두 사랑을 읊은 것인데, 그 속에는 매우 열렬한 관능적인 것도 있다. 여기 인용하는 것은 그 정열이 중간 쯤 되는 것이다.

바라건대 그대, 나의 어머니의 젖을 빤 나의 형제와 같이 되기를,
내가 밖에서 그대를 만나면 키스하리.
그리했기로 그 누가 나를 천히 볼 것인가.
나는 그대를 데리고 나의 어머니의 집으로 들어와,
너의 가르침을 들으리.
나는 향기로운 달콤한 즙을
너에게 먹이리라.
그의 왼손은 나의 머리 밑에 있고,
그의 오른손은 나를 껴안았네.
예루살렘의 여자들이여,
나, 그대들에게 맹세하여 바라노라.
사랑이 절로 샘솟을 때까지
더욱 불러 일으키며 식히지 마라.
내 사랑하는 자에게 기대어,
황야로부터 올라온 자는 누구이던가.
능금나무 밑에서 나, 그대를 불러 일으켰노라.
너의 어머니, 그 곳에서 너를 위해 땀 흘리고,
너를 낳으신 자, 그 곳에서 일하도다.

나, 그대의 마음 속에 깊이 도장과 같이 찍힐 것이며,
너의 팔에 도장같이 찍히리라.
사랑은 강하여 죽음과 같고,
그 불길은 타는 불과 같도다.
자못 격한 그 불길과 같이.
('아가' 8)

지혜 많으면 노여움도 많다

'지혜 많으면 노여움도 많다' 이 말은 '전도서'에 있는데, 그 다음에 '지식을 증가하는 자는 근심을 증가한다'고 되어 있다.

이 '전도서'는 '허무의 허무. 허무 위에 허무로다. 모든 것이 허무로다'라는 말로 시작되어 다시 다음과 같이 씌여 있다.

"해 아래 사람이 애써 하는 일들이 모두 그 몸에 무슨 이익이 있을 것인가?"

"굽은 것을 곧게 할 수 없고 빠진 것은 수효를 맞춰 댈 수 없도다."

"어리석은 자가 당하는 일을 나도 또한 당할 것이니, 내 무엇이 지혜롭다 할 것인가?"

"아하, 지혜로운 자도 어리석은 자와 함께 죽는 것은 이 어찌 된 일이던가!"

"세상에 있는 동안은 늘 근심이 있고, 그 하는 일은 괴롭고, 그 마음은 밤에도 편안치가 못하고, 이 모두 허공이로다."

이같이 매우 허무적인 말들로 채워져 있다.

"사람은 짐승보다 나은 데가 없다. 모두 허공이로다."

"나는 짐짓 살아 있는 생자(生者)보다는 죽은 사자(死者)로 하여금 행복하다고 하노라. 이 두 가지보다 행복함은 아직 세상에 태어나지 않고, 햇빛 아래의 악(惡)을 보지 않은 자이니라."

"나는 허공의 세상에서 갖은 일들을 보았노라. 의로운 사람, 의로운 일로 말했으며, 악인은 악을 행하고 장수했더라."

이에 이르러서는 모든 것을 부정하는 절망적인 한숨으로 떨어졌다. 성서 속에 이런 구절이 있다는 것은 매우 이색적이다. 그 마지막 구절은 다음과 같다.

"많은 책을 만든다면 한이 없다. 많이 배우면 몸이 지친다."

지식에 한이 없고, 그것을 추궁하려고 아무리 애써도 그 전부를 깨닫지 못함을 한탄했다.

'지혜 많으면 노여움도 많다' 는 말은 동양의 '식자우환(識字憂患)' 과 일맥 상통한다. 모든 것을 허무로 돌리는 것도 불교의 허무관과 같다.

"해 아래 새로운 것 없다."

이 말은 '전도서' 에 나오는 말인데, 앞뒤의 문맥을 살피면,

"먼저 있었던 것은 또 나중에 있게 된다. 한 번 된 일은 나중에도 되고 만다. 해 아래 새로운 일이 없다. 보라, 이것이 새롭다고 가리켜 말할 것이었던가? 그것들은 우리들의 먼저 세상에 이미 오래 전에 있었던 일들이다."
라고 했다.

이는 세상사가 늘 되풀이하고 있다는 회전의 진리를 갈파한 말이나, 한편으로는,

"허무의 허무, 허무 위에 허무로다. 모든 것이 허무로다. 해 아래 사람이 애써하는 일 모두가 그 몸에 무슨 이익이 있으리오."
라고 한 허무적 인생관과 연결되는 말이다.

사람은 빵만으로는 살 수 없다

예수가 예언자 요한에 의해 세례를 받고 물에서 나와 보니, 그의 머리 위로 하느님의 성혼(聖魂)이 비둘기처럼 내려오는 것이 보였다. 그 때 천상에서 소리가 있더니,

"너는 나의 귀여운 자식이다. 내가 낙으로 삼는 자식이다."

라고 했다.

그런 후, 성혼은 악마에게 예수를 시험하기 위해서 황야로 인도했다. 그 황야에서 예수는 40일 밤낮을 단식했기 때문에 거의 다 죽게 되었다. 보통 사람이 단식할 수 있는 시간이란 3일 밤낮 60시간 정도를 그 한계로 본다면, 예수는 역시 하늘의 아들이었다.

예수가 아사 직전에 이른 걸 본 악마는 그 옆으로 와서,

"자네가 정말 하늘의 아들이라면, 여기에 있는 돌을 보고 빵이 되라고 해 보게."

하고 놀려댔다.

그러자 예수는 서슴지 않고,

"사람이 사는 것은 빵만이 아니로다. 하느님의 입을 거치는 모든 말씀을 좇는 일이로다."

라고 응답했다.

빵은 몸의 양식, 하느님의 가르침은 정신의 양식임을 말한 것인데, 빵에 치우칠 때 사람의 정신은 고프게 된다. 짐승과 같은 행동은 그가 정신에 고픈 자였음을 말한다.

산상수훈(山上垂訓)과 땅의 소금

예수는 예언자 요한이 붙잡혀 옥에 갇혔다는 말을 듣고 나자레를 떠나 가버나움의 해변에 나와서 살았다. 그 곳에서 병자를 기적으로 낫게 했으므로 사람들이 그를 찾아 몰려들었다. 제자도 생겼다.

어느 날 예수는 제자를 거느리고 산상에 올라가서 그 곳에 앉아 다음과 같은 교훈을 내렸다. 이것이 세상에 이름높은 산상수훈(山上垂訓)이다.

다행한 일이로다. 마음이 가난한 자여, 천국은 그 사람의 것이로다.

다행한 일이로다. 슬퍼하는 자여, 그 사람은 위로를 받으리라.

다행한 일이로다. 부드러운 자여, 그 사람은 땅을 이어 받으리라.

다행한 일이로다. 의(義)에 기갈(飢渴)하는 자여, 그 사람은 배 부를 날이 올 것이다.

다행한 일이로다. 인정 많은 자여, 그 사람은 인정을 받으리라.

다행한 일이로다. 마음 맑은 자여, 그 사람은 하느님을 볼 것이다.

다행한 일이로다. 평화를 이룩하는 자여, 그 사람은 하느님의 자식으로 칭송 받으리라.

다행한 일이로다. 의(義)를 위해 책망을 받는 자여, 천국은 그 사람의 것이로다.

그 다음에 예수는 제자들에게,

"너희들은 땅의 소금이로다. 소금이 그 효력을 잃었다면 무엇으로 간을 할 것인가?"

이렇게 격려했다.

이 밖에도,

"정욕(情欲)을 품고 여자를 보는 자는 마음 속에서 이미 간음을 행하는 것이로다."

"만약 오른손이 죄를 범했거든, 그것을 잘라 버리라."

"악(惡)과 맞서지 말라."

"원수를 사랑하고 박해하는 자를 위해 기도하라."

라는 등 엄한 가르침이 보인다.

좁은 문

"너희들은 남을 심판하지 말라. 심판받지 않기 위해서로다. 내가 만든 저울에 나도 달릴 것이다. 어찌하여 형제의 눈에 티를 보면서 자기 눈에 낀 삼눈을 보지 못하더냐? 보라, 제 눈이 삼눈이면서 어찌 형제를 보고 너희 눈의 티를 씻으라고 말할 수 있을 것인가? 위선자여, 먼저 자기 눈에서 삼눈을 거두도록 하라. 그러면 분명히 보이고 형제의 눈의 티도 씻어줄 수 있으리라. 성스러운 것을 개에게 주지 말라. 또 진주를 돼지 앞에 던지지 말라. 필경은 발로 짓밟고 돌아서서는 그대들을 물어뜯으리라."

평이하고도 짧은 글자들 속에 폐부를 뚫는 날카로움과 깊은 뜻을 함축한 이들 유명한 명언들은 다시 계속된다.

"구하라. 그러면 얻으리라. 찾으라. 그러면 발견하리라. 문을 두드려라. 그러면 열리리라. 오로지 구하는 것은 없고, 찾는 것은 발견되고, 문을 두드릴 때는 열리노라. 너희들 중에 누가 그 자식이 빵을 바라는데 도를 주며, 생선을 바라는데 뱀을 줄 것인가. 이리하여 너희들은 악한 자라도 좋은 선물을 그 자식에 주는 것을 알리라. 하물며 하늘에 계신 너희들의 아버지가 바라는 자에게 좋은 것을 주시지 않을 것인가? 그러므로 오로지 남에게 바라고 싶은 일은 남에게도 자신이 그렇게 하라. 이것은 율법이며, 예언자로다."

"좁은 길로 들어서라. 멸망에 이르는 문은 크고, 그 길은 넓고, 이로부터 들어서는 자 많다. 생명에 이르는 문은 좁고, 그 길은 가늘고, 이를 발견하는 자 적으니라."

지드의 유명한 소설 〈좁은 문〉은 마태복음의 '좁은 문'에서 그 표제를 딴 것임은 다시 말할 것도 없다.

솔로몬의 영화(榮華)

이 장(章)에서도 많은 명언이 수놓여져 있다.

"너희들, 하느님과 재물을 함께 갖지 못한다. 그러므로 내 너희들에게 이르노라. 무엇을 먹고, 무엇을 마실까 하고, 살아갈 목숨을 걱정하며, 무엇을 이룰 것인가하고, 몸의 일을 근심하지 마라. 목숨은 양식보다 으뜸이고, 몸은 의복보다 으뜸이 아니더냐? 공중에 새를 보라. 씨를 부리지 않으며, 거두지 않으며 창고에 저장함이 없지만, 너희 하늘의 아버지는 이를 키우고 계시다. 너희들이 보다 훨씬 우월한 자가 아니더냐? 너희들 중에 누가 근심했다고 몸의 기장을 한 자 더 늘일 수 있었더냐? 또 어찌하여 입을 옷을 걱정하느냐? 들의 백합이 어떻게 자라는가 생각해 보라. 애써 방직하지 않았도다."

"영화를 극진히 한 솔로몬의 의복조차도 이 꽃(백합)에 미치지 못했도다."

주옥과 같은 명언은 다시 말을 잇는다.

"오늘 있었다가 내일 아궁이에 들어갈 들의 풀조차 이같이 하느님은 곱게 단장을 시키시는데, 하물며 너희들에게 무심할 것인가! 오, 신앙심 얇은 자여! 그러므로 내일의 일을 걱정하고 괴로워 말라. 내일은 내일 스스로 근심하게 두어라. 하루의 노고는 하루로서 그치라."

이 중에서 특히 유명한 것은 '하느님과 재물을 함께 갖출 수 없다'는 말과, '내일 일을 근심 걱정하지 말라'는 것인데, 오늘날의 청년들에게는 먹히지 않을지도 모른다. 돈을 벌기에 바쁘고, 돈을 벌어야 행복하게 된다는 의식은 어느 시대보다도 강해진 것 같다.

그런데 예수가 한 떨기 들백합과 비교했던, 유명한 솔로몬 왕의 영화(榮華)란 구체적으로 어떤 것인가? 솔로몬에 대해서는 구약의 '열왕기' 상편에 자세히 기록되어 있다.

솔로몬의 아버지는 유명한 다윗 왕이며 어머니는 밧세바라고 한다. 밧세바는 원래 다윗의 신하의 아내였다. 다윗에게는 많은 아내가 있었고, 자식도 많았다. 솔로몬은 그의 막내였다.

밧세바는 여성은 책모(策謀)의 소질을 가진 만만치 않은 사람이며, 갖은 수단을 써서 많은 경쟁자를 물리치고 솔로몬을 다윗의 후계자로 밀어 올리는 데 성공했다. 솔로몬은 왕위를 계승하자 그 뛰어난 지혜와 교묘한 정치적 수완으로 국민의 신망을 한 몸에 끌어모았고, 한편 사방의 여러 나라를 심복시키거나 이를 굴복시켜서 이스라엘은 지금까지 없었던 강대한 나라로서 평화를 누리게 되었다.

솔로몬은 등극한 지 4년째 되는 해 부왕 다윗이 뜻을 품고 이루지 못했던 큰 사업을 계획했다. 그것은 신전(神殿)을 건조하는 일이었다.

건축에 동원된 인원은 3만, 자재의 운반을 담당한 이가 7만, 석공이 8만, 공사 감독하는 관리가 3천 3백, 도합 2십만에 가까운 인원이 동원된 대공사였다. 신전의 내부는 순금으로 장식되었고, 이것이 완성된 것은 7년 후였다.

이윽고 솔로몬은 자기의 주택을 지었으며, 아내를 맞아들였다. 신전을 지은 것은 신을 매우 기쁘게 했으나, 그가 맞아들인 아내에 대해서는 신의 뜻에 어긋났으며 그가 타락의 길로 들어선 첫 걸음이었다. 왜냐하면 그 여자는 이스라엘 사람이 아닌 이방의 여자였기 때문이다. 어찌된 일인지 솔로몬은 이방의 여인을 좋아했고, 그런 여성들만 불러들였다. 신은 일일이 반대했으나, 솔로몬은 그 여자들을 감싸고 놓지 않았다.

그가 얼마나 방자한 생활을 했던가는, 그가 얼마나 많은 여자를 데리고 살았는가를 보아 알 수 있다. 정처(正妻)로서 왕비의 자격을 가진 여성만 7백 명, 첩이 3백 명, 도합 1천 명이었다. 신이 왜 이방의 여자와 결혼하는 것을 꺼려했는가 하면, 이방에는 이방의 신이 있어 그녀들은 자기네의 신을 궁정 안에 들여 놓았고, 그것은 나라의 신앙이 문란해지기 때문이었다. 그리고 무엇보다도 이스라엘 민족이 받드는 십계에 어긋나기 때문이었다.

솔로몬이 충고를 듣지 않는 것을 보자 이스라엘을 멸망시키겠다고 신은 위협했다. 다만, 신전을 지은 공을 참작하여 솔로몬이 살아있는 동안은 그대로 둔다는 조건이 붙어 있었다.

이야기는 앞으로 다시 돌아가서 솔로몬은 신전을 준공하자 크게 제사를 올렸다. 그때, 제단에 바친 공물로 소가 2만2천 마리, 양이 2십만 마리였다. 그리고 제사에 이어 잔치를 베푸는데, 그 잔치는 14일간 계속되었다. 솔로몬을 숭상하는 여러 외국에서는 값진 보물을 제각기 보내왔다. 그 후 그는 외국과의 무역에서 많은 이익을 거둬 나라는 미증유의 부강을 이루어 번영했다.

이로부터 솔로몬의 마음은 교만해졌고, 그의 뛰어난 총명도 구름이 끼고 사치스럽고 방자한 생활로 빠져 들어갔다. 상아로 옥좌를 만들고, 순금으로 덮은 것까지는 좋은데, 나아가서는 모든 장식을 순금으로 했고, 나중에는 식기까지 금으로 바꾸었다. 그는 은쯤은 자갈처럼 흔하게 썼고, 향백(香栢)과 같은 귀한 목재는 신전을 짓는 데만 쓰던 것을 뽕나무처럼 함부로 썼다. 이와 같은 사치와 1천 명의 이방인의 처와 첩은 결국 그 자손에게 화근을 남기고 말았다.

피리를 불어도 춤을 안 춘다

예수는 요한을 높이 평가하고 있었다. 예수는 요한을 하느님의 아들인 예수를 위해 길을 닦고 땅을 고른 사람이라 했다.

"여자가 낳은 자들 중에 요한보다 더 위대한 자 있을 수 없도다."

그러나 일반 군중들은 이 위대한 예언자의 가치를 알아 주지 못했다.

"귀 있는 자는 들을지어다."

이렇게 예수는 말했으나 민중의 귀는 막혀 있었다. 예수는 이를 개탄하여 이렇게 말했다.

"나, 지금의 세상을 무엇에 비유할 것인가. 동자가 시장바닥에 앉아 벗을 보고 '나, 너를 위해 피리를 불건만, 너는 춤추지 않는구나' 한탄했지만, 너희들은 아무 감동이 없다'고 하는 것과 같도다."

예수의 한탄은 다시 계속된다.

"…요한이, 와서 먹고 마시지 않는지라 악귀가 붙은 자라고 하며, 사람의 자식(예수)이 와서 먹고 마시면 '보라, 들이 먹고 들이 마시는 꼴, 세금 징수자나 죄인의 벗이로다'고 하도다……."

그 당시의 사람들은 매우 번덕스럽고 말이 많았던 모양이다.

예수는 여러 가지 기적을 행하며 그의 가르침을 민중에게 침투시키려 했으나, 민중의 귀는 벽과 같이 단단했다.

한편, 예수는 요한을 다음과 같이 평했다.

"천국에서 조그마한 자도 다른 모든 자보다 크도다."

요한 같은 위대한 인물도 천국의 석차 순열은 매우 앝아서 구석의 조그마한 자리로 점수를 매겼다.

어린 아기와 길 잃은 양

어느 날 제자들이,

　"천국에 있어서 위대한 것은 누구인가?"

하고 묻자, 예수는 어린 아이를 불러 제자들 가운데에 놓고 말했다.

　"진정 너희들에게 이르노라. 만약 너희들 되돌아 가서 어린 아기같이 아니 된다면, 천국에 들어가지 못한다. 누구에게나 이 어린 아기처럼 자신을 얕이하는 자, 이는 천국에서 위대한 자이로다."

　그러므로 예수는 어린 아기를 존중히 여기는 것은 동시에 예수를 존중히 여기는 것과 같다고 말했다.

　"만약 어린 아기를 넘어지게 하는 어른이 있다면 그의 머리에 큰 맷돌을 달고 바다 속에 가라 앉게 해 버리는 것이 마땅하다."

고 예수는 말한다.

　"만약 너의 손, 또는 발이 너를 넘어뜨리게 하거든 잘라 던져라. 불구 또는 앉은뱅이로 생명의 길로 들어섬은 양 손 양 발이 있으면서 영원한 불길 속에 엎어지는 것보다 낫도다. 만약 너의 눈이 너를 넘어뜨리거든 뽑아 버려라. 너희들, 삼가서 이 조그마한 것의 하나라도 업신 여기지 마라……."

　"…여기 백 마리의 양을 가진 사람이 있어, 만약 그 한 마리가 길을 잃었을 때 아흔 아홉 마리를 산에 남겨 두고 달려가서 길 잃은 양을 찾지 않겠는가? 만약 이를 찾는다면 진정 너희들에게 이르노라. 길을 잃지 않은 아흔 아홉 마리보다 이 한 마리가 더 아까우리라."

　예수의 명언은 때로 부드러우면서 엄하며, 항상 비유를 들어 감명 깊은 표현을 이루고 있다.

부자가 천국에 들어가는 것보다 낙타가 바늘 구멍을 지나는 것이 오히려 쉽다

어느 젊은이가 예수 앞에 와서,

"영원한 생명을 얻으려면 어떠한 좋은 일을 하여야 합니까?"

하고 물었다.

예수는 이에 대답했다.

"만약 그대가 영원한 생명을 얻고 싶거든 하느님의 가르치심을 지키라."

말하자면, 죽이지 말라. 간음하지 말라. 훔치지 말라. 또 거짓 증언을 하지 말라. 부모를 공경하고. 내 자신과 같이 이웃을 사랑하라는 등의 가르침 을……

"그 가르침 대로 다하고 있는데, 아직도 모자라는 데가 있습니까?"

젊은이는 다시 물었다.

"그대 만약 완전하려고 하거든, 가서 그대의 가진 물건을 팔아 가난한 자 에게 나눠 주라. 그러면 보물을 하늘에서 얻으리라. 그리고 와서 나에게 따르 라."

예수는 대답했다. 젊은이는 그 말을 듣고 슬퍼하며 떠났다. 그는 매우 큰 부자였기 때문이다.

예수는 젊은이의 뒷모습을 전송하면서 제자들에게 말했다.

"진정 너희들에게 이르노라. 가멸(富)한 자가 천국에 들기란 어렵다. 다 시 이르노니, 가멸한 자가 천국에 들어가기보다는 낙타가 바늘 구멍을 지나 는 것이 오히려 쉽다."

제자들은 이 말을 듣고 놀라,

"그럼 누가 구원을 받겠습니까?"

하고 물었다. 천국으로 가는 너무도 좁은 길을 생각하고 제자들은 자신들은 물론, 그 누구도 천국에 갈 자격이 없지 않느냐 하는 회의적인 표정이 이 말에 엿보인다.

이때 예수는 그들의 얼굴을 지긋이 보더니,

"인간들은 못하지만, 하느님은 모든 일을 하실 수 있다."

고 대답했다. 예수는 인간은 신이 될 수 없는 것을 인정하면서, 인간은 신의 품을 지향하며 신의 뜻을 받들 것을 엄하게 강조한다.

가이사의 것은 가이사에게

바리새인이 예수의 말 꼬리를 잡아 함정에 넣으려고 서로 의논했다. 그리하여 제자들을 예수에게 보내어 말을 시켰다.

"선생님, 당신은 진심으로 하느님의 길을 가르치시며, 그 누구도 두려워하지 않습니다. 또한 사람의 겉차림은 보지 않습니다. 그래서 여쭤보는 것인데, 공물을 가이사(황제)에게 바치는 것이 좋은지, 나쁜지 어떻게 생각하십니까?"

예수는 그들의 좋지 못한 속마음을 알고,

"위선자여, 너희는 나를 시험하려는가? 바칠 것을 나에게 보이라."

라고 했다.

그들은 데나리온의 화폐를 하나 가지고 와서 보였다.

"이것은 누구의 상(像)이며, 누구의 표지인가?"

하고 화폐에 새겨진 상을 보고 물었다.

"가이사입니다."

라고 그들이 대답하자,

"그러면 가이사의 것은 가이사에게, 신의 것은 신에게 바치라."

고 말했다.

칼을 쥐는 자는 칼로 망한다

무력을 자랑하던 자가 무력에 의해 멸한 예는 역사상에 무수히 있다. 예수가 이 말을 입에 올린 것은 유다의 반역으로 그가 체포되던 때의 일이다. 유다가 예수의 발에 키스할 때 예수를 잡으러 온 자들은 미리 유다와 약속이 되어 있었으므로, 그것이 예수인 줄 알고 달려들어 체포했다. 예수 옆에 있던 베드로가 그것을 보고 예수를 구하려고 칼을 빼들고 체포하러 온 자 중의 하나를 쳐서 그 귀를 잘라냈다. 예수는 이때 기적을 행하여 잘라진 귀를 다시 붙여 주고 칼을 빼든 베드로에게 말했다.

"너의 칼을 거두어라. 오로지 칼을 쓰는 자는 칼로 망하느니라. 내가 나의 아버지에게 청하여 십이군을 넘는 어사(御使)를 보내 달라고 하지 못할 줄 알더냐. 만약 그렇게 한다면 여기 길을 가르친 성서는 어찌 그 목적을 이룰 것인가?"

그리고 예수는 군중을 향해 말했다.

"너희들은 강도를 잡듯이 칼과 몽둥이를 들고 나를 잡으러 왔느냐?"

이때 가까이 있던 제자들은 예수를 버리고 모두 달아났다.

어느 한 젊은이가 알몸을 포대로 덮고 예수의 곁을 따르고 있었는데, 사람들이 잡으려고 했기 때문에 그는 포대를 내던지고 알몸으로 도망치는 광경도 벌어졌다.

최후의 만찬

'최후의 만찬'의 광경은 '마태복음', '마가복음', '누가복음', '요한복음' 네 장에 기록되어 있는데, 각기 조금씩 차이가 있다. '누가복음'의 것은 간략하고, '마태복음'의 것은 가장 극적으로 묘사되어 있다. 그런데 '마태복음'에는 '요한복음'에 적혀 있는 것이 빠져 있다.

'마태복음'의 기록을 중심으로 하여 세 장의 기록을 가미하여 본다면, 만찬의 모양은 다음과 같다.

예수의 가르침이 자꾸 퍼지고, 이를 따르는 자가 많아지는 것을 본 사제장(司祭長)은 어떻게 하든지 십자가에 처형해 버릴 기회를 노리고 있었다. 사제장은 그때의 권력자였으니, 예수도 각오는 하고 있었다.

영민한 예수는 다가오는 죽음을 예지하고 있었다. 예수는 그의 열두 제자의 한 사람인 유다가 비밀리에 사제장을 만나 예수를 팔아 먹을 거래를 하고 있음을 알았다. 유다가 그의 스승을 팔고 받은 보수는 겨우 은 30장이었다.

예수는 때 늦은 식사를 열두 제자와 함께 하자고 말했다. 열두 제자란 예수가 가장 믿고 사랑하던 제자들이며, 필두가 베드로, 그 다음이 그와 형제간인 안드레, 제베다이의 자식 야곱과 그 형제인 요한, 벳세다의 빌립, 도마와 바돌로매, 마태, 알패오의 자식 고보와 유다, 열심당의 시몬과 가롯의 유다의 순서였다.

그리고 식사를 하면서 예수는,

"너희들 중에 하나가 나를 팔 것이다."

라고 말했다.

제자들은 모두 걱정을 하며 한 사람 한 사람이,

"주여 그것은 나인가요?"

이렇게 묻자 예수는 말했다.

"나와 더불어 단지 속에 손을 넣는 자가 나를 팔 것이로다. 사람의 자식은 세상에 태어나 그가 할 만한 일을 하고 떠나느니라. 그러나 사람의 자식을 파는 자는 해로울지어다. 그 사람은 태어나지 아니함만 못할 것을……"

'사람의 자식'이라 함은 예수 자신을 가리킨 말이다.

'태어나지 아니함만 못할 것을……' 이 말은 여러 경우에 자주 인용되고 있다. 섬뜩해진 유다는 이때,

"스승이여, 그것은 저입니까?"

하고 물었다.

"그렇다. 너다!"

예수는 대답했다.

'요한복음'의 기록에는,

"스승을 파는 자 누구인가 묻는 제자들에게 예수는 '내가 손에 음식을 집어 적시어 주는 자가 그로다."

하며 한줌 음식을 적셔 유다에게 주었으며, 유다는 그 자리를 떠나는 걸로 되어 있다.

그 뒤에 예수는 빵을 잘라 제자들에게 나눠 주며,

"이것은 너희들에게 주는 내 몸이다."

했고, 다시 포도주를 주면서,

"이것은 너희들을 위해서 흘리는 나의 피다."

라고 했다.

식사가 끝나자, 예수는 일어나서 윗도리를 벗고 옆구리에 수건을 달고 대야를 가지고 와서 제자들의 발을 씻겨 주었다. 제자들이 그 까닭을 몰라 어리둥절해하는 것을 보자 예수는,

"너희들은 몸 전체를 정결히 했으나, 아직 발만은 정결치 못함이로다."

이렇게 말했다.

태초에 말이 있었다

'태초에 말이 있었다'는 신약 '요한복음'의 첫머리에 있는 말이다. 이윽고,

"길은 하느님과 더불어 있고, 길은 곧 하느님이시다."

라고 했다.

성서에는 이와 같이 짧고 상징적인 표현이 허다하다. 따라서 해석의 여지가 많다.

성경에 대한 연구가 아직도 학자나 종교가 사이에 계속되고 있는 것은 그 다양한 함축성 때문이다. 성경에 담긴 언어는 '사상의 샘'이라 할 것이다. 말이라는 것이 단순한 사람간의 의사 소통 수단 이상으로, 신성한 어떤 의미를 갖고 있다고 보아야 한다.

이것은 고대 여러 민족 간에 엿볼 수 있다. 그리스의 신화나 호메로스의 시에는 언어 자체에 일종의 자동적능력이 있다는 의미로 '비양의 언어'란 표현이 있다. 언어 자체가 나는 힘을 가졌다는 뜻일 것이다.

인류는 언어에 의해 진보했으며, 이 언어를 존중하고 경의를 표한 흔적은 많이 찾아 볼 수 있다. 가까운 예로는 괴테의 〈파우스트〉속에 주인공 파우스트 박사가 성경을 펼쳐 들고 철학적인 독백을 하는 대목이 있다.

"'처음에 로고스가 있었고, 말이 있었다' 이미 여기서 나는 막힌다. 나는 말을 그렇게까지 높이 평가할 수가 없다. 어떻게 달리 번역하지 않으면 안 된다. '처음에 뜻이 있었다' 이렇게 가볍게 펜을 미끄러뜨릴 수도 없는 일, 모든 것을 만들어 내는 것이 뜻이란 말이던가. 가만있자, 이렇게 쓰면 어떨까, '처음에 힘이 있었도다' 그런데 어쩐지 이것도 안심이 안 된다. 자아, 그럼 '하늘의 도움', 문득 이런 생각이 든다. 이것이면 괜찮을 것 같다. '처음에 업(業)이 있었다'고."

파우스트 박사는 고대 사람과는 달라 말에 대해서 전적인 신뢰를 갖지 못했다.

그는 말의 세계를 샅샅이 살핀 뒤에 실천의 세계로 발을 내디뎠다. 인간은 결국 이론과 실천이란 양극의 사이에 매달려 있는 존재인지도 모르겠다.

너희들 중에 죄 없는 자 먼저 돌을 던져라

학자와 바리새인들이 현장에서 잡힌 간음한 여자를 여러 사람 앞에 내세워 끌고서 예수 앞에 와서 말했다.

"스승이여, 이 여자는 간음하는 자리에서 붙들려왔소. 모세는 율법에 이런 자는 돌로 치라고 우리에게 명령했는데, 당신은 어찌할 것이오?"

이것은 예수를 곤란에 빠뜨려 그를 시험하는 동시에 말을 잘못하면 그것으로 죄를 씌우려는 심산이었다. 예수는 이때 한 마디 대답도 없이 웅크리고 앉아서 손끝으로 무엇인가 땅에 쓰고 있을 뿐이었다. 그것을 본 바리새인들은 더 신이 나서 같은 질문을 하며 예수를 몰아쳤다. 그러자 예수는 조용히 몸을 일으키더니, 부드러운 시선으로 사람들을 돌아보면서,

"너희들 중에 죄 없는 자 먼저 돌을 던져라."

라고 말하고는 다시 웅크리고 앉아 땅에 시선을 주고 손가락으로 쓰던 글씨를 계속해서 썼다. 날뛰던 바리새인들도 이 말을 듣고는 양심의 가책을 느껴 노인을 비롯하여 젊은이들도 하나 둘 떠나 버리고 예수와 여자만이 남았다.

예수는 몸을 일으켜 단 둘이 있는 것을 알자,

"여인이여, 그대를 고발한 자들은 어디 갔는가. 그대를 벌할 자 없던가?"

라고 말했다.

"주여, 아무도 없었소."

여자는 대답했다.

"나도 그대를 벌하지 않겠노라. 가라. 이후 다시 죄를 짓지 마라."

예수는 상냥하게 말했다.

한 알의 보리 땅에 떨어져 죽지 않으면

사제장은 예수의 체포령을 내리고 있었다. 예수는 살해당할 날이 가까운 것을 깨달았다. 예수는 경계하여 유태인들 틈을 피했다. 그러나 제일(祭日) 엿새 전에 베다니로 갔다. 거기에는 예수가 죽음에서 소생시킨 라자로가 살고 있었다.

예수를 맞이한 라자로는 잔치를 벌이고, 그 자리에 누님과 누이동생인 마리아와 함께 앉았다. 이때 마리아는 매우 값진 순수한 나르드 향유를 한 근 가지고 와서 그것을 예수의 발에 바르고 그 발을 자기의 머리로 닦았다. 그러자 좋은 향기가 집안에 가득 찼다.

그것을 본 유다가,

"아까운 짓을 하는군. 그것을 팔아 얻은 돈으로 가난한 사람에게 시주를 했으면 좋을 걸."

이렇게 말하자 예수는,

"이 여자가 하는 대로 두어라. 내 묻히는 날을 위해 간직했던 물건이었던 것이라. 가난한 사람들은 늘 너희들과 더불어 있지만, 나는 늘 있지 않다."
라고 타일렀다.

유태인들은 예수가 그 곳에 있는 것을 알고 몰려왔다. 그러나 그것은 예수를 보려고 함이 아니고, 죽음에서 소생한 라자로를 보려 함이었다. 사제장은 라자로를 죽이려고 그 부하들과 의논을 했다. 이는 라자로가 소생함으로써 예수의 신자가 부쩍 늘었기 때문이다.

잔치 다음 날, 많은 사람들이 예수의 숙소로 몰려 와서,

"주의 거룩하신 이름으로 오신 분, 이스라엘의 왕 만세!"
하고 소리쳤다.

이 무렵, 예수는 나귀의 새끼를 얻어 타고 다녔는데, 이것은 '너희 왕은 나 귀의 새끼를 타고 오실 것이다'라고 한 예언에 들어 맞는 것이었다. 제자들 은 그 당시에는 그것을 미처 생각지 못했는데, 나중에 '아, 그랬었구나' 하고 알게 되었다.

예수를 예배하고자 모인 군중 속에는 그리스 사람도 몇 명 있었는데, 그들 은 열 두 제자의 한 사람인 빌립에게 부탁하여 예수를 만나게 해 달라고 했 다. 빌립은 좀더 가까운 제자인 안드레에게 이 뜻을 전하고, 둘이서 예수 앞 에 가서 그리스 사람들의 뜻을 전했다.

그러자 예수는 다음과 같이 대답했다.

"사람의 자식(예수 자신을 말함)의 영광을 받을 날은 왔다. 또 진실로 너 희들에게 고하노라. 한 알의 보리가 땅에 떨어져 죽지 않는다면, 오직 하나로 서 그치리라. 만약 죽는다면 열매를 맺으리라. 자신의 생명을 아끼는 자는 이 를 잃고, 이 세상에서 그 생명을 미워하는 자는 이를 보전하여 영구한 생명에 이를 것이로다. 사람들이 만약 나를 따르고자 한다면 나를 좇을 것이며, 사람 들이 만약 나를 따른다면 나의 아버지는 이를 귀히 여기리라. 지금 나의 심중 은 어지럽도다. 무엇을 말하겠느냐? 아버지시여! 이 시간에서 나를 구제하 소서. 그러나 나는 이 때문에 이 시간에 이르렀노라. 아버지시여! 그 성스런 이름의 영광을 나타내소서."

이때 하늘에 소리가 있어,

"나 이미 영광을 나타냈도다."

이 말을 듣고 사람들은,

"뇌성이 울렸다."

고 했다.

일하지 않는 자 먹지도 말라

'일하지 않는 자 먹지도 말라'는 말은 '데살로니가 후서(後書)에 보인다. 따라서 이 말은 바울의 말이다.

"값 주지 않고, 남의 빵을 먹지 않는다. 짐짓 너희들 중에 어느 한 사람에게도 폐를 끼치지 않으려고 노고와 고난으로써 밤낮으로 일했도다. …사람이 만약 일할 것을 원치 않는다면 먹지 말아야 한다고 명했도다."

바울은 전도자로서의 자기는 당연히 남에게서 빵을 받아 먹을 권리가 있다고 생각했지만, 사람들이 게으르고 안일한 생활을 바라는 풍습에 젖어 있는 것을 보고 몸소 규범을 보이고자 한 것이었다.

후에 러시아의 문호 톨스토이는,

"얼굴에 땀 흘려 먹어야 한다."

는 말을 엄격하게 해석하여 실제로 그것을 지킨 것은 유명한 이야기다.

톨스토이에게 있어서 일하고 먹는다는 것은 단지 어느 직장에 근무하여 월급을 타서 생활한다는 의미가 아니고, 생활하는 데 필요한 일체의 것, 즉 곡식과 과일과 야채와 의류 등 모든 것을 스스로의 땀으로 만들어 내는 것을 의미했다. 그리하여 그는 손수 농민이 되어 땅을 일구고 장작을 패고, 그 밖의 노동에 종사했다.

쿠오바디스

'쿠오바디스' 라는 말은 문학작품에 쓰여짐으로써 유명해진 말이다. 본래는 예수와 사도 베드로에 관한 전설적인 고사에 나오는 말인데, 19세기의 파란의 작가 셍키에비치의 같은 이름의 소설은 네로 밑에서 고난을 겪던 초창기 기독교 시대를 무대로 한 것이었다.

기독교의 고난은 예수가 살아 있을 때 뿐만 아니라, 죽은 뒤에도 수백 년간에 걸쳐 계속되었다. 당시 로마제국의 문화는 난숙기에 들었으며, 황제의 방자를 필두로 귀족들과 상류 계급의 부패는 절정에 달해 있었다. 그들의 영화와 사치는 그들의 지배 하에 있는 광대한 토지에서 바쳐오는 곡물과 무수한 노예들의 땀으로 이룩된 것이었다. 그들의 아침부터 밤까지의 시간은 향락적인 소비생활로 시종했다. 매일 밤 벌어지는 향연은 광연(狂宴)이었고, 그 광적인 취미는 경기장에서 포로나 노예들로 하여금 목숨을 건 피비린내나는 경기를 시켜 그들의 심심풀이로 삼게 했다. 이러한 사람들에게 금욕적이며 반성적인 내적 정화를 촉구하는 기독교가 달갑지 못한 쓰디쓴 이물(異物)로 보인 것은 당연했다.

그러나 호사스러운 귀족들과는 반대로 가난과 박해 속에 짓눌려 살고 있는 밑바닥 서민과 노예들 가운데서는 예수를 지지하고, 마음의 의지를 기독교에서 찾는 사람이 나날이 늘어갔다.

지배계급은 이교(異敎)인 기독교가 민중 사이에 침투하고 있는 것을 물론 좋아하지 않았고, 이에 대해서 엄하게 탄압책을 썼다. 그 탄압은 셍키에비치의 소설에 눈앞에서 보는 듯이 상세히 묘사되어 있는데, 모든 종교 탄압 중에서도 가장 야만적인 것이었다. 인내심 강한 기독교도들도 더 견딜 길이 없어 로마를 떠나 망명하는 자가 속출했다. 예수의 열 두 제자의 필두이던 베드로도 하는 수 없이 박해의 손길을 피해 떠나게 된다. 그 자신은 최후까지 로마에 남으려고 했으나 주위 사람들이 피하기를 권했다. 베드로는 야반(夜半)에 로마를 떠나 새벽에 아피안 가도를 걷고 있었다. 때마침 아침 해가 떠오르는데, 그 황금 빛 광망(光芒) 속에서 베드로는 스승 예수의 모습을 발견했다. 베드로는 절로 그 앞에 무릎을 꿇으며 부르짖었다.

"쿠오바디스 도미네!(주여, 어디로 가시나이까)"

"네가 나의 백성을 버린다면 나는 다시 한 번 로마에 가서 십자가에 걸리련다."

베드로의 귀에는 명확하게 예수의 대답이 들렸다.

한동안 엎드린 채 있던 베드로는 잠시 후 일어나서 발길을 돌렸다. 그리고 로마로 돌아온 베드로는 십자가에 걸리는 것이다. 이것은 소설의 클라이맥스이며, 통속적이긴 하지만 충분히 감동적인 장면이다.

예수의 출현은 베드로의 자기암시이며, 예수의 말은 베드로의 양심의 소리라고도 할 수 있는데, 이때 베드로가 발길을 돌림으로써 예수가 유럽 전역을 지배하게 되는 계기를 만들었던 것이다.

소설 〈쿠오바디스〉는 폭군 네로가 자살하는 데서 끝이 난다.

"아아, 네로는 선풍같이, 폭풍같이, 불길같이, 싸움터와 같이, 역병(疫病)과 같이 죽었다. 그러나 성 베드로 성당은 지금도 바티칸 꼭대기에서 로마와 전 세계를 내려다보고 있다."

지금도 옛날 그 옛날의 기독교의 수난의 역사를 생각케하는 조그마한 교회가 남아 있다. 그 위에 절반은 글씨가 지워져 흐릿한데, 자세히 살펴보면 다음의 몇 자가 적혀 있다.

'Quo vadis, Domine?'

▣ 편저 권 순 우 ▣

❙ (분야별로 엮어 영문과 한글을 같이 읽는) 세계 명언으로의 여행
❙ (중국 대표 사상가들에의해 쓰여진) 중국 사상으로의 여행
❙ (중국의 문화를 한권으로 알 수 있는) 중국 고사성어로의 여행
❙ 손자병법

(고대 · 중세 · 근세 · 근대 4세대로 구분된)
서양 고사성어로의 여행

초판 1쇄 인쇄 2021년 4월 05일
초판 1쇄 발행 2021년 4월 10일

편 저 권순우
발행인 김현호
발행처 법문북스
공급처 법률미디어

주소 서울 구로구 경인로 54길4(구로동 636-62)
전화 02)2636-2911~2, 팩스 02)2636-3012
홈페이지 www.lawb.co.kr

등록일자 1979년 8월 27일
등록번호 제5-22호

ISBN 978-89-7535-931-6(03800)

정가 24,000원

이 도서의 국립중앙도서관 출판예정도서목록(CIP)은 서지정보유통지원시스템 홈페이지(http://seoji.nl.go.kr)와 국가
자료종합목록 구축시스템(http://kolis-net.nl.go.kr)에서 이용하실 수 있습니다.

철학은 잘 모르지만 한 가지 분명한 것은 철학 같은 것은 몰라도 숨쉬는 데는 지장이 없다는 것이 일반적인 생각들이다. 따라서 철학을 하려는 사람은 이 바쁜 세상에서 선택받은 호사가이에 틀림없다고 생각하는 것 같다.

철학이 이처럼 오해받고 있는 것은 철학이라는 학문이 그 이름만으로는 전혀 그 내용이 보이지 않기 때문일 것이다. 그러나 철학이란 다른 학문과는 달리 언어만으로는 그 내용을 파악할 수 없는 학문이다. 왜냐하면 그것은 우리에게 너무 가까이 밀착되어 있어 마치 자기 속눈썹을 보지 못하는 것과 같은 이치인 것이다.

따라서 '철학을 한다'는 것은 자신의 일상과 주변 생활에 대한 반성과 비판이 일어날 때에만 비로소 가능해지는 것이리라. 또한 철학은 과학에 의해 제기된 것보다 더욱 일반적이고 근본적인 물음들을 제기함으로써 어떤 면에서는 과학은 철학으로부터 상당한 빚을 지고 있다고 할 수 있다.

03800

9 788975 359316
ISBN 978-89-7535-931-6

24,000원